U0123075

藍莓夜的告白

連明偉

目錄

夜宿鐘塔

弓河（Bow River）右岸。

51° 09'52.3"N 115° 33'42.6"W

費爾蒙特城堡飯店（Fairmont Banff Springs），蓊鬱落磯山脈，阿爾伯塔省（Alberta），加拿大。一八八八年建造，一九二六年遭逢祝融，一九二八年原址重建，全棟建物採蘇格蘭城堡低調華麗風，水磨石地板，屋頂窗，外凸山牆，深咖啡色高聳壁面。加拿大太平洋鐵路途經此處，嘗試以當地名聞遐邇的旅遊業帶動火車客運業，現為重要國家歷史遺址。

班夫費爾蒙特城堡飯店之中，就屬客房餐飲部門的制服最為優雅。

男性員工穿著白色棉質襯衫，外加一件紅、綠、橘、黃方格相間的短夾克，夏日打紅蝴蝶結，冬日繫紅領帶，左側胸前別上銀亮名牌，穿合身黑西裝褲，深褐皮帶。女性員工不論寒暑，均是白色襯衫搭配突顯腰身的愛爾蘭風及膝百褶長裙，露出纖細小腿，一雙厚跟黑皮鞋。客房餐飲部門由一位希臘籍女經理全權管理，指揮數十名員工，負責提供客人的點餐、送餐服務，時常可見其部門員工推送行動餐車，滿頭大汗在飯店內快速移動。

席爾來自魁北克（Quebec），是一位二十出頭的年輕男孩，我們時常在電梯和員工自助餐廳不期而遇，見了面，瞥視幾眼，點個頭就算打了招呼，彼此並不熟稔。飯店內，擔任正職的年輕人不多，因為起薪低，升遷慢，服務業慣常被誤認缺乏專業能力。每年四月底、五月初，大量招聘短期工，準備迎接夏日瘋狂的旅遊旺季，實習生從本地與歐美陸續湧來，有些配合學校餐飲科系實習專案，有些想來體驗班夫國家公園綠意盎然的自然生活。這些短期實習生擁有各自時序，如過冬候鳥，兩、三個月之後就會離開。正職的年輕員工大都熟識彼此面孔，有過交談，或曾在新生訓練時短暫接觸。

客房餐飲部門位於二樓，緊鄰中央廚房，推開側門就能直抵富麗堂皇的寬闊大廳，方便快速遞送餐點。大廳內，鋪設方正棉質地毯，多盞典雅水晶燈高高懸掛，石質壁面帶有原始岩層粗獷味。我所任職的水療中心部門位於城堡飯店地下隧道，除了巡視游泳池、水療室等設施時，可以趁機看望天空喘口氣外，大多時候，都必須待在暗無天日的地下隧道，日以繼夜備妥客人專用的乾淨毛巾、地墊與浴袍。

宴會、餐飲和碗盤洗滌部門時常因應需求互調人力。水療部門較為獨立，由於規模不大，員工數量不多，較少有機會參與其他部門的臨時增援調度。水療部門分三個團隊，其一，櫃檯接待；其二，專業按摩師；其三，我所隸屬的服務生團隊。服務生團隊共有十人，男女各五，一週通常得工作五、六日，很難再調動人力。水療部門和其他部門之間的往來並不密切，即使面熟，還是很難找出共同話題。當然，有些員工會在電梯內禮貌性問候幾句，時而談論無關緊要的天氣，時而抱怨各部門經理，時而詢問工作狀況，只是幾句話之後便安靜下來，別過頭，哼著小調，暗自期待電梯門趕緊打開省得尷尬。

客房餐飲部門中，我有一位中國好友——姜。姜曾在英國讀社會學碩士，後來人生轉了一個大彎，毅然決然至法國藍帶廚藝學校學習烹飪，擁有專業廚師證照，現已正式移民加拿大。姜正好住在我的宿舍隔壁，共用一間衛浴設備，兩人自然逐漸熟悉。

有次，姜、席爾和莫妮卡一起吃飯，我剛好端著晚餐尋找座位，姜和莫妮卡熱情邀請共桌餐飲。席爾坐在我的斜對面，一頭灼亮金髮，深褐雙眼，挺拔鼻梁，膚色非常白，是恐怖電影吸血鬼般的那種充滿憂悒的蒼白，近乎可以看見清晰血管，臉上有著芝麻雀斑，雙手覆蓋薄薄一層金色體毛。席爾說的英文帶有法語口音，不算流暢，肢體動作卻相當豐富，逗著莫妮卡直發笑。即使專心聆聽，我依舊感到非常吃力，實在對麵團發酵般的法式英文感到頭疼。姜的英文和法文程度都是我們之中最好的，可以流暢無礙與當地人對話，甚至跟得上極快語速。我和姜有著默契，為了表達尊重，不說中文，只用英文交談。席爾說，費爾蒙特城堡飯店有個只有頂級貴賓才能入住的總統級鐘塔房間，必須先搭電梯至頂層樓房，轉搭以磁卡認證的專用電梯，再次快速上升。總統級鐘塔房間位於建物最高處，往下俯望，層疊嶙峋的落磯山脈在眼前逐漸壯闊了起來，摺疊、攀附、無止無盡，潑灑深綠淺綠肥厚茶褐色澤，弓河彎彎曲曲流瀉其中如身軀弧線，遠遠望去，彷彿一條大夢甦醒的銀白水蛇。席爾說，那裡有著極佳風景，弓河流域一覽無遺，還說下次要偷偷帶我們溜上去。

席爾說的我們，不知道有沒有包括我。

從地下隧道走回工作場域，我問莫妮卡：「剛才席爾到底說了什麼笑話？我聽力差，實在聽不懂。」

「真糟糕，我也聽不懂。」莫妮卡俏皮吐著舌頭，「不過為了禮貌，只好假裝笑得很開心。」

我也應該要學會這種禮貌才是。

由於時常在地下隧道和席爾碰到面，我們也會開始多聊幾句。

從飯店的員工專屬側門進入，步下樓梯，經過一條橫亙大廳底下的深長隧道，至中，左轉，下階梯，直走至底可通往員工餐廳。這條橫亙大廳底下的隧道順暢連接電梯、餐飲部門、水療部門和碗盤洗滌部門，員工們不分晝夜交錯往返，我每日都要來回行走這條隧道不下二、三十次。

客房餐飲部門出餐時，使用一張長方形金屬桌，底下裝有滾輪方便移動，方桌約成人腰高，下方除了擺放可樂、雪碧、氣泡礦泉水等各式飲料之外，還擺放餐巾紙、調味料和備用餐具，上方置放用白色瓷盤盛放的主要餐點，罷以圓形鐵蓋，再覆上一條白色餐巾，防止食物沾染塵灰。若是水療中心的客人點餐，由於位置離中央廚房較遠，為加快送餐速度，大多是男性員工送餐，我會在工作場域看見姜、席爾和男領班艾爾頓的身影。艾爾頓是墨西哥人，偏黑棕髮，個頭很高，走路速度非常快，外號叫「二十年」。幾年前，艾爾頓工作期滿二十年，年終聚會接受總裁表揚時，總裁問他還要繼續做多久。艾爾頓一時詞窮，隨口說再二十年，於是二十年就成為艾爾頓的奇特外號。員工餐廳外有條通道，是約三十五度的長長斜坡，讓水療部門、房務部門推送需要滌洗與清潔過後的乾淨毛巾。我時常看見席爾推著餐車四處徘徊，搞不懂他到底是在送餐還是收餐。席爾喜歡使用斜坡推動餐車，雙腳蹬跳於下層衡板，撐肘立身，彎曲脊梁，從上而下重力加速度衝刺，一方面是娛樂，另一方面也是為了節省時間。

一次用完晚餐，離開員工餐廳，正好看見一臉興奮的席爾推動餐車衝下斜坡，結果一時沒有抓穩，重心往後，身子飛騰重重跌落在地。餐車順著斜坡暢快往下，狠狠撞上鐵捲門，餐盤瞬間碎裂，滿地都是掉落的刀叉、飲料、骯髒桌巾與食物殘骸。我發愣幾秒，而後趕緊跑至席爾身邊詢問狀況。席爾一臉茫然，直到我輕微搖晃他的肩膀，他才逐漸甦醒過來，咬著唇，皺著臉，右手搓揉臀部，喉頭低吼：「幹，真是他媽的——他媽的過癮。」

席爾還真是有些瘋瘋癲癲。

為了抵抗工作的疲倦感，我也發明各種自娛娛人的遊戲，例如把自己想像成機器人，一個口令一個動作，想著鋼鐵製的自己是否擁有愛人的能力？愛又有哪些形式？鐵製身軀生鏽之後，該如何上油滋潤？午後三點，卡車卸貨，必須將裝滿乾淨毛巾的大型滾輪塑膠置衣箱推上斜坡；晚間十點半，夜深了，拖著疲倦身子，將客人使用後的各式髒毛巾推向地下隧道，再推向斜坡，我的兩手抓住與肩同高的巨大容器，身子一彎，雙腳蹬跳踩踏容器，重心隨著斜坡揚長而去。我和席爾一樣，覺得工作窮極無聊，不找些樂子的話一定會瘋掉。只是，我們還是有著很大的不同，席爾可以在任何時間離去，來到班夫工作是為了享受生活，欣賞落磯山脈，優遊名揚國際的冬日滑雪場；我只是一位短期移工，有著局限，英文不夠好，欠缺對當地文化的深刻理解。我們繼續推動各自的餐桌與大型滾輪塑膠置衣箱，分分秒秒日日夜夜步行地下隧道，或大或小的器具都裝載不屬於我們的高級餐點、特色酒飲、優質毛巾、羊毛浴袍，以及各自對生活的妥協。

夏日來臨，藍空灼燒大片暑氣，積雪逐漸融化，土壤透出清新氣息，挺拔的深褐樹枝開始準備結出小小的誘人毬果，我感受到宜人的溫暖、鮮綠的潤澤以及萬物勃發的力量。真好，有種確實活著的感覺。城堡飯店忙碌了起來，這時，員工全體禁休，然而尤哈尼斯的父親臨時生病，進了醫院，輾轉移民至希臘的姊姊因為發生車禍無法歸鄉。尤哈尼斯擔心僱傭無法妥善照料，也擔憂這極有可能是最後一次機會見到父親，決定請了整整一個月探親假，買了機票飛回非洲。

我們開始每週上六天班。

客人換上泳衣，來到室外泳池享受陽光、風景、飲品與精緻美食，席爾和姜推動裝滿炸薯條、炸洋蔥圈、炭烤雞翅、希臘風味沙拉的小餐車，端著裝有調酒與薑汁汽水的金屬圓盤，露出微笑，挺起脊梁，保持優雅姿態行走於泳池四周濕滑地板，大聲叫喊客人名字。大部分客人直接將小費簽於帳單，只有極少數客人給予現鈔，因為泳衣是無法置放錢包的。席爾走過我的身旁，依舊面帶微笑，只是他不忘評論，例如：這傢伙實在太小氣了、他媽的裝什麼富、沒錢就滾蛋、真是令人感到噁心、有錢人都是不要臉的渾蛋等等。姜表示，實在非常討厭來泳池和水療中心送餐，這些原本穿高級西裝禮服的有錢客人，脫了衣服，就丟了羞恥心，講話非常粗魯，像是在使喚奴隸。姜笑著說，來到這裡，就感覺自己的人生真是不折不扣的悲劇。

唉，人生得把悲劇活成喜劇，不然怎麼繼續下去呢。

一日，我和姜吃著晚餐，席爾突然氣急敗壞走來，對著姜說出一堆我一個字都聽不懂的法文，悶頭悶腦罵了一陣子之後，搔頭撓髮，轉身離去，繼續認命推動餐車。姜解釋，剛才席爾送餐，客人正好不在，便將餐點送進房間。關上房門，準備從廊道離開時，忽然有位客人攔住席爾，問：「我的餐點呢？怎麼那麼慢才送來？我都快餓死了。」席爾道歉，婉轉解釋。客人又問：「你們怎麼會這樣服務？實在不像五星級飯店，你們的員工到底是怎麼訓練的？真是一點水準都沒有。哼，你難道不知道我是誰嗎？」席爾搖頭。客人再問了一次：「你真的不知道我是誰？」席爾有些慌了，這時，說實話說謊話都可能是災難，情急之下，只好再度誠實地搖了搖頭。客人非常生氣，瞬間變了臉色，大呼小叫找來經理，將席爾罵得狗血淋頭。原來，客人是城堡飯店的會員。姜說，一年只來住個兩、三次，又不是尊榮頂級貴賓，到底有什麼好驕傲的。我和姜同時嘆氣，在飯店工作就是會遇到許多奇奇怪怪的客人，他是誰到底關我們什麼事？

我們不知不覺聊到席爾。姜說：「你別看他人模人樣，一副有為青年，私底下，性關係很亂的。」姜繼續說：「席爾在市中心租賃套房，輾轉認識許多短居班夫的旅行者，每天晚上都和不同的女孩子搞在一起。半夜下班換上便服，就去夜店喝酒喝到兩、三點，接著在街上晃來晃去找落單女孩，說幾句話，看對眼，就帶回家上床，是真的很會亂搞喔。哈，我應該要說，性關係很開放，值得學習。」我有些不敢置信。姜笑著說：「席爾的舌頭很厲害，像蚯蚓一樣彎來彎去，很會哄女生，說要帶她們去鐘塔，說那裡可以看見落磯山脈最美最美的風景。」

「台灣媒體很流行一句廢話：『台灣最美的風景是人。』我想，或許落磯山脈最美最美的風景，是女孩子的心。」

姜調侃：「席爾一定會說，要看見女孩子的心，總得先扒了她們的衣服。」

柏登、諾立和吉姆問我下班後要不要去喝一杯。

每個禮拜二晚上，黑啤酒大特價買一送一。我不愛喝酒，不過讓大夥兒熱情的邀約給說動了。下了班，接近半夜，換上便服獨自走向市區。初夏夜晚，空氣瀰漫青草剛剛冒出土壤的濕潤氣息，鹿隻踩踏，流水遠近蜿蜒，林立的古老冷杉浮現神祕光影，星星與月亮在頭頂上方，自我流放的人必須不怕黑，還必須愛上黑。踏著愉悅的腳步來到鎮上，走入酒吧，看到柏登、諾立和吉姆喝得有些醉意，臉都紅了。吉姆正在勾搭年輕的日本女孩，柏登和諾立開著不雅玩笑，說韓裔經理歐琪是個蕩婦，一定是睡了很多位飯店高層，才能從櫃檯小姐升上經理。我們不信任經理歐琪的能力，她喜歡交代奇奇怪怪的工作，例如鋤草、撿拾毬果或是擦拭瓷磚牆壁。歐琪表面親切，不過私底下會嚴厲批評員工。柏登說，歐琪當了九年櫃檯小姐，今年總算被提拔為經理，經驗不夠，能力不足，不適合當管理者。歐琪之前跟一位迎賓接待部門的加籍男子同居六年，後來分手，現在跟母親住在一起。諾立用滑稽的表情下了結語：「這種女人都會有老處女情結。」吉姆插了一句：「連老處女都不是，真是可憐。」喝了酒，對於上司，我們實在口無遮攔非常沙豬。柏登和吉姆先行離去。諾立繼續埋怨工作，說要不是為了孩子，才不要來加拿大，這裡的冬天實在太冷了，冷到我的狼牙棒命根子都縮成小牙籤，在菲律賓過得好好的，家裡還請傭人，煮飯、洗衣服和清潔環境都不用操心。我和諾立待到半夜兩點，喝酒，聊天，呆愣愣聽著高分貝電子舞曲洗腦音樂，最後搖搖晃晃走出酒吧。揮別諾立，我在街道閒晃，酒精還在身體中肆意流竄發燙，實在頭暈，索性坐在木製長椅休息。

無意間，我看見了席爾。

席爾梳油頭，戴經典款墨鏡，穿米黃上衣，衣服正面印著紅髮女子大眼厚唇赤身裸體輪廓，寬鬆深灰短褲，雙腳一雙耐吉板鞋，左手拿一罐黑啤酒，踩踏長板在街道上四處晃蕩。看著溜過來滑過去的席爾，我實在不知是否該主動打招呼。席爾喝完啤酒，捏緊罐子隨地一扔，瀟灑帥氣朝一位落單女子滑了過去。席爾隨即跟女子熱切交談，相當自然，毫不羞澀，如同陪伴老友聊天、喝啤酒、吃洋芋片。兩人聊得開心，金髮女子最後沒有跟席爾一起離開，只是單純親吻席爾的臉頰。席爾繼續在大街上滑過來溜過去，腳尖踩住長板尾端，腳往下蹬，長板瞬間彈起。我正打算離去，忽然又看見席爾和另一位棕色長髮女子攀談，兩人也是聊得非常開心，笑聲有著花朵綻放時的大膽放縱。這次，席爾主動展開攻勢，貼上身，講笑話，有意無意觸碰女子的肩膀、手肘與蜜桃翹臀。最後，女子跟席爾一起離開了。席爾左手拿著長板，空出右手。女子自然環住席爾右手，雙掌緊扣。我禁不起好奇，鬼鬼祟祟尾隨他們走了一段路。他們旁若無人轉進暗巷。席爾捧住女子臉頰熱切親吻，伸舌舔舐，雙手接續往下，從女子衣服下襬回溯誘人乳房。女子彎身，露出修長雙腿與圓滾臀部線條，左左右右快快慢慢帶著雷鬼節奏拉下席爾短褲。席爾的下體快速膨脹了起來，瞬間喚醒沉睡的小席爾精蟲。女子張開嘴巴，伸出舌頭，包住席爾挺拔、法式風情的大蒜味陽具。我在自己略微興奮中離開，一股混雜著欲望、羞恥與焦躁的心情湧了上來。

我也好想解放自己，然而我知道，這股解放不單單指向性。

這夜真是情色，吹來的風都帶有費洛蒙味道，讓人覺得男人女人都在不知不覺之間懷了孕。

後來再看到席爾，我都會自動躲避他的眼神，以免被他發現我內心的騷動不安。

姜時而提到工作與同事，或抱怨，或當八卦分享，於是在席爾不知情的情況之下，我逐漸熟知他的生活，例如他晚上容易失眠，要等到看到天光才有睡意。例如他不太在乎金錢，只希望快快樂樂生活，什麼壓力都不要有。例如他最喜歡露營和戶外活動，當野人，時常兩、三日不洗澡，最喜歡在月光照射的柔軟草地瘋狂做愛，說這樣才算是真正接近自然。我還聽說席爾參與過大麻性愛多P派對，並且有一位交往七年的魁北克女友。我並非刻意窺探，只是除了姜外，我還認識任職於客房餐飲部門的其他朋友，像是從哥倫比亞來的瑪麗亞和擔任線上點餐工作的加拿大人凱莉，他們都會跟我說席爾各種天花亂墜的腥羶八卦。

後來，我又認識了服務生曼子。

曼子一頭烏黑柔順長髮，黃皮膚，一雙鳳眼帶有明亮光澤，薄唇塌鼻，看起來就是道地亞洲人面貌，母親是中國東北人，父親是韓國人。曼子非常活潑，講起中文帶著奇特的東北腔。從小，曼子在家裡說中文和韓文，到了學校便說英文，三種語言不斷轉換。一日，我起了大早去員工餐廳吃早餐，姜和曼子刻意避開人群坐在角落，我沒有多想便湊了上去。曼子沉著臉，咬唇，不說話，眼睛紅腫彷彿剛剛哭過。場面有些詭異不安。我安靜吃著牛角麵包，喝巧克力牛奶。姜和曼子依舊沉默，偶爾拿起黑咖啡啜飲幾口。曼子雙手顫抖，先是抓住姜的手，緊接抓住我的手，問：「該怎麼辦？」

姜說：「要去人力資源部門嗎？」

曼子搖頭，一臉無助，眼淚瞬間撲簌簌流淌下來。

我怕任何探問都會再度傷害曼子。

曼子說：「他摸我，我不知道他到底想對我做什麼。」

姜看著我，再看著曼子。

曼子點頭，似乎同意什麼。

姜嘆了口氣，詳細說起事情緣由。昨日，客房餐飲部門有位員工離職，一夥人相約酒吧送別，散場後，大家各自回家，結果席爾神不知鬼不覺尾隨曼子來到員工宿舍。半夜，席爾猛敲房門。曼子開了門。席爾說鑰匙不知在哪掉了，暫時回不去，想在這裡待一晚。曼子覺得不妥。席爾說宿舍有兩張床，分開睡，不會怎樣的。曼子想了想，雖然警戒，依舊告訴自己不要過分擔憂，遂答應下來。曼子睡左側床，席爾睡右側床。曼子關燈上床，結果不到十分鐘，席爾竟然脫去全身衣褲仗著醉意撲了上去，懷抱曼子，膨脹的下體不斷四處磨蹭，說喜歡曼子很久很久了。曼子用力推開席爾。席爾沒有退卻，雙手探進棉被，肆意撫摸，強硬脫下曼子的棉質短褲。姜沒有繼續說下去。曼子又喝了一口黑咖啡，咬緊唇，抹去臉頰上的眼淚。

曼子無比氣憤，「那個傢伙抓著自己的陰莖甩來甩去，說：『妳很幸運，並不是每個外國人都願意跟中國女人上床，但是我願意嘗試，聽說中國女人下面都特別緊。』」

我和姜沉默了一陣子。

姜握緊拳，起身，「去人力資源部門吧。」

曼子逐漸冷靜下來，想了想，「還是算了，反正只是被摸而已。」

我和姜都很生氣，卻感到無可奈何。

曼子說：「沒有人證，而且席爾並沒有真的強暴我，他只是脫光了衣服，躺在我的身邊，說他喜歡我，好想好想跟我做愛。昨天晚上，我不該跟他一起跳舞，更不該讓他進入我的房間。」

躺（Lie）在床上的男人是無法相信的，他們總是耍賴般說謊（Lie）。

我和席爾還是天天遇到。

我和姜都沒有說出曼子發生的事情，曼子本人更不可能向其他人透露。

這是對席爾的縱容，抑或對曼子的保護？

姜、席爾和曼子如同往常相處。隔日，席爾甚至主動詢問曼子：「昨天晚上我怎麼會睡在妳的房間？真是糟糕，我記性差，什麼都記不得。」曼子按捺憤怒，強顏歡笑：「唉，我跟你一樣，喝了酒什麼都記不得，像個失憶的老太婆。」這件事情默默過去了，彷彿從來都沒有發生過。我們選擇容忍，即使知道默不吭聲並非是最好的辦法。

夏日大雨。

日夜豪雨對於成長於台灣的我而言，並非大事，只是覺得下了三、四天豪雨罷了，只是這裡是班夫，不靠海，雨水順著寬敞河流一路汪洋向東，朝向內陸掠刮沿岸，吞沒道路、房屋與各地村莊。一夕之間，班夫與下游小鎮坎摩（Canmore）河水暴漲，大城卡加利（Calgary）因為洪水來襲淹沒將近半座城市，成為嚴重受災區。電視不斷播放災區新聞。班夫交通中斷，時而停電。城堡飯店高層立即開會，研議如何度過難關，日日向員工發送郵件，保證日常飲食無虞，絕對可以撐上半個月。好幾位朋友受困卡加利，無法回到班夫。經理歐琪開始削減每日工作時數，從原先八小時變成四小時，每週工作六日變成三日。房務部門影響最大，住房率從原先八成掉至一成，房務人員開始放起一、兩個禮拜長假。如同往常，我洗衣，閱讀，上網，看電影，窗外陰霾持續下雨，遼闊山脈蔓生簇簇雲層，像煙嵐，似灰霧，籠罩久久不逝的晦暝薄暮。我和曼子撐著傘一同去看氾濫的弓河，水潮澎湃，褐黃一片，斷折的漂流木往下游洶湧流去。有一段時間，我們站在泥沙岸邊，緘默無語，凝視大河翻攪而來的枝葉，彷彿知曉自己面對的是一股沛然莫之能禦的力量，凶猛，殘暴，卻又有著沖刷的抒情性。不知為何，曼子突然沉下臉對我說，有時候，我會莫名其妙想要自殺，很想很想，不是因為什麼特別痛苦的事情，只是覺得，就這樣子死去也不錯。我轉過頭，注視曼子，一方面懷疑自己是否聽錯，另一方面也是想著該如何回應。然而，我終究沒有透過話語回覆，只是用眼神看著曼子，像是說著，我也是。

就這樣死去也不錯，只是我還不知羞恥地活著。

夜裡，臨時接到水療部門的主管電話，婉轉詢問能否值大夜班，時間從晚上十點至早上六點，主管一再表示，不方便也沒關係，千萬不要勉強自己。

多日大雨，城堡飯店開始漏水，雨水不僅滲進地下隧道，還滲進擺放乾淨毛巾的通道。抵達時，柏登、諾立、撒朗和艾蓮娜正用小型塑膠容器裝載從牆壁縫隙大量滴漏的黃色汙水。牆壁鑿了三個小洞，橫插吸管，汙水從吸管另端噴濺而出。大夥兒一臉倦容，滿頭亂髮，全身衣褲都濕了。柏登告知該如何使用吸水器，帶領我推著裝滿汙水的容器搭電梯上樓倒水。晚班人員離開後，水療中心只剩下我以及兩、三位深夜清潔員工。長夜漫漫，眾人閉起雙眼準備入睡，而我成了時間的小偷，持有潛入深夜的鑰匙。預先準備了黑咖啡和牛角麵包，冰箱裡有供給客人食用的青蘋果、紅蘋果、柳橙和新鮮牛奶，櫃子內還有燕麥餅和巧克力餅，不用擔心肚子餓。我還帶了書和報紙，然而並沒有時間閱讀，大雨間歇，每隔十至十五分鐘，便得推著裝滿汙水的容器搭電梯上樓，傾倒汙水。另外，還得使用吸水器抽出淹至小腿肚的積水。累了，索性坐在椅上，喝黑咖啡提神，觀望積水狀況。半夜兩點，推動裝滿汙水的容器搭電梯往上，電梯門一開，碰巧遇見脫下夾克與紅蝴蝶結的席爾。

「我的老天爺，你這傢伙怎麼也在這？」席爾捲起白襯衫至手肘，「在夢遊啊。」

「我們部門老大親自打電話來，要我加班，沒辦法拒絕。」我推著容器往前，「難道客房餐飲部門也淹水了嗎？」

「這棟城堡比我死去的祖先還要老，到處都是陰魂不散的鬼魂。」席爾面露無奈，指著天花板。

我倒水。

「真是麻煩。」席爾一臉厭煩，不斷看著從天花板滲下的汙水。

我們沒有再說話。

接續幾次上樓倒水，沒有看見席爾，倒是看見桶內汙水不斷滿溢。

「嗨，老兄，要不要抽菸？」席爾忽然神不知鬼不覺走到我的身邊。

我搖頭。

「沒關係的，半夜不會有人看到，而且看到了也不會怎樣，抽根菸，死不了人。」席爾吐出濃煙，「對了，你哪裡來的，中國嗎？我時常看到你、姜和曼子聚在一起吃飯。」

「台灣。」我說，「不是泰國喔。」

席爾重複了一次台灣，表情看起來一點都不在乎，「我對亞洲不太熟，只知道中國和日本，喔，還有三星。真抱歉，三星是產品名稱，應該說韓國的。」

「沒關係，現在你知道台灣了。我的國家在日本的南邊，在中國的東邊，在菲律賓的北邊，是個海島。」

「泰國和菲律賓也在亞洲吧。」席爾吸了一口菸，扯開話題，臉上浮現某種詭異笑容，「這裡實在太多菲律賓人了，你知道putang ina mo的意思嗎？」

「是指你媽媽是個婊子吧。」我不知道席爾想要表達什麼，「我曾經在菲律賓待過一年。」

「我的媽媽才不是婊子，我的媽媽是個大婊子。」席爾搔著頭，笑著說：「我原本以為這句髒話是這邊的菲律賓人教你的。嘿，你們到底是以什麼身分來到加拿大？」

「打工度假喔，只有一年工簽，滿一年後就得滾回自己的國家。」

席爾點頭，非常滿意我的回答，「我以為你跟那群菲律賓人一樣，想要死皮賴臉待在這裡。這裡的中國人實在太多太多了，像是打不死的蟑螂，尤其是溫哥華，全部都是他媽的死有錢人。我搞不懂，為什麼這些人要一窩蜂跑來，我啊，之後才不想待在加拿大，這裡太安逸了，一點樂趣都沒有。我想去墨西哥或是南美洲工作，那裡的生活非常刺激，女孩子胸部大、身材好、非常熱情，還有許多毒品，聽說做愛時，她們『那裡』還會咬人呢。對了，你說你去過菲律賓，我看過新聞報導，說東南亞的女孩子都很便宜，是真的嗎？我不太記得到底是在亞洲哪裡，可能是你的國家，也可能是在柬埔寨或是泰國。說實在的，我沒有很喜歡菲律賓女孩，長得都矮矮胖胖的，像是侏儒。不對，如果能夠跟侏儒搞在一起，也應該非常有趣，大家一定會用驚訝與崇拜的眼光看著我們。對了，你在那裡買過女孩嗎？」

我看著席爾天真興奮的表情，不知該以何種態度回應，該戲謔，或該嚴肅？

「別看我這樣，我並沒有歧視任何人，也沒有歧視任何種族，如果要說歧視的話，我最歧視的人是我自己——很多時候，人被生下來只是來受罪的。唉，你不覺得如果性愛可以用錢來解決，簡單多了嗎？很多國家都合法化了。雖然，用合不合法來看待所有事情實在低能，而且嚴重貶低文明，只是不可否認，人類本來就是非常低能的物種，你不覺得嗎？我個人是不太在意這種事情，我也曾經去賣過屁股，十六歲時，對象是個光頭的日本老男人喔，全身皮膚鬆垮垮的，長著黑斑，不過他很溫柔，屌非常非常小，還割過包皮，我假裝很痛，叫得像是屁眼塗滿芥末。嘿，跟你說這些其實也沒什麼，我個人非常開放，只是想要了解一下跟男人做愛的感覺。體驗的同時，還能賺些錢，為什麼不勇敢嘗試呢。還是要跟你說明一下，我不喜歡屁眼流血，會痛的。比起自己疼痛，我比較喜歡看到別人疼痛，那總是讓我興奮。我有想過去台灣玩，不，是去泰國玩，聽說那裡有很多人妖，比女生還要漂亮。嘿，我再說一次，我可不是變態，也沒有做過什麼壞事，只是覺得各種事情嘗試一下似乎不錯。我對任何事情都保持開放的心態，我可不想自我局限，一輩子白活。」

「用身體賺錢並沒有錯，那是選擇，人生這麼痛苦，不需要用道德來評斷所有。」我傾倒汙水，往電梯方向走去，準備結束對話。

「對了，你去過鐘塔嗎？」席爾熄滅菸，走到我的面前，「我是指總統級鐘塔房間。」

我搖頭。

「我也沒有去過。」席爾說，「他媽的。」

「你不是每次都說要帶女孩子去鐘塔房間看風景嗎？」

席爾不以為意，搖搖頭，「是啊，我希望帶女孩去鐘塔，不僅看風景，最好能在鐘塔房間睡幾晚，盡情打炮，不過你又不是不知道那間頂級套房的價格，就算是員工價，也會花上我整個月的薪水。再說，上去鐘塔房間需要磁卡。每次送餐去的都是二十年，根本不可能輪到我——可能再等個二十年吧。我打算有一天自己偷偷溜上去，站在鐘塔最上方，看最遙遠最遼闊的落磯山脈，看那些有錢人才看得到的風景。高明的騙人法則，就是騙過自己，所以我說要帶女孩去鐘塔房間。人啊，總是得保持期待，不然日子太苦悶了，不對，應該說人生本來就是苦悶的，所以再怎麼樣也無法避免。」

「或許你真的成功騙過了自己。」我忽然想起曼子的事情，有些生氣，「只是有時候，可以不必這樣。」

「那要怎樣呢？說真的，其實我在等待被揭穿，我希望最親近的人揭穿我，痛罵我，鄙視我，而不是愛上我。奇怪的是，直到現在還是沒有人願意揭穿我喔，好像大家都喜歡我這副模樣。我實在搞不懂，他們喜歡跟我搞曖昧，喜歡跟我上床，喜歡吸我的屌，卻又不敢大方承認。我不知道是他們出了問題，還是我出了問題。」席爾面露無奈說著，「會跟你說這些事情，我也感到非常奇怪，不過無所謂，你們永遠都是外地人，是那種始終會被忽略的人。再跟你說吧，我很喜歡女生的胳肢窩和陰蒂的味道，每次聞到，都讓我興奮得全身發抖，無法好好克制自己，我覺得我應該要去看心理醫生才是。說也奇怪，這種事情只能跟外人說，向親友透露反而會被罵變態。我實在不懂，性癖好有什麼不對？我又沒有強迫別人，我倒希望自己能夠那麼邪惡。」

「我要下樓了。」我全身顫抖起來，握緊拳頭，不知道自己到底聽了什麼。

「對了，如果有機會，幫我跟曼子說一聲抱歉好嗎？我真的很喜歡她，不是因為她是新潮的『Asian Fusion Cuisine（亞洲融合菜）』，而是純粹喜歡她，她的隨興、親切與溫柔。」席爾露出微笑，聲音輕柔了起來，「下次有機會一起來抽大麻吧，我這裡有頂級鑽石貨，絕對讓你嗨翻天，比做愛還爽。我覺得在那種爽度之中死去，是一件非常浪漫的事情。」

「我要離開了，你自己留在這裡吧。」我終究沒有說出心中的話，那些掩蓋的憤怒、詛咒、充滿惡意的話，我只是留下他。

我不知這樣的離開，是自我的怯懦，還是對他的報復，一種遺棄他者般的離去。電梯往下，席爾的臉逐漸消失，我彷彿還可以聞見席爾抽菸時的濃濁氣味。

再度沉入城堡飯店底層，玻璃模糊雲層，磚牆在雨水刷洗中透出暗黑色澤，汙水再度淹起，顏色逐漸黯淡只剩下灰，我告訴全身冰涼的自己，繼續撐著，打起精神啊。再次喝了黑咖啡，拍打臉。我沒有搭電梯到二樓，而是來到一樓，走過門房員工專用通道至水溝倒水。雨水淅瀝淅瀝，枝葉滿地，我的整顆腦袋充塞席爾那俊俏卻不屑一切的面容，破碎話語不斷跳動、錯雜、互相撞擊，無法理清思緒。我的內心突然湧現一股難以理解的殘酷，覺得一起毀滅，共同痛苦，也是一件徹底扭曲的美好事物，如果可以，我真心願意傷害給予我傷害的人，在我補償般傷害自己之前，必須承認心中的惡意。

無須避諱，表象下的慈悲妥協隱藏了卑鄙、屈服與暴虐的衝動。

晨早，厚重雲層捆綁淡薄微光。

我無法思考，也無法閱讀報章雜誌，喝了黑咖啡，吃了餅乾，身體搖搖晃晃失去重心。六點，終於下班了，我衝到盥洗室洗臉，只是突然間，一古腦嘔出發酸食物。我看著鏡內的自己，眼白布滿血絲，臉皮似乎可以輕易撕下，是熬夜的後遺症，也是遲來的懲罰。靜下心，深呼吸，凝視彷彿被剖開的胸腔。

我在員工餐廳拿了幾塊麵包，走出暗無天日的城堡飯店。

大雨未曾止息，淋著雨走遠幾步，我猛然轉過頭，看著一團濃厚的灰雲依舊肆無忌憚盤踞城堡鐘塔。

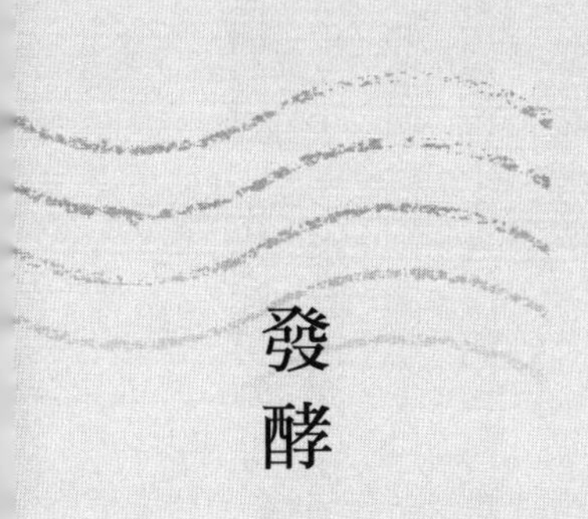

發酵

撒朗收到一束柔軟帶刺的玫瑰花。

玫瑰花火紅，鮮豔，瀰漫迷人花香，像是準備向世界施展神祕的魔術。

依照慣例，遇上同事生日，水療部門服務生團隊每位員工，都會準備一些飲料和簡單食物慶祝，我買了兩打撒朗喜歡喝的薑汁汽水，莫妮卡親手烘烤巧克力蛋糕，柏登買了超市販賣的綜合水果盤，諾立叫任職房務部門的老婆煎了菲式小香腸，鵠渡帶來兩條可可濃度七十五的巧克力，哈麓故燉了咖哩牛肉，吉姆帶了兩包特辣洋芋片，戈爾瑪買來水煮鮮蝦，經理歐琪則帶來一大筒香草冰淇淋。原先擺放毛巾、浴袍與腳踏墊的長方形鐵桌，如今堆滿琳琅滿目的食物，大家手持金屬刀叉和圓形紙盤，一邊開心享用食物，一邊聆聽經理歐琪宣布各項工作事宜。

從隧道經過的員工們都向撒朗說生日快樂。

經理歐琪將公司特製的生日卡片遞給撒朗，卡片內寫滿調皮祝賀。經理歐琪說撒朗來到水療部門已經兩年了，不僅工作認真，而且還是非常可愛的女孩兒，比芭比娃娃還要漂亮。諾立彎起右手臂，指著隆起的肌肉說：「不僅漂亮，而且還非常強壯，搬桌子、椅子和坐墊完全沒問題。」吉姆吃著巧克力蛋糕，說：「對啊，是非洲來的金剛芭比，擁有非常優良的『Black Genes』。」我們覺得吉姆開的玩笑不太妥當，然而為了消弭尷尬，大夥兒依舊勉強笑了。吉姆晃到通道口，倒一杯熱咖啡，在白板上寫下生日快樂，還畫了一個鋼刷爆炸頭黑娃娃。工作前，我們閒聊，按摩師傑夫從櫃檯走下樓，打開通往地下隧道的木門，抱捧玫瑰花束鬼鬼祟祟躲在撒朗後面。一束火紅突然迎前，撒朗轉身，驚呼一聲，雙手掩住嘴巴一臉不可置信，結結巴巴說謝謝。傑夫後退一步，以騎士精神向撒朗鞠躬行禮，說：「給我永遠的情人。」

傑夫一定哈了純如初戀的大麻，竟然特地送來玫瑰花。

傑夫解釋，花店員工將花束送至水療部門櫃檯，指名要給撒朗，說自己只是個借花獻佛的FedEx小弟。

我們好奇到底是哪位神祕的白馬王子，一群人好奇圍繞，搶看花束中的卡片——生日快樂，給撒朗寶貝。

簡短幾字，沒有署名。

「一定是偷偷交了男朋友，是位彬彬有禮的紳士呢。」鵠渡說。

「是誰？快說。」哈麓故雀躍詢問。

大夥兒都在等待答案。

「這是戈爾瑪在搞鬼啦。」撒朗露出迷惘表情，一頭霧水。

「不是我，我才不會亂花錢。」戈爾瑪拿起卡片，仔細研究字跡，理不出任何思緒，滿臉疑惑望向撒朗。

「你們不要問我，我什麼都不知道。」撒朗連忙苦笑，左手抱捧花束，右手左右揮舞急忙否認什麼。

吉姆哼唱曲調：「金剛芭比，喔，從非洲來的金剛芭比真的好強壯。」

撒朗同她親哥哥戈爾瑪一樣，黑皮膚，大眼珠，鬈髮，身材非常具有分量，白色上衣制服貼身包裹，走起路來十足動感。撒朗剛滿三十四歲，每個禮拜六都會頂著黑人辮子頭，用各種顏色的長短緞帶捆綁細辮，頭皮露出溝渠般淺色線條。她的姊姊幫忙綁髮，每次都需要花上兩個小時。撒朗說頭髮綁起來之後很涼，很舒服，就像在大太陽底下吃了榛果冰淇淋一次，我和戈爾瑪搬運一箱一箱殺菌消毒用的粗鹽，滿頭大汗來到地下室，聊起各自家庭。戈爾瑪早已結婚，有一位七歲女兒，家庭和睦，只是他一直擔憂撒朗和罹患憂鬱症的姊姊。戈爾瑪的姊姊不打算結婚，然而戈爾瑪拍打胸膛保證，說撒朗一定得嫁出去，因為這是哥哥的責任。

上完小學，撒朗毅然決然離開衣索比亞，在蘇丹、利比亞和埃及陸續流浪了幾年，期間，戈爾瑪定期匯款給撒朗，暫時維持生活基本開銷，等到撒朗終於符合難民資格，隨即填妥申請表，經過漫長等待輾轉來到加拿大，落腳班夫。初始，撒朗一句英文都不會說，只會傻笑，不過這並不妨礙她的活力，抵達隔天，就開始四處投遞履歷，勤勤奮奮找工作，隔週，便在班夫鎮上的蒙特皇家飯店（Mount Royal Hotel）擔任房務人員，工作了一年。同時，撒朗也參與政府所舉辦的新住民語言課程，嘗試融入當地生活。一年之後，撒朗的英文能力大為精進，雖然字彙量還不夠多，文法時常出錯，不過基本溝通都沒有什麼問題。戈爾瑪隨即推薦撒朗進入費爾蒙特班夫城堡飯店工作，當時的時薪是十一塊加幣，薪水較高，福利也相對良好。

撒朗在城堡飯店待了將近十年，先在房務部門工作，後來轉調碗盤洗滌部門，再申請至員工餐廳部門，最後來到相對輕鬆的水療部門。撒朗從來不曾主動提起過去，也不曾提起故鄉衣索比亞或是多年獨自流浪的生活。有時，我、諾立、莫妮卡和鵲渡相聚聊天，熱烈談起各自的國家與文化，撒朗都不會主動加入話題。她只是保持微笑，安靜聆聽。我們會要撒朗介紹她的國家，要她說說當地的地形、氣候、食物、植物、動物、難忘的記憶和人們的日常生活。撒朗害羞，舉起雙手擋在胸前，像是拒絕或是臨時遭受驚嚇的小動物，口語不清地說——別問我，我什麼都不知道。

一日，莫妮卡提到她是如何烘焙香蕉蛋糕，提到一個英文單字Ferment，我正在釐清這個英文單字時，撒朗看出我的疑惑，嘗試解釋，說揉完麵包後要加入酵母，等待一段時間，這樣的過程就是Ferment。我想起這個單字是「發酵」的意思，誇讚撒朗的英文好。她有些驚訝，笑著說：「真的嗎？我一直覺得自己的英文很差。」撒朗始終缺乏自信，覺得自己沒有受過良好的教育，慣常沉默，或許是想保有隱私，更或許是對出身與過去經歷感到恐懼，認為那是汙點、羞愧與難以承擔的沉重。

撒朗將一半的玫瑰花帶回家，另一半置放鐵桌上的陶瓷米色花瓶。撒朗每天都替玫瑰花換水，修剪枯枝萎葉，玫瑰花瓣綻放至深紅，如心臟湧出大量鮮血，而後逐漸熟爛皺縮，終至花瓣紛落。放假時，鵠渡和哈麓故會替撒朗照顧花束。自從收到了玫瑰花，撒朗和戈爾瑪時常趁著空檔私下討論些什麼，坐在員工餐廳角落，或是在游泳池畔內側的飲料吧檯，嘰嘰喳喳像是在爭奪食物的烏鴉。之前一同聊天，戈爾瑪會主動轉換語言，說起英文，不過這次戈爾瑪向我點頭示意，繼續用母語跟撒朗討論。撒朗站在戈爾瑪面前，皺著眉，沒有笑意也沒有怒意，我可以感覺到一絲即將氣爆般的緊張氣息。戈爾瑪以哥哥的姿態說話，語氣果斷，不容質疑，撒朗只偶爾說出一、兩句話便沉默了下來。

我試圖稀釋緊張氣氛，說：「夏天結束前，一起來烤肉吧。」

撒朗先行離開。

「唉，這都是我的錯，沒有盡到做哥哥的責任，現在撒朗的年紀不是要結婚，而是該生小孩了。」戈爾瑪兀自搖頭。

我們都認定撒朗偷偷交了男朋友。

上班時，撒朗相當嚴肅，不會哼歌，也不同我們說些解嘲人生的廢話，總是盡力做好工作，我們唉聲嘆氣埋怨，她也不曾加入。撒朗有著天真可愛的個性，保持青春期的浪漫，著迷於亮晶晶的漂亮首飾。一天，哈麓故的脖子繫一條紅色絲綢絲巾，邊緣鑲嵌金線，撒朗撫摸絲巾直誇好看，隔日，哈麓故驚喜地送給撒朗另一條以銀線鑲邊的紅絲巾。撒朗笑得開懷，張開雙手給哈麓故一個大擁抱，熱情親吻哈麓故的臉頰，一會兒將絲巾別在脖子，一會兒繫上髮辮，一會兒又攤在手心極其珍惜溫柔撫摸。一整天，撒朗開口閉口都是絲巾，說絲巾的柔軟，說絲巾的芳香，說絲巾火紅的胭脂色澤，心情特別好。還有一次，鵠渡編了一個非常特別的辮子頭，髮辮間的淡色頭皮出現一朵玫瑰花般的瓣紋圖案，精緻，彷彿泛起馥郁香氣，花朵線條有著非常美好的弧線。撒朗張亮雙眼，拉著鵠渡，挨著身子，詢問到底如何才能編織出花瓣紋路的髮辮。下班後，鵠渡禁不住撒朗再三懇求，留了下來。撒朗一臉喜悅坐在椅子上，哼著歌，解開頭髮。鵠渡洗淨雙手，站在撒朗身後梳理爆炸黑髮，雙手仔細編織如勾勒素描。撒朗雖然超過三十歲，依舊純情，一談到愛情，比任何人都還要靦腆，然而，在面對生活種種壓力時，她同時展現出幹練。撒朗說，她和戈爾瑪都要努力賺錢，勤奮存錢，等到工作穩定，有了汽車和房屋證明，一切都安定下來之後，就能把全家人都接來加拿大。至今，撒朗依舊沒有機會回到家鄉，她說，已經向經理歐琪請了假，準備明年回鄉探望父親。

夜間十點四十五分，下了班，撒朗立即更衣。

穿著便服的撒朗有著全然不同的活潑面貌，米色靴或紅色靴，緊身深藍牛仔褲，鮮豔的黃、白、橘貼身上衣，揹紅背包，編髮辮或戴一頂淑女帽，坐在公車站牌下的長椅耐心等待最後一班夜車，從背包拿出智慧型手機，播放抒情搖滾樂。好幾次，我和撒朗在鎮上不期而遇，都是撒朗叫住我，她還埋怨我怎麼都不打招呼。說實在的，不是我不打招呼，而是我完全認不出穿著便服、擦肩而過的人便是撒朗，她開朗大笑，聲音充滿自信，整個人年輕了十幾歲，我在她發亮的黑眼珠裡看見星星、月亮與自在奔跑的鹿群。

所有的人都覺得撒朗沒有時間談戀愛，直到玫瑰花束出現。

撒朗的同事柯隆曾經追求她。柯隆長久任職員工餐廳，工作輕鬆，擦桌、拖地、管理桌椅數量、提供乾淨碗盤，補足沙拉盤上的蔬果、土司和各式果醬。柯隆來自伊朗，五十多歲了，單身，禿頭，從不留鬍碴，雖然挺著大肚腩，動作卻相當俐落。柯隆同來自厄利垂亞的約翰、貝茲一起工作。柯隆將深紅色制服上衣塞進黑色西裝褲，蹬一雙發亮皮鞋，同時戴著兩副眼鏡，一副是近視閃光眼鏡，另一副是覆蓋在近視眼鏡外的暗紅色太陽眼鏡。

我問：「為什麼要戴兩副眼鏡？」

柯隆說：「因為員工餐廳的光線太強了，眼睛會很不舒服。」

鵠渡告訴我，別看柯隆那副正人君子的模樣，他戴兩副眼鏡純粹是因為看起來比較帥氣，以為自己天天都在主演《不可能的任務》。鵠渡還說，如果半夜去逛班夫夜店，一定可以看到柯隆坐在酒吧勾引女生。

比起有被害妄想症的約翰來說，柯隆簡直是位和善的大好人，他會熱心地替員工更換冷藏餐點，進入倉庫尋找員工想要購買的香草豆漿、巧克力燕麥餅和新鮮香蕉，偶爾還會說起冷笑話。他曾經開著玩笑，有一天，有個房客打電話詢問櫃檯：「不好意思，想請問一下伊朗和班夫的時差？」櫃檯說：「Just a minute.」房客說了聲謝謝，掛掉電話，讓櫃檯人員一臉尷尬杵在原地。柯隆對於少數族裔的員工特別熱情，我想，可能是因為整座城堡飯店內，只有他一個是伊朗人吧，那種長年身處異地的不適感，是種強烈催化劑，讓人困頓，也讓人深刻同理他人流離在外的處境。

我們的母語都非英文，聊天時雖然可以理解對方，表達卻始終不夠流暢。我、莫妮卡、諾立和撒朗一起吃飯時，柯隆都會主動湊上前來，想要同我們交談。柯隆有著許多特別的想法，有時，甚至讓人不知該如何回應。他說絕對不要去美國旅遊，因為不知道什麼時候還會被恐怖分子攻擊；他說住在班夫最好，因為不管住在卡加利、多倫多或溫哥華都不可能存到錢，那裡有太多誘惑；他說單身有許多優點，不用養老婆，也不用照顧孩子；他說一個人不孤獨，兩個人住在一起，才是真正的孤獨。柯隆是位不錯的男人，然而大家都知道他實在太寂寞了，同時卻不甘於寂寞。好幾次，他邀我去夜店喝酒，說可以一邊看球賽，一邊欣賞漂亮女孩，只是工作實在疲倦，不得不婉拒。鵠渡說，柯隆之前寫了一堆情書給撒朗，冬天大雪，還在外頭苦苦守候撒朗下班——這都是四、五年前的事情。

現在，柯隆和撒朗依舊是朋友，見到面也不會尷尬。

我們私底下詢問柯隆，是否送了花束。

柯隆否認，說他現在喜歡亞裔女孩，體格纖細，個性溫柔，還略顯尷尬表示，以前的撒朗是小撒朗，長得很可愛，現在的撒朗是進化版大撒朗，會把人吃垮的。

真是令人疑惑，我們實在想不出有誰會向撒朗送花示愛。

吉姆替撒朗編了歌曲。

嗨，我的夏天，我的親愛的，為何妳如此強壯又如此美麗。

嗨，我的夏天，我的親愛的，為何我注定要愛上妳。

妳啊妳，妳這隻大妖精，整天搖著屁股，到底想要蠱惑誰？

吉姆成天哼歌，沒過多久，所有的人都會唱了。

初始，撒朗只是微笑，後來深感厭煩，撇過頭不再理會。

撒朗十分抗拒人們將焦點放在她的身上，只是她一向不會主動表達想法，她不會說，不要唱了，我不喜歡這首歌，她也不說，你這個白癡，你這個高貴的文明人，給我閉嘴。最多，她只會在眼神中流露出自我壓抑的憎恨。

一次，幾個人圍著聊天。

我說：「以前的亞洲女性比較保守，認為性是禁忌話題，不過現在的年輕人不這麼想了，大都能享受性所帶來的愉悅。」

諾立說：「等到有了老婆孩子，就不會像年輕時一樣被性衝昏頭。」

鵠渡說：「簡簡單單的關係還是比較好，以免沾染什麼奇怪的病。」

吉姆旁敲側擊，不懷好意地說：「聽說非洲某些部落的女孩子需要割掉陰唇，再用針線縫起來，撒朗，是真的嗎？」

「我不知道，你不要問我。」撒朗大驚失色，一臉蒼白猛搖著頭。

鵠渡雙眼瞪視：「加拿大人都很有禮貌，吉姆，我怎麼覺得你是個例外呢？」

吉姆一臉不在意，說：「我只是聽說某些部落會這樣，又不是指撒朗，真是的，有什麼好大驚小怪，我把我的嘴巴縫起來總可以吧。」

撒朗從詰問中清醒過來，緊咬下唇，墜入緘默，加快腳步巡視工作場域，一雙憤怒的眼神不斷迴避什麼。那樣的表情充滿抗議，帶有漩渦，極具腐蝕性，只是她不想讓心中的暗黑被明確指認出來。

夏日午後，嘮叨的諾立和撒朗吵了起來，由於女性休息區的精油見底用罄，撒朗便向諾立借用男性休息區的公用精油，諾立找了藉口溜走，不見人影，撒朗轉而拜託我。

私底下，兩人紛紛向我抱怨。

撒朗說：「諾立實在不可靠。」

諾立說：「撒朗是瞎了嗎？沒有看到我正在忙？而且那是什麼口氣，明明要我幫忙，還一副趾高氣昂的模樣，真是沒大沒小。」

撒朗說：「顧客會抱怨的，我又沒有做錯什麼。」

諾立說：「絕對不能讓這些懶惰的女人太過得意。」

撒朗說：「女性需要的精油量本來就比較多，而且只是單純借用，精油是公司的，又不是他的。」

諾立說：「我也要在蒸汽室用精油啊，撒朗這瘋女人只會想到自己，實在太自私了。」

兩人大眼瞪小眼。

最後，經理歐琪加強宣導，說所謂的團隊就是要互助合作。

「什麼鬼屁互助合作？每次都是我們出力，幫她們倒垃圾、換水、扛桌椅，明明領一樣的錢，卻要做更多工作，實在太不公平了。」諾立搖頭，嘆口氣。

我對於兩人的爭吵感到無奈與不可思議。

我、諾立、莫妮卡和撒朗一起值晚班，鎮上適逢煙火施放與夏日戶外電影放映，入住房客一窩蜂湧入鎮上湊熱鬧，游泳池和室外按摩湯池只剩幾位零星客人。擦鏡，拭桌，拖地，清潔盥洗室之後，我和莫妮卡趁著空檔在池畔飲料吧檯聊天，諾立手提四只冷掉的咖啡壺前來沖洗。夜涼如水，三人懶洋洋，蜷縮身子退化成倦貓，一點勁都沒有，舔著圓圓肉掌，偶爾搖晃精神不濟的尾巴。我們一同望向落地窗，明月懸掛夜幕，隆起的山巒瀰漫一股淺灰深褐清朗之氣。山與山，杉與杉，寬敞弓河間隙其中，暗黑篩濾留下寂靜，依稀能夠聽見流水滲進泥土與石頭的細微聲音，有著什麼在擴散，在濕潤，在月光照射下逐漸飽滿。

撒朗手提兩桶咖啡壺來到吧檯清洗。

「這樣的夜晚真不該待在這裡，好想出去走走啊。」我說。

「我上次在抽屜內發現兩大包未拆封的辣味泡菜口味洋芋片喔。」諾立拉開吧檯抽屜，尋找什麼。

「真的嗎？我怎麼沒吃到。」我問。

「帶回家給兒子吃了。」諾立非常得意，「這樣的夜晚應該陪著家人，如果在菲律賓，說不定我和老婆兒子正搭著Banca（螃蟹船）在海上釣魚呢。」

「Banca？」莫妮卡非常疑惑，「我不知道這個英文單字。」

「是菲律賓語，猜猜看，跟螃蟹有關。」我說。

「吃完螃蟹不是會留下一大堆沒用的殼嗎？用那些螃蟹殼做成的船就叫做Banca。」諾立說。

莫妮卡看向曾經在菲律賓工作過的我。

「在台灣，我們有一種傳統的中式糕餅，叫做老婆餅，長得跟我上次帶來給大家吃的太陽餅差不多。當然囉，太陽餅裡面不包太陽，老婆餅裡面也不包老婆。」

「真可惜，我最喜歡吃人肉餡餅了。」諾立胡扯。

「Banca是指船隻長了很多腳，有些是竹子腳，有些是塑膠水管腳，用來平衡船隻，避免風浪過大而翻船，整艘船看起來很像螃蟹，Banca就是Crab Boat的意思。」我解釋。

莫妮卡狠狠瞥視諾立。

諾立搜完抽屜，「老天爺，這裡沒有洋芋片也沒有可樂，我們到底為什麼要待在這個鬼地方？下次來辦個泳池派對好了，最好是那種全身脫光光的裸體派對。」

「為了賺錢囉。」撒朗開口。

「如果待在捷克，現在我可能和朋友剛剛聽完演奏會，想著該去哪裡喝一杯。」莫妮卡說。

「如果是跟男朋友一起去，那麼結束後應該直接回家，然後上床——別想歪，我是指上床睡覺。」諾立說。

「我可能待在家裡看書，或者看老電影，不過也可能準備去參加革命，那種穿著全套西裝赴宴般的革命。」我想起家鄉，天馬行空想像著。

「革命？我就知道威廉說自己單身不過是幌子。」諾立調侃我。

「革命跟單身有什麼關係？」

「革命者都多情。」諾立笑著說，「應該說都濫情，什麼人都愛，什麼人也都不愛。」

「撒朗呢，如果待在家鄉會做些什麼？」莫妮卡問。

撒朗雙眼猶疑，有所警戒，沉思一會兒後終於開口：「可能會跟我的男朋友一起去餐廳吃飯，接著去散步，或者去看電影。如果還待在非洲，說不定我已經是好幾位孩子的母親了。」

我、諾立和莫妮卡同時倒抽一口氣，平常，撒朗絕對不會主動提起自己的想法。

我開著玩笑：「原來撒朗有兩個男朋友。」

諾立口無遮攔：「一個在加拿大，另一個在衣索比亞，沒想到撒朗根本不是什麼金剛芭比，應該叫做妖精或是萬人迷才對。」

撒朗對於金剛芭比的外號有些反感，不過，對於妖精和萬人迷這些詞彙倒是感到開心，不知如何反應的她露出一臉尷尬微笑。

「諾立，你這傢伙最好閉嘴。」莫妮卡的語氣非常嚴肅。

「我在這裡沒有男朋友，我也不知道那束玫瑰花到底是誰送的。」撒朗言詞閃爍，有些心虛，「不過，我在衣索比亞有一位很要好的男性朋友，我們不只是普通朋友，而是真的男女朋友喔。他的名字是阿布杜拉希，住在我家隔壁，從小我們就一起上學，一起玩，一起做功課，我們的感情很好。」

「國小的同學還有聯絡喔，真是厲害。」諾立十分驚訝。

「之前一直通信，我們已經寫了三、四十封信，不對，應該有上百封信。後來有了網路，便開始寫電子郵件，現在每隔兩、三個禮拜，我們就會用視訊聯絡。明年的假我已經請好了，我要回去看父親，也要回去看他。他單身，我也單身。他說，他在等我。他說，他想和我一起來加拿大努力賺錢。如果哥哥和父親同意，我們準備明年年底結婚，我要帶他來加拿大，我很愛他，很愛很愛他。」

我、莫妮卡和諾立完全愣住了。

「你們多久沒有見到面了？」諾立的語氣謹慎了起來。

「離開衣索比亞之後，我們就沒有再見到面，不過視訊的時候，他說我一點都沒有變，還是原本那一個我。」撒朗的語氣充滿一股難以掩飾的喜悅，「我知道自己從小撒朗變成大撒朗，可是我還是我。」

我們三人互相看著彼此，對於撒朗的話語不知該如何回應。

「那我就有理由去非洲玩了。」莫妮卡刻意調高音量。

「聽說非洲的燒烤和咖啡是全世界最棒的，是那種棒到跟天使談戀愛的感覺。」我說。

「我要帶全家人一起去看獅子和長頸鹿，會有地方住嗎？」諾立說。

「當然沒問題，弟弟妹妹搬來加拿大之後，家裡會空出許多房間。」撒朗抬起頭，腦海似乎是在想像未來的婚禮，「非洲的燒烤和咖啡絕對是全世界第一名。」

「你們在那裡做什麼？」水質管理員崔西打開門，從地下室走了出來，「快要十點了，還不趕快準備清潔？」

莫妮卡先行離開。

諾立對著崔西低聲咒罵沒人愛的老母豬，接著快步離去。

我正打算走到池畔收拾散落的浮板，撒朗突然拉住我說：「一切都會順利的，對不對？」我不清楚撒朗到底想問些什麼，只好搪塞般點點頭。我知道，撒朗並非真的想要詢問我的意見，她只是想要聽到別人贊同她的聲音。我和撒朗推開門，走向室外池畔。市鎮方向的夜空驟然熱鬧了起來，我們不約而同踮起腳尖，由於距離甚遠，看不見火光。遠處，傳來煙火蕊綻的爆裂聲，人群興奮尖叫，樹枝樹葉隨風搖晃瑟瑟發響，我們在暗黑中踩踏踟躕腳步，一陣灰，一陣煙火餘燼，一陣歡呼後的空虛殘餘向我們緩慢移動。

這是另一種我無法理解的愛情嗎？

葉子逐漸枯萎，撒朗修整暗紫玫瑰花瓣，伸出指尖，一瓣一瓣摘下，陶瓷花瓶只剩三枝缺葉的玫瑰花，花瓣剩不到四分之一。

撒朗依舊不肯撤去花瓶。

我們輾轉得知，撒朗的好心情不是因為交了新男友，而是年底前，撒朗的弟弟妹妹即將通過申請，舉家移民至加拿大。除了吉姆之外，我們不再隨意開撒朗玩笑，不再輕易提起金剛芭比的綽號和神祕的玫瑰花束，這些話語都可能會帶來傷害。吉姆依舊吊兒郎當，毫不在意自己不知輕重的玩笑。一次，我和莫妮卡討論著非洲難民、中國移工和中歐多元族裔遷徙路線，提起撒朗曾經片段提起的戰亂。吉姆語帶輕蔑，說人們喜歡誇大，喜歡戲劇化，喜歡聽到苦難變成勵志故事，因為那是人類難以杜絕的潛在愚昧本質，而且撒朗的話怎麼可以相信？她只有國小畢業啊。我和莫妮卡都希望吉姆能夠閉嘴，這話太傷人了。

吉姆反駁，難道我說的是假話嗎？

照例是我、諾立、莫妮卡和撒朗值晚班，瑣碎，平常，近乎無趣的八小時。

開完會，我們各自巡視區域。

戈爾瑪來了，我喊了聲：「大哥，今天過得如何？」

戈爾瑪有些鬱卒，沒有伸出拳頭碰撞我的拳頭，愣了愣，說：「很好啊，好得不能再該死的好了。」一擦身而過後，他臨時停下腳步，轉身問我：「你有看到那個笨蛋嗎？」

我遲疑著。

「我指撒朗。」

「剛剛開會才見到面，怎樣了嗎？」

戈爾瑪想著什麼，沒有回答我，只說了聲謝謝。

黃昏，我跟撒朗不約而同至員工餐廳先吃些點心墊胃。我喜歡撒朗教我的獨創點心料理。燙烤印度餅皮，塗一層肥厚花生醬，再加上切成圓餅狀的香蕉，包裹壽司般捲滾起來，不用刀叉，徒手拿起點心大口咀嚼，配上加了大把白糖和鮮奶油的熱咖啡，口味絕佳，高熱量，瞬間便能補充體力。

平常，撒朗吃不到半條香蕉卷就直嚷著夠了，不能再吃了，再吃下去就要變成飛上天空的熱氣球。然而，現在撒朗一聲不響坐在我的對面，埋頭吃著餐盤上的食物，不僅喝了兩杯熱咖啡、三大杯全脂巧克力牛奶，餐盤竟然還有三大條印度餅皮香蕉卷。柯隆戴著造型墨鏡，拿著咖啡坐到我的身旁，聊起他在溫哥華西南方維多利亞島的旅遊經歷。

「大家都說撒朗偷偷交了一個男朋友喔，什麼時候要介紹給我們認識？」柯隆基於好意，試圖開啟話題。

撒朗圓睜雙眼，抬起頭，看著柯隆，再看著我，彷彿有一股怒氣從心底浮起。

我瞥視柯隆一眼。

撒朗調整急促呼吸，鎮定發顫身子，起身收拾餐盤，對著柯隆沒好氣地說：「你的嘴巴好臭，昨天晚上是不是忘記刷牙了。」

回去工作時，我遇到沒上班的吉姆，他穿著黑夾克牛仔褲，戴著全罩式耳機。

「看到撒朗時，提醒她一下，經理歐琪說明年請假的事情可能需要再討論看看。」吉姆竊笑。

我推著滾輪置衣箱經過布告欄時，看到吉姆所畫的金剛芭比娃娃鬈髮圖案，以及笑話——哈哈，回不了非洲找老公了。我皺眉離去，來到游泳池畔收拾堆疊成塔的髒毛巾。經過吧檯，發現戈爾瑪和撒朗正用母語大聲爭吵。我靜立一旁。兩人都知道我正在注視他們，場面卻絲毫沒有歇停，反而愈趨火爆。我聽不懂任何一句話，卻能感覺兩人針鋒相對，不斷齟齬。諾立和莫妮卡急忙趕了過來，客人好奇地看著我們。戈爾瑪非常嚴厲指責撒朗。撒朗紅了眼眶，淚水汪汪打轉，說了一些話反駁。

「夠了。」戈爾瑪用英文怒吼。

撒朗以受到恥辱的表情望向我們，囁嚅母語，低著頭，汨汨流下淚水。沒過多久，她用一雙充滿憎恨、抗拒、詛咒般的眼神瞪視我們，用英文說：「我不知道是為什麼，為什麼總是你們，嘲笑我，貶低我，看輕我，給我取外號，跟每個人說我的私事。我知道我是個黑女僕（Black maid），但是你們不能以此來勒索（Blackmail）我。為什麼你們要這麼做？難道我等待得還不夠久？受到的折磨還不夠多？難道我一定要被你們踩在腳下？難道你們一定要用那種假裝同情的眼神看著我？你們這群王八蛋，聽好了，我從來就不需要別人的同情，從來就不需要你們刻意來當我的朋友，我一個人也可以活得很好。我有自己的愛人，不管他到底是誰。還有，我不是偷渡者，我是合法的加拿大國民。」撒朗雙唇發白，全身顫抖，用手背擦拭滿臉鼻涕淚水，用驚駭與復仇般的眼神掃視我們，繼續說：「我還不夠努力嗎？我為什麼要繼續忍受？我就不能買玫瑰花送給自己？」

「不要再無理取鬧了。」戈爾瑪走向前，像是安慰，更像命令。

撒朗瞪視戈爾瑪。

戈爾瑪跟我們抱歉，抓住撒朗的手用力拽往地下室。

撒朗譴責的話語逐漸平緩她的情緒，同時也加強她的怒氣，剛剛止息的淚水再次撲簌簌滾落。憤怒中，撒朗露出一絲無人理解的笑容，看起來非常悲傷，非常痛苦，非常脆弱。地下室的門重重關起，鎖上了，我們三人面面相覷，心中著實雜亂無章。我們都帶有愧意，卻不知自己到底做錯了什麼，最後只好沉默離去，不約而同躲避彼此的眼神。回到地下隧道，布告欄上的圖案和話語都被擦拭掉了。

最後一枝枯萎的玫瑰花落下深色花瓣。

暗無天日的地下隧道，日光燈在磚牆圍繞的漆黑中發出微弱光芒，行進間，我們不再聞見淡然芳香。花謝了，只剩枯枝，撫摸時，依舊能感覺不再銳利的莖刺，盛水的盆栽靜置桌面。有人將枯枝丟進垃圾桶，在盆栽內擺進一枝紅色塑膠玫瑰花，不過，無論色澤、觸感或是揮散不去的塑膠味都讓人難以喜愛。花瓣逐漸積灰，花瓶內部泛起劣質的人工芳香劑味道。每日每夜，撒朗走過塑膠花身邊，我也走過塑膠花身邊，只是沒有人再去細心探究玫瑰花束的贈送者，也沒有人在意這朵永不枯萎的塑膠花來歷。

某日，莫妮卡再度提到Ferment這個單字，我瞬間愣住了，空氣中臨時傳來一股微弱的白熾靜電。我默默低下頭，暗自思索在時間的循環流動之中，人們究竟輕忽、無視以及遺漏哪些漸次變化的意義。

有事沒事都一起來哈草

酒神的子嗣，大麻、啤酒、頂級亞伯達省3A雪花牛排，以及永遠難以形容的絕妙性愛——Holy cow!

春夏雪融，鮮綠從褐黃大地源源滲出，空氣浮泛日光無償餽贈的溫暖，微風拂面，隱約間，彷彿聽見有人正在誦讀詩歌的金玉之音。我尾隨經理歐琪來到即將重新開放的網球場，鑽入結滿蜘蛛網的木製小屋，從二樓的狹仄倉庫，拖出厚重的摺疊塑膠布，平整敞開，打算以此釘覆鏤空織狀圍牆當作風阻。我們不太熟識器具、架設方式，研究許久，依舊毫無頭緒。經理歐琪索性回到城堡飯店尋找救兵。

來了三人，一位穿著工程部門的靛藍制服，另外兩人穿著便服，按摩師傑夫肩扛伸縮金屬長梯，按摩師雷恩揹著沉重工具袋。

傑夫是加拿大人，高個兒，身材壯碩，髮色淺金偏棕，鼻子挺拔，有著帥氣笑容。他戴著黑色太陽眼鏡，米色短褲，橫條紋上衣，白襪配一雙深藍運動鞋，踏著靈活腳步來到我的面前，輕拍我的肩膀，說：「嘿，兄弟，別擔心，無所不能的打火隊來了。」

每個禮拜，我、莫妮卡和傑夫都會一同打網球，後來中田秀樹也加入。

中田秀樹在城堡飯店一樓的紀念品店工作，店址位於轉角，裡頭販售麋鹿玩偶、捕夢網、紀念幣、世界地圖、木刻雕塑、加拿大國徽和日本風味的書法筆墨等，我時常在那走動，要中田秀樹教我簡單的日文，例如寂しさ（寂寞）、腹の虫ガ鳴く（肚子餓）、世を厭

う（厭世）、私は仕事を休みたい（我要蹺班）等。

傑夫自備球拍，其他人則去體育室租借。莫妮卡和中田秀樹學過網球，動作流暢，我的技術粗淺，拿著網球拍的手臂時常輕輕一揮，網球就叛逃飛過圍欄。朋友耐心教導基本動作，如何移動腳步，妥善撞擊、磨擦與切球。晨早十點，或午後三點，涼風在溫暖的陽光底下徐徐吹拂，遠近山林唆嗦唆嗦發響，以古語低聲祝禱。我們壓低身子，專注網球來回動向，奔跑、揮拍與轉身。臉頰發紅，氣喘吁吁，皮膚逐漸滲出汗水，追擊不斷旋轉的網球，就像追擊永遠無法企及的遠方。之後，我們相約去泳池的盥洗間洗滌，再去員工餐廳吃飯。一日，打完球，換上泳褲來到戶外泳池，傑夫神不知鬼不覺溜上草叢，躲於左側稀疏林木，低聲吆喝，招手，要我過去。我走近，立即聞見一股濃濃的刺鼻大麻味。

「要來一口嗎？很過癮的。」傑夫滿臉愉悅。

我遲疑，進而婉拒。

「太可惜了。」傑夫一臉遺憾說著：「這樣子人生可是會錯過許多美好啊。」

「沒差。」我開著玩笑，「不知道那種美好，也就不知道自己錯過了。」

我們發現傑夫時常會出現一些小小的毛病，例如短暫記憶力不好，容易忘東忘西，有時前晚才剛約好要一起打球，隔日卻沒有出現人影，後來我們才知道，這是哈草哈太多的後遺症，把自己的部分靈魂，遺留在抒情迷幻的煙霧世界，傑夫可能把賺來的錢，全都換成了草藥。班夫費爾蒙特城堡飯店內的各個職位之中，按摩師絕對隸屬高薪，底薪比一般服務員高，還能拿到令人眼紅的優渥小費，每週只須工作三至四天，每日服務兩至三位客人，工作時間不僅短，而且非常彈性。我們私底下都在苦勸傑夫，多多少少存些錢，使用草藥必須適可而止，千萬別過頭了。

我和莫妮卡聊起大麻。

「來到加拿大不抽大麻，實在可惜，就好像學生時代沒談過戀愛那樣。」我拿著湯匙吃牛奶麥片，「只是我的心中，還是無法突破那條禁忌之線。」

「不要隨意嘗試，再怎麼說都對身體有影響。」莫妮卡坐在我的對面，喝著咖啡。

「妳抽過嗎？」我問。

「抽過兩、三次，不過不是好的經驗。」莫妮卡露出尷尬微笑。

中田秀樹沉著臉，喘大氣，端拿盤子走了過來。

「沒事吧？遇到什麼麻煩了嗎？」我說。

「昨天的帳目少了一百加幣，今天早上重新算了好多次，還是一樣，不知道哪裡出錯了。」中田秀樹坐了下來，在生菜沙拉上撒落黑胡椒粉，吃起餐點，搖著頭說：「如果帳目對不上，缺額會從薪水中扣除，真糟糕，最近我的腦袋實在不太靈光。」

「是不是晚上偷偷跑去參加派對？還是哈了草？」我轉換話題，想讓中田秀樹輕鬆些。

「哈草？是指抽大麻嗎？」中田秀樹咀嚼沙拉。

「是啊，要一起試試看嗎？」我露出笑容，「應該不貴，我想傑夫那裡有貨。」

「不要輕易嘗試啊。」莫妮卡皺起眉。

「可是妳都試過了，這樣不公平。」我說。

「沒想到莫妮卡也哈草。」中田秀樹睜大眼珠無比驚訝。

「小聲一點。」莫妮卡面露驚慌，「雖然這不是什麼大不了的事情，不過我不想讓太多人知道。我是在捷克抽的，那一天，我們的家族辦了一個盛大的生日派對，慶祝奶奶八十大壽，大家鬧到半夜還沒結束，因為晚了，我和傑克臨時決定留下來過夜。我怕冷，所以去爺爺奶奶的房間再拿一條棉被，上樓梯時，我無意間聞見了濃濃的大麻味，我以為是表弟們在偷偷嘗鮮。打開門，我竟然看見爺爺正笑瞇瞇抽著大麻。爺爺抽得很嗨，胡言亂語，說自己的頭頂長出鹿角，眼睛開出罌粟花，全身長滿不同顏色的聖靈菜花，彷彿身處天堂，雙手拉著我繞圈圈，還在床上跳來跳去，以為自己是彼得潘。當時，我的確陪爺爺抽了幾口，只是感覺並不好，沒幾分鐘後我就跑到廁所吐了。」

「捷克真是一個神祕的地方。」中田秀樹笑著，「不知道全身長滿菜花會是什麼感覺。」

「可能比高潮還要爽快，唉，難怪捷克出了那麼多知名作家，〈變形記〉一定是哈草哈出來的。」我說。

「真是的，抽大麻對身體不好啊。」莫妮卡嘆口氣。

「抽菸、熬夜和吃油炸食物也對健康不好。」我淘氣回應，「人生不應該只為身體健康而活。」

「老天爺啊，我們之後一定得去溫哥華參加國際菜花節，不不不，是國際大麻節。」中田秀樹感嘆。

「這是一年之中最重要的節日。」我說。

七月暖陽，我們持續相約打網球。

我的網球技術正在進步，左右平移速度愈來愈快，逐漸能夠感覺球拍接觸球體的瞬間摩擦。

我們輪流上陣，累了，索性攤坐球場喝水，時而撿球，時而玩耍傑夫帶來的長板。站上長板，張開雙手，維持平衡，涼風帶著青草氣息刷刷撲面襲來，世界成為快速流動的顏色，液體般，讓我們深入不斷潑灑的奇異濃彩，一路滑向無止無盡的盛夏。站穩，壓低身體重心，些微前傾，左腳踏穩長板，右腳節奏觸地踩踏進而向前加速，等到速度漸穩，右腳再踏回長板後方。轉彎時，重心得低，左傾右斜適度調整方向。想要停下來時，只要重心稍微後移，前板便會自動上翹，止住前移。大部分時間，我們大聲尖叫從長板蹬跳而下，以為世界即將翻轉傾毀，然而失敗也饒富樂趣，使我們狼狽，使我們沮喪，卻也使我們不輕易放棄再三挑戰。傑夫是長板高手，時常滑著長板在班夫市區街道閒晃，有時不期而遇，正想打聲招呼，不過一轉眼，傑夫便優哉游哉隱入人群、街巷與建築之中。

我們規畫了整日行程，早上八點相約爬Tunnel山，午後騎馬三小時，最後回到城堡飯店。一行五人，我，傑夫、傑克、莫妮卡和中田秀樹。傑夫開車，播放不斷強姦耳朵的重金屬搖滾樂，拉下車窗，晨早便大剌剌抽起要人命的大麻菸，說這樣子精神才好。

我們告誡傑夫，大麻少抽一點啊。

「難道你覺得人生不夠苦悶嗎？」傑夫嘻皮笑臉。

路程不長，之字形攀升，不到三小時便攻頂。

弓河往遠方彎繞而去。

我們氣喘吁吁放下背包，輕揉大腿，一古腦掏出墨西哥捲餅、日本壽司、燕麥餅乾和蘋果果汁。拍去褲子塵灰，起身，站立山頂眺望遠方，空氣充滿一股醒神的高山冷冽。大麻藥效逐漸消退，傑夫兀自沉默了起來，身上帶有無法排遣的抑鬱，彷彿不斷被時日掏空。這時，我們反倒希望傑夫能夠多抽幾根大麻菸，保持愉悅亢奮的心情。午餐後，其他人先行出發，我和傑夫坐在山頂看望遼闊大地，想要牢牢記住景色，那在生命中永遠難以回溯的瞬間流光。

「嘿，你會不會時常有一種被摧毀的感覺。」強風拂來，傑夫一頭亂髮，「那種感覺湧現時，會非常無助，好像所有的人都離你而去。」

「被摧毀。」我轉過頭，注視傑夫，「是指死亡的感覺嗎？」

「不是死亡。」傑夫搖頭，眼神持續注視遠方，停頓了一會兒，說：「死亡太過簡單，近乎草率，像是逃避。我說的是摧毀，類似邁向死亡的過程，不過兩者之間不太一樣。摧毀是失去，但是很多時候，卻不知道自己到底失去什麼。」

「我們真的要在山頂討論這麼嚴肅的話題嗎？」我輕拍傑夫肩膀，想要減緩輾壓而來的沉重。

「我挺想知道，摧毀一個人究竟會產生怎樣的感覺。」傑夫面無表情，轉頭看我，「不需要肢體暴力，有時簡單幾句話，就能把人推入深淵。」

「摧毀一個人最簡單的方式，就是談一場轟轟烈烈的戀愛。當然，那場戀愛必須以悲劇收場。」我說。

傑夫笑了出來，「那幫我找個必定會分手的女朋友吧，長期炮友也行。只是，我還不打算結婚喔，我雖然是匹大屌種馬，骨子裡卻是懦夫，小孩、家庭和責任什麼的，對我而言，簡直就是愛滋病的兄弟姊妹。」

「要求還真多。」我立身，拍打衣褲灰塵，伸手拉起傑夫。

我們背起背包，並肩往山下走去。

我突然停下腳步，突兀說著：「我覺得死亡不應該廉價，摧毀應該有其意義。」

傑夫面露寬慰，看著我。

「走吧，有人正在等著我們。」

遠處響起馬匹嘶鳴，林間路徑迂迂迴迴，石間濕潤的青苔逐漸肥厚。

下山途中，我的心中產生某種奇怪的想法，覺得天使就是站在山頂，默默看顧著我們的吧，這樣子曾經站在山頂的我們，或許也能默默看顧著自己的愛人。

我們一起參觀了傑夫新家。傑夫從員工單人宿舍搬至城堡飯店右前方的獨棟木屋別墅。依照規定，若要入住別墅，得由原先居住木屋的員工主動邀請，非依工作資歷，亦非依位階高低。八棟獨立木屋，三層樓高，建築與建築間有寬敞草坪，前方有一排叢密林木隔開馬路，杜絕噪音，具有極高隱密性。獨棟木屋共住六人，都是水療中心的按摩師。傑夫住一樓，雅房方形格局，單人床，牆上懸掛一幅世界地圖和加拿大國旗。我們窩聚傑夫房間，坐在床鋪、椅子和地板上聊天。莫妮卡和傑克帶來生菜沙拉，中田秀樹帶來蕎麥麵，我準備了水果盤和雜糧麵包。傑夫從冰箱拿出一打可樂和兩盒藍莓，從抽屜掏出三大包黑胡椒牛肉洋芋片。

我們準備舉辦烤肉派對。

黃昏，我和中田秀樹在木屋後方的草坪架好兩組烤肉架，傑克載著莫妮卡去超市採買雞翅、雞腿和牛排。我們擺放三張圓桌與數十張椅子，桌上鋪設紅綠方格長巾，一端擺放冰酒、紅酒與威士忌，另一端擺放盤碟刀叉，長形冰桶置放啤酒、可樂與雪碧等飲料。按摩師雷恩從屋內拿出音響，播放流行歌曲。夜色漸濃，氣溫陡降，我們伴隨抒情搖滾樂喝起酒來，那麼坦然，像是慶賀自己的倖存，以及今日隆重的毀滅。按摩師陸續回來，加入派對，吃起麵包，喝起紅酒，大口大口品嘗優質起司。

大夥兒圍繞圓桌或坐或立聊天。

傑夫開著玩笑，帶動氣氛：「大家猜猜看，為什麼憂鬱的男人，總是不由自主朝著華歌爾專賣店移動？」

有人說想要做愛，有人說想要偷窺女人性感的身材，有人說男人就是愚蠢。

「你們太邪惡了啊。」傑夫笑瞇瞇望著大家，「因為憂鬱的男人，都會把Bra看成Bar，想去喝酒解悶。」

夜燈亮起，影子與夜晚如同密謀妥貼融合。

參加派對的人帶來世界各地風味佳餚，墨西哥捲餅、非洲燉肉、捷克風味生菜沙拉、菲律賓烤全雞、德國豬腳、英式家傳白醬義大利麵、義大利披薩、法國檸檬派、地中海蘋果起司派和中國綠豆湯等等，我們席地而坐，偶爾起身拿取食物，隨著音樂搖晃身子，脫下制服之後，我們才開始有了自己的樣貌。有人愛好喝酒，有人興奮討論如何去北極探險，有人偕同夜晚的性伴侶步入隱密樹叢。我們玩起飛盤，旋轉手臂，奮力擲出，人群繼而起跳追趕。傑夫不知從哪拿出一顆橄欖球，人們立即分成兩隊，氣勢高昂，前後左右相互衝撞，鬼吼鬼叫衝鋒陷陣將身體撲疊而上。有人離開，有人陸續加入，我們並不認識每位參與者，但是大都是有過印象的城堡飯店員工。

深夜，草坪再度瀰漫濃烈大麻味。

「兄弟——」傑夫竄至我的身後，「最近壓力是不是很大？會得憂鬱症喔，要不要來試試？」

「不用擔心警衛或高層嗎？」

「沒什麼好擔心，反正隔天照常上班就行了。」傑夫搭著我的肩膀，笑著說：「保全部門的頭頭叫馬力歐，軍人出身，特別迷戀女人的大奶子和大屁股。他之前原本大有作為，不過後來搞了屬下老婆，只好黯然退役。現在有了家庭，生了兩個孩子，不過花邊新聞還是一大堆。不要太超過，不會怎樣的，他還時常跟我拿貨呢，儘管放心。」

我面帶無奈，點點頭。

「你有看到那位金髮女孩嗎？拿著玻璃酒杯喝酒那位，聽說是新來的櫃檯人員，應該有C罩杯，我的老天爺啊，她屁股的弧線就像櫻桃，真是漂亮。」傑夫陷入癡迷，「如果可以，真想跟她打個野炮，她叫起來的聲音一定很狂野。真糟糕，我下半身的小老弟一定是被蜜蜂叮了，熱熱腫腫的。」

「傑夫，有時我真搞不懂你說的是真話還是假話。」我說。

「當然是真話，百分百發自內心深處。」傑夫再度哈了一口大麻，轉過頭，往我臉上噴氣，「好啦，我承認，我只想跟她打炮，不想跟她交往。」

我嘆了口氣。

「難道你不想跟她打炮？」傑夫語帶驚訝，接著開起玩笑：「沒關係，你就當同志好了——說真的，我也超愛同志，他們很多時候都比女人溫柔，像是雷恩啊，他和他的男朋友明年打算在魁北克結婚，以後打算領養孩子。下次我想要跟男人做愛時，一定第一個找你。」

「我應該學學你的放縱才是。」我搖著頭說。

「走，咱們找那女孩一起三P。」傑夫抽著大麻，攬住我的肩膀，往金髮女孩前進。

金髮女孩非常健談，說自己從大學畢業之後，先去日本學了半年日文，接著又去東南亞的越南、柬埔寨和寮國自助旅行了三個月，花光積蓄，現在預計在班夫待一年，存些錢，之後準備轉調路易斯湖費爾蒙特城堡飯店（Fairmont Chateau Lake Louise）。傑夫和金髮女孩共享大麻菸，說冬天一定要去滑雪，還相約下次要一起打網球。電話聲響起，傑夫接起電話，走遠幾步，接著面色逐漸凝重了起來，向我們打聲招呼後轉身離去。我和金髮女孩聊起越南的下龍灣、柬埔寨的眾神雕塑和寮國的小乘佛教。我們都不知道傑夫到底去了哪裡，直到派對結束，音樂歇停，收拾四散草皮的酒杯、瓶罐與垃圾時，才聽到傑夫房中傳來奇怪的聲音。原先，我們以為傑夫勾搭上某位女孩，正在房間奮戰，不過當我們打打鬧鬧側身貼耳靠向房門，卻清楚聽見房中傳來夾雜哭泣、歡愉與夢囈般的聲音。

我們敲門，但是沒有任何回應。

「我們要進去了喔。」傑克扭開門把。

傑夫光裸上身躺臥床上，兩眼渙散，床頭櫃散落大麻菸與喝罄的酒瓶。

我、傑克和中田秀樹進入房間之後，立即關起門。

「那個老女人終於要死了，我等了那麼久，她終於要死了。」傑夫一邊微笑一邊哭泣，不知到底是憂傷還是愉快。「我從來都沒有擁有過她，所以我也不會失去她，我根本不必感到難過。」

「不要再抽了。」傑克向前，取走傑夫的大麻菸。

我打開窗戶，讓空氣流通。

「我才不要去看她，到她死前我都不要去，我要等她死。」傑夫癱軟身子，滿嘴胡言亂語：「她死了之後，我的人生才不會那麼痛苦，他媽的，她已經折磨我一輩子了，我恨她，我真的好恨好恨她——」

「怎麼搞成這樣子。」傑克說。

傑夫前傾身體，手摀鼓脹的嘴巴。

我趕緊將垃圾桶拿至床沿。

傑夫忽然吐出穢物，我和中田秀樹的衣褲都髒了。

「都出去吧，我來處理就好。」傑克用毛巾擦拭傑夫的嘴巴，接著擦拭地面的嘔吐物。

我和中田秀樹走了出去，房間內依舊響起傑夫夾雜憂傷、憤怒與難過的吼叫。

凌晨一點，終於收拾完畢。

傑夫已經躺平入睡。

我們互相道別，懷著各自沉重的心事離去，空氣中仍然瀰漫無法揮散的大麻味。

隔沒幾日，再次看到傑夫，他露出尷尬笑容，「真不好意思，那天晚上——」

「別擔心。」我說。

「那天晚上我們沒有三P吧。」傑夫十足調皮，「真是太可惜了。」

「會有機會的。」我學著傑夫的語氣。

「我記得我很像吐了。」傑夫說。

「吐在我和中田秀樹的身上啊。」我說。

「衣服和褲子記得不要洗，留下來做紀念。」傑夫開懷大笑，「以後我成了名人，可以上網拍賣喔。」

我們刻意避開敏感的話題。

傑夫照常撒野，胡言亂語，可是我逐漸察覺，他其實擁有一顆柔軟、悲傷、敏感的心。

酒神的慶典，日常的跨越，**某種程度而言，我們都在期待真正的放肆、崩毀與暴力。**

時序進入秋冬，空氣清冷，綠意褪成灰褐再成雪白，已落了幾次遮天蓋地的鵝毛大雪。

夜晚，下了班，拖著疲倦腳步回到員工宿舍。

手機臨時響起，邀約喝酒，窗外傳來陣陣喇叭聲，原來傑夫已經在宿舍門口等著。

換上便服，穿上厚外套，下樓，傑克和中田秀樹都在車上，還有一位眼神迷茫彷彿酒醉的棕色長髮女孩。

「Jackie Chen，終於下班了啊，等你很久了。」傑夫搖下車窗，「快點上車，帶你們去我的祕密基地。」

「怎麼這麼臨時？是不是喝了酒？換我開車吧。」我說。

中田秀樹捧出一打冰啤酒，「還沒正式開始呢。」

「別擔心，我只喝了三杯，晚上不會有警察。」傑夫轉大音樂聲，「相信我，我們比較可能會遇上黑熊。」

「帳篷、睡墊和睡袋都準備好了，連免費的女人都有喔。」傑克說。

傑夫開車，傑克坐前座，我和中田秀樹坐後座，中間夾著滿身酒味的女孩安琪拉。

安琪拉是傑夫剛在酒吧認識的女孩，巴西人，五官深邃，身材火辣，穿著超短牛仔短裙，上半身一件米色貼身棉衣，豐滿的乳房隨著車子晃動而擺盪。

安琪拉圈住我和中田秀樹的胳膊，把我們拉到她的懷中，似乎想要以母乳餵哺我們。

「幹我，趕快來幹我，我可是人見人愛的婊子。」安琪拉喊熱，鬼吼鬼叫：「我的老天爺，你們這些沒種的渾蛋，為什麼還不來幹我，我下面剃得很乾淨，噴過茉莉香水呢。」

安琪拉一定是嗑了藥。

森林清冷，暗黑中，車子隨著狹窄道路一路向上彎曲攀爬，折彎減速，遇上直路便踩踏油門加速，細碎雪塵隨著寒風撲撲簌簌飄揚，窗外大雪，我和中田秀樹的身子在安琪拉乳房的磨蹭下漸次熱潮了起來。

「到了。」傑夫拉起煞車桿，注視漆黑穹蒼。

打開車門，寒肅空氣瞬間襲來，傑夫分發小手電筒。

我們離開主要林道，踩踏積雪，進入冷杉森林層層疊疊的庇護，松針時而落下，發出鈴鐺響玉聲。

「要去哪裡？」我問。

傑克打開後車廂，揹起登山背包，分配大夥兒攜帶的物品。

傑夫和傑克攙扶腳步搖晃的安琪拉。

我和中田秀樹一手抱著睡袋，一手提著啤酒和裝滿零食的沉重袋子。

「我們到底來這做什麼？」我的話語飄散成濃厚霧氣。

「這種鬼天氣還是適合待在室內。」中田秀樹氣喘吁吁。

「安琪拉是位熱情的女孩子，只是似乎太過熱情了。」我說。

「她需要我們好好安撫。」傑克轉過頭笑著說。

「到底是她自己嗑藥，還是傑夫給她下藥？」我嘆口氣。

「我們會不會成了幫凶？到時候被抓去坐牢。」中田秀樹一臉憂容。

「能夠在一群男人面前說『趕快來幹我』，不僅僅只是需要一般勇氣，就算是吃了春藥，也沒辦法這樣啊。」傑克說。

「相較起來，亞洲人太害羞了。」中田秀樹說。

大雪覆蓋，步履發出輾斷枝葉的清脆嘎吱聲，我們緩慢移動，逐漸收攏對話，微弱的手電筒燈光四處掃射。我們在抖顫中遺失方位，於是變得敏感、緊張、充滿緊戒，時而踩空時而滑倒，樹幹傾圮阻塞林徑，必須專注腳步，凝神傾聽，潛伏的危險是有預兆的。

「終於到了。」傑夫說。

我們徐緩呼吸，踏上光滑巨石傾身探索。寒風陣陣，山巒布滿銀白大雪，湖已凝凍，如同灰黑鵝絨沉靜發光。傑克和中田秀樹一同靠來。禽鳥聲穿越林木，遠方的班夫城鎮亮著微弱跳動的火光，人們在屋簷底下，火車以金屬之身往陌生境域快速移動，通往遠方、邊界以及想像。我的雙腳有些發麻，呼吸困難，顫怯怯退了下來。傑夫拿出塑膠軟墊，攤平，鋪上雪地。我和傑克笨手笨腳搭起兩頂帳篷。中田秀樹忙著安撫安琪拉。我們將酒與食物放入帳篷，攤開睡袋，而後來到林間蒐集殘枝落葉。

我們需要一把火。

中田秀樹攙扶安琪拉進入帳篷。

安琪拉猛然沒來由搧了中田秀樹一個響亮巴掌，發出詭異笑聲，「沒用的男人，趕快來幹我啊。」安琪拉舉起手，要給中田秀樹另一個巴掌。

中田秀樹左手抓住安琪拉手腕，舉起右手，不知是否應該揮下，最後縮手退了出來，喃喃咒罵：「真是要人命的瘋婆子。」

「如果不好好跟她做愛，會挨巴掌的。」傑夫笑著，「考慮考慮，我有帶保險套，有螺旋型、顆粒型還有超薄型喔。」

傑克堆攏細柴枯葉，開始生火。

「今晚真不該出門，我們到底帶著瘋婆子來這裡做什麼？」中田秀樹搖頭嘆氣，「我明天還要上班啊。」

四個男人圍坐柴堆外圍。

「真令人困擾。」傑夫收起笑容。

我們注視傑夫，等待著。

「很奇怪，只要看到這些蠢女人出現在我面前，我都想要拿一把槍，轟破她們的頭殼。」傑夫面無表情，「然而，到了後來，不知為何我總是先愛上她們，我覺得我應該要用那把槍，先轟破我的頭殼才是。」

我和中田秀樹沉默不語。

傑夫很少在我們面前露出心中底層的憎恨、憂傷與憤慨。

我驟然發現，自己並不真的了解傑夫。

我們低著頭，用眼角餘光覷視彼此。

「一定是失戀了。」傑克嘆口氣。

傑夫皺起眉頭，「嘿，兄弟，我沒失戀，只是有些憂鬱。」

「我也時常憂鬱啊。」我說。

「無緣無故被打了一巴掌，才該憂鬱。」中田秀樹說。

「我有一個朋友在香港教英文，他說亞洲的女人都很溫柔，是真的嗎？」傑夫說。

柴堆竄出灰煙，不一會兒，火便熱切燒燃起來。

「飯店內有很多亞洲人，房務部門最多了。」我說。

「我是指中國人、日本人或是韓國人。我喜歡白一點的女生，你知道，菲律賓的女生都偏黑。」傑夫說。

「這是種族歧視。」中田秀樹笑著說。

「如果喜歡白一點的亞洲女生是種族歧視，那好吧，我就認了。」傑夫說。

「老兄，我覺得你只是想找個理由當色狼。」火舌燒竄，傑克加入更多柴堆。

安琪拉依舊在帳篷內不斷鬼吼鬼叫。

「那女人到底是怎麼一回事？」中田秀樹說。

「可能醉了。」傑克意有所指，「也可能下面有螞蟻在爬，很癢。」

「有時，我覺得人生是一團狗屎，悲哀的是，我們必須在狗屎之中，學會自得其樂。」

傑夫打開啤酒，一口氣喝了半罐，「他媽的，那婆娘又在鬼吼鬼叫，等會兒我要肏得讓她送急診。你們別急，全部都吃得到甜頭，想要一個一個來？還是要一起上？我都沒問題。」

「可是我沒有多P經驗，這樣的挑戰太大了。」我調侃說著。

地面冰冷，我們找了些枯枝鋪上雪地，繼續圍繞火堆。

「沒想到這麼小的火，能驅趕那麼多的黑暗。」我說。

「想太多，這種小火，我撒泡尿就沒了。」傑夫又開了一罐啤酒，「一起喝啊。」

「傑夫，沒事吧？你今天怪怪的。」中田秀樹說。

「我覺得今天才正常。」傑夫用手背抹去唾沫，「這才是我，還沒有抽大麻的我。」

安琪拉醉醺醺爬出帳篷，朝著火堆丟來雪球，火星四處竄飛，一把火不偏不倚正好燒向傑夫。

「真是活得不耐煩。」傑夫起身，滿懷憤怒走向安琪拉，賞了她兩個響亮耳光。

安琪拉似乎瞬間酒醒，滿臉驚慌癱倒雪地。

傑夫彎身，抓住安琪拉頭髮猛力往帳篷內拽，「臭婆娘。」

安琪拉受到劇烈驚嚇，開始瘋狂大聲尖叫了起來。

「我就是喜歡這種聲音。」傑夫鑽進帳篷，「媽的，再繼續叫啊，還真沒見過這種潑婦。」

傑克、我和中田秀樹圍坐火旁，不知該如何是好。一股悚然從背脊與腳底板傳來，全身神經不禁隱隱發麻。傑克看著我，似乎是想透過我的反應來決定接續的行動。中田秀樹緊握一根撓火棒，像是防衛。帳篷內傳出毆打聲、滾動聲以及猙獰的掙扎聲。我立起身，傑克與中田秀樹也在火光中立起身。我們慢步走向帳篷，深怕驚擾什麼。我緊緊拳住石頭，傑克拿著玻璃瓶裝的啤酒，中田秀樹持拿木柴，我們顫顫巍巍走到帳篷邊。我緊咬下唇，心跳劇烈加速，看著傑克和中田秀樹。三人面面相覷。突然間，帳篷內安靜了下來，亮起細弱火光。

傑克用腳掌輕踹帳篷。中田秀樹彎身。我全身戰慄，伸出手，拉開帳篷布。帳篷內瀰漫濃濃大麻味。安琪拉躺在傑夫長滿金毛的胸膛上，長髮披散，嘴角紅腫，臉頰有被毆打後的痕跡。傑夫的脖子被安琪拉的銳利指甲抓出多條血痕。安琪拉抽著大麻菸，面帶微笑，孟浪輕狂抬起頭，吐出一口放蕩的煙。

「媽的。」傑克打開準備用來砸人的啤酒，喝了一大口，「真該打死你們這對狗男女。」

我放下石頭。

中田秀樹鬆了一大口氣。

安琪拉用迷茫的眼睛看著我們，起身將傑克手中的啤酒搶了過去。

傑夫從帳篷內鑽了出來。

我們繼續圍坐火堆。

「火要滅了。」中田秀樹說。

「沒關係，再加些柴就好了。」傑夫說。

我的內心深處有一種感覺，每當火燒起來的時候，總是讓人察覺到更深、更隱密、更難以窺探的黑暗。

「竟然被你擺了一道。」傑克嘆口氣，「我還以為——」

我們在森林的懷抱之中繼續蒐集四散的斷折林木。

傑夫捲一根大麻菸，抽一口，傳給傑克，傑克也抽一口，傳給中田秀樹，中田秀樹也抽一口，傳到我的手中。

我盯視火光，嗅聞藥草，大麻菸緩慢靠向嘴唇，沉寂之中，安琪拉突然以乳牛叫春般的音量大喊：「Fode-te（葡萄牙語髒話），你們這群Crackhead（古柯鹼癮君子），有膽就露出你們沒用的Inchworm（尺蠖、毛毛蟲，此指短小陰莖），快來幹我。」

Holy cow! 求求妳別再五子哭墓，哭爸哭母，我們實在招架不住啊。

別輕易愛上美洲獅

深夜，寂靜的沉睡時刻，長途火車將人們與貨物送抵遙遠彼方，傳來陣陣穿行薄霧的鏗鏘金屬聲。

天色逐漸露出魚肚，陽光晃悠悠晾曬湖面，撩撥粼粼銀波。夏日空氣有著鋼鐵質地，清爽，無鏽味，野草從軟泥倔強鑽出，漫上沼澤、堤岸與叢林中的漆黑濃蔭。天空深藍如海，林木青翠，篤實樹幹粗細穿插，弓河潑濺的水彩溼氣汪汪浮泛班夫，流淌在木工持拿鐵錘的敲擊聲中，在餐廳廚師從冰箱拿出的奶酪、臘腸與義大利香料中，在巡山員步履山野路徑的汗水中，在打掃商店環境的店員中——一切都蘊含明亮與陰影，光明與暴力，充滿暫時性的秩序。理想的夏日，大夥兒換上短衣短褲、厚襪與登山鞋，揹著裝有餅乾與運動飲料的背包，一步一步走向山嶺；也有人在河邊林徑慢跑，或是在啤酒、口風琴和悠揚的歌聲中持槳划船。

隱然間，萬物正在勃發。

經理歐琪說，夏天就是要烤肉，外出登山，參加露天草地音樂會，不過話鋒一轉，提醒我們一定得注意安全，她將一則英文新聞與一張標示警戒區的簡圖貼在公布欄上。五月，落磯山脈旅遊勝地亞伯達省班夫傳出美洲獅（Cougar）攻擊事件，雖未造成嚴重傷亡，然而保育官員為防萬一，呼籲旅客外出時最好結伴同行。我仔細閱讀新聞。班夫國家公園保育經理韓特（Hunt）表示，有關單位於二十三日晚間接獲一通匿名電話，指出在班夫東北一處廢棄工業區內，有人被美洲獅襲擊，被襲者在危難之中全力反擊，美洲獅最終倉皇逃離。由於報案者仍處驚惶，未能提供詳盡細節，保育人員無法確認案發地點，亦未發現相關證據。為了安全起見，班夫國家公園仍然對外發出正式緊急通報，呼籲旅客和當地民眾外出活動時，必得時刻保持警覺。遇上美洲獅，切勿轉身竄逃，最好緊靠同伴，設法發出巨大聲響加以威嚇，趁機退離。

我和莫妮卡都對美洲獅產生好奇，除了搜尋報紙新聞，還認真搜集美洲獅相關資料。

我走在戶外泳池區域，拿著長鐵夾撿拾散落草皮的垃圾。

「夏天是爬山的好季節啊。」水質管理員戈爾瑪指著左側小山，又指著右側鋸齒連綿高山，「你知道這些山的名字嗎？」

我點頭，接著詢問戈爾瑪爬過班夫哪幾座山？

戈爾瑪拍打大肚，「之前身材跟冷杉一樣苗條時走過Tunnel。唉，我可不想爬其他的山，太高了，很難一天來回，難道你聽過喜歡爬山的大象嗎？不過說實在的，如果有機會，應該要去Rundle走走。」

我笑了笑，望向山峰，心中暗自決定，夏日結束前必須去爬山。

戈爾瑪說：「週末，很多人都會去爬山，只是爬一爬就爬到另一個世界，我認識一位曾經在飯店上班的年輕印度廚師，消失了一個禮拜，後來搜救隊才在山谷下找到屍體。」

在班夫爬山確實極具挑戰，山峰聳立，一不小心失足摔跤命就沒了。我記得三月底從卡加利搭車來班夫面試時，順道爬了Tunnel，當時雪積得深，沒走幾步就滑倒。戈爾瑪說：「之前有位喜歡獨攀的女記者，不知道走到哪座深山，一點消息都沒有，後來找到人時已經被啃得只剩下骨頭，這地方說不定有雪怪啊。如果要去爬山，最好還是小心一點，大自然可是有著獠牙、利爪和強壯的胃，什麼都能吃進肚子。」

「我比較期待這裡會出現雪女。」我笑著說。

我們合力擺正金屬躺椅，撿拾散落一地的可樂罐和透明塑膠杯。

回到地下隧道，莫妮卡拉著鵠渡從通道門口走來，氣急敗壞說著什麼。原來，惹惱莫妮卡的不是無理取鬧的客人，而是房務部門的資深員工洛伊絲。莫妮卡說：「那個神經質老女人一直跟著我，我拿抹布擦鏡子時，她就伸出食指，說這裡還有汙點，不夠乾淨，得再細心一點。我擦拭牆壁瓷磚時，她就告訴我，不應該使用這種清潔劑，會腐蝕壁面。她洗完澡，也不穿衣服，全身光溜溜走到置物箱前，伸長手臂，用小拇指觸碰置物箱頂端，跟我說：『妳看，這裡有好多灰塵，很髒啊，客人會投訴的，還會說這裡就跟貧民窟沒兩樣。』」

洛伊絲六十七歲，一頭稀疏橘髮，全身皮膚皺巴巴如乾枯橙皮。她喜歡穿紅色和粉紅色連身泳衣，手撐浮板，雙腳緩慢來回打水。奇怪的是，就算來到泳池，洛伊絲依舊淡妝敷面，垂掛金耳環，簪起深紅鑲鑽髮髻。

洛伊絲曾經狠狠訓斥過我。

依照慣例，晚間八點，我們開始收拾散落泳池各處的浮板，統一放置右側吧檯內部。洛伊絲打開遮蓋的布簾子，氣呼呼取走浮板，「我的老天爺，現在才八點，為什麼要把浮板藏起來？以為在玩躲貓貓啊。真是的，你們這個部門的員工沒一個專業，都該重新訓練。」

我被罵得一頭霧水，只能摸摸鼻子，這個世界永遠不缺無理取鬧的人。

「這沒什麼，她就是喜歡成天嘮叨。」鵲渡說：「唉，洛伊絲四、五年前就應該正式退休，可是她強烈拒絕，她說如果不工作，就只有等死，說那簡直就像上演恐怖電影。她特別強調，不工作的老人都會慘死公寓，屍體發臭兩、三個月才會被發現，眼睛、鼻子和耳朵都被老鼠吃掉。」城堡飯店認為洛伊絲服務多年，給予特殊待遇，破例續聘，只是不再從事房務，轉調為維持公共場所清潔的服務員，指派另一名年輕員工當作搭檔。洛伊絲的工作非常輕鬆，只需要更換公共領域的垃圾袋，拿著雞毛撢子隨意刷刷窗櫺，訓練新進員工。鵲渡說：「洛伊絲這個老女人非常嚴格，之前還氣走好幾位新進員工，是個不折不扣的老姑婆。」洛伊絲向經理告狀，說新進員工不用心，整天偷懶，垃圾袋也不換，都發臭了。新進員工氣哭了。經理帶人實地檢查，發現垃圾袋確實換過，鏡子也擦得非常乾淨，只是垃圾桶內多了兩張剛剛用過的衛生紙。洛伊絲指著垃圾桶，說：「這樣子怎麼維持五星級飯店的水準呢？」鵲渡大剌剌表示：「人啊，不管年輕時多麼漂亮，只要老了，心地不好，就會變成嚇死人的醜八怪。」

雖然以外表來批評人並不厚道，不過我們都笑得異常開心。

洛伊絲的確苛刻，不過，在鵲渡告訴我們她的故事之後，我發現自己多多少少能夠體諒。她從俄國輾轉來到加拿大，落腳班夫，曾經有一任丈夫，生下一位兒子。離異後，獨自撫養孩子。班夫是觀光小鎮，洛伊絲認為孩子必須去大城鎮才有前途，於是在卡加利買了一間公寓套房讓孩子獨自生活，自己則待在班夫賺錢養家。洛伊絲想要轉調至同體系的卡加利飯店工作，可惜多年來苦無機會，她不可能另尋飯店，放棄已經在費爾蒙特累積多年的資歷。繳清房貸之後，孩子順利申請上了大學，原本該是輕鬆的晚年生活，卻遇上驟變。孩子得了憂鬱症，染上毒品，最後在公寓內上吊自殺。洛伊絲獨守幽靈徘徊的公寓，不願賣掉，放了假就坐車到卡加利，整天待在房間，沒有人知道她到底待在裡面做些什麼。洛伊絲對新進女員工十分嚴厲，卻對年輕的男性員工特別友善，聽說她把來房務部門實習的男大學生都當成自己的孩子。

我時常在進出單人宿舍時碰見洛伊絲，她慣常挺直脊梁，抬高下巴，一副難以接近的傲慢姿態。我曾經主動打招呼，不過她視若無睹，逕自離去。

城堡飯店內有許多單身老婦，除了洛伊絲之外，還有另外兩位老婦特別喜歡來泳池泡水，分別是黛安和泰瑞莎。黛安在大廳櫃檯工作，洛伊絲和泰瑞莎則任職房務部門。下了班，三人各自穿著亮麗鮮豔的性感泳衣，抱著浮板，抓著水上浮棒（游泳麵條Swimming Noodle）。每次看到這三位資深員工，我都會盡量保持微笑，主動點頭招呼，然而只有泰瑞莎願意跟我說話。

最近，話題脫離不了美洲獅，如果有人要去登山，大夥兒不忘囑咐多多注意安全。兩個禮拜之後，新的新聞報導指出，有人目睹美洲獅在荒野草叢追獵一頭野鹿，位置約在班夫北區，介於諾奎路（Norquay Road）與複合路（Compound Road）之間，屬於加拿大太平洋（Canadian Pacific）鐵路軌道周邊區域。聯邦公園署接獲消息，為了確保民眾安全無虞，暫時封閉該區，指派保育員帶著犬隻仔細搜尋。發言人韓特表示，如果發現美洲獅，會先予以麻醉，檢查其健康狀況，如果美洲獅具有強烈攻擊性，將進行人道毀滅。被襲擊的男子出面表示，當時美洲獅從後方將他撲倒，幸而他手上剛好有塊滑板（Skateboard），立即反擊。

鵠渡閒聊，笑著說：「美洲獅其實沒什麼大不了，飯店內多的是，還有很多年輕男子被吃掉呢。」

我懷疑自己是否聽錯，「我不知道這裡還設有動物園。」

鵠渡說：「這些美洲獅你也是見過的，白天泡在泳池，享受身體無拘無束的暴露感，晚上穿得花枝招展去夜店狩獵。」

我恍然大悟。

鵠渡搖晃屁股，掩嘴大笑，要我小心一點，說這些美洲獅只想捕獲男性，尤其是我這種身強體壯的年輕人。鵠渡還說，這裡有很多白人、黑人，就是黃種皮膚的亞洲人特別少，說我可是稀有品種，很珍貴的。我說我不去夜店，不常喝酒，沒什麼機會遇上美洲獅。鵠渡依舊笑，認定我日後必將落入陷阱。

我每天都會遇到城堡飯店內的美洲獅們，不是在游泳池畔，就是在員工餐廳。黛安不像嚴苛的洛伊絲，也不似嗓門大的嘮叨泰瑞莎，她總是十足優雅穿著櫃檯小姐的制服坐在洛伊絲和泰瑞莎之中，很少聽到她的聲音。在櫃檯工作的中國人明跟我說，黛安的英文實在糟糕，沒辦法跟客人流暢應對，只好長期值夜班。黛安有一頭柔順長髮，黑眼珠，扁平五官，亞裔華人面孔。我非常好奇黛安到底是從哪個國家來的，只是過度探知他人隱私，實在不道德。每個星期五中午，城堡飯店例行舉辦員工自助餐，未至十一點，餐廳便湧現人群，不同部門、不同族裔彼此挨擠，每個人的碗盤都塞滿火雞、牛排、德國香腸、生菜沙拉以及各式甜點。我躲避人群，添好適量食物，行至外庭用餐，享受日曬、涼風與新鮮食物。水療部門編制不大，我認識的人極其有限，英文能力只能算是普通，在室外獨自用餐還比較輕鬆。有時，我也會和特別熱情的按摩師傑夫和凱瑟琳一起用餐，他們忍受我不夠流利的英文，告訴我許多加拿大式笑話與常用諺語。

某日，自助餐主題是墨西哥食物，新鮮捲皮層層包裹絞肉、洋蔥、紅豆、沙拉和特製醬汁，吃完主食，我再次進入餐廳添拿焦糖蛋布丁和布朗尼，走至戶外，恰巧看到令人驚訝的一幕。黛安面無表情拿一大杯低脂牛奶，走到技師們圍坐的圓桌旁，將牛奶緩慢澆灌於某位四十多歲滿臉鬍碴的技師身上。同桌餐飲的技師們瞬間止住嬉笑，目瞪口呆看著黛安。淋了滿身牛奶的技師轉過身，恍神般看著黛安，想說什麼卻始終開不了口。黛安露出詭異微笑，彎下腰，伸出舌頭，舔著技師沾滿牛奶的耳朵。技師受到驚嚇，依舊一動不動。黛安說：「你說過的，最喜歡我舔你了，還需要我繼續舔你的屁眼嗎？昨天晚上，你的屁眼可是嬌滴滴一張一縮啊。」技師回過神，滿臉刷紅，立起身，指著黛安斥罵髒話。黛安保持微笑。技師握緊拳頭，朝著黛安衝去。技師們連忙拉住他，洛伊絲和泰瑞莎把黛安拉回座椅。飯店執行長探頭關切，立即請來人力資源部門員工調解糾紛。

兩人分別被請離員工餐廳。

陽光穿透枝葉，折身於古老灰褐磚牆，斜射而下，員工們壓低聲音議論紛紛。

事件緣由並不複雜，不過是跨越年紀的一夜情所引發的餘震。

消息靈通的鵲渡解釋，黛安和技工菲爾雖然在城堡飯店內碰過面，不過並不熟識，兩人是在鎮上夜店搭上線的，酒喝多了，坐上計程車返回員工宿舍，上床各取所需。隔日，黛安和菲爾假裝不認識，只是菲爾竟然和其他技工們炫耀昨夜躺在美洲獅床邊，刻意放大音量調侃，說美洲獅最喜歡翹起屁股求愛，乳頭都被男人咬黑了，味道如同過期的老核果，有濃死人的油耗味。

哈麓故、崔西、尤哈尼斯和戈爾瑪幾位資深員工，不約而同談起神祕的黛安。

黛安在城堡飯店服務超過三十年，華裔印尼籍，祖父輩還說中文，不過現在她一句中文都不會說了。黛安有位名存實亡的老公，丈夫在溫哥華另組家庭，兩人沒有小孩，也沒有辦理離婚。黛安個子不高，看起來雖然弱小，卻異常強悍，曾經在大家面前凶狠詛咒丈夫，說死了也要纏著他。

事情被壓了下來，兩人沒有受到任何懲處，倒是員工信箱收到一封公司寄來的婉轉郵件，希望員工之間保持良好互動，以工作為重，指出若有任何需求、衝突或情感糾紛，都應該跟人資或部門經理商討，切勿私下尋仇。我們看了郵件，開著玩笑，說一定得集體跟公司反映，生活實在過於苦悶，必須設法解決每個人的性需求。加籍年輕員工來這工作，都是為了體驗國家公園的自然氛圍，夏日登山，冬日滑雪，工作不超過兩年便暢然離去，這裡的生活確實具有短期的浪漫、冒險與自在，一夜情根本不算什麼；如果工作不甚愉快，也時常不顧契約擅自離職。然而，對於年老的移民員工而言，生活充滿了瑣碎、苦悶與鬱卒，彷彿早已放棄愛情與家庭，只剩下性，夜夜等待年輕的肉體進入自己冰冷的懷抱之中。

鵠渡說：「班夫可是北美愛滋病比例最高的地方。」

很多時候，我們都想用別人的身體來證明自己的存在。

美洲獅屬於美洲區的哺乳類動物，在跳躍方面擁有驚人能力，一跳距離可達六至七公尺，躍高時更可達四十英尺。美洲獅是食肉猛獸，主要以羊、鹿為食，亦會獵捕豪豬、地鼠、田鼠和兔子，一般而言，並不會主動攻擊人類。然而，由於過度開發，人類與美洲獅的活動範圍開始有所重疊，於是開始發生零星攻擊事件。美國自然作家愛德華．艾比（Edward Abbey）曾在《曠野旅人》中的〈讓我們開始讚美美洲獅吧！〉寫到：「美洲獅可以重達二百二十磅，長到八英尺長，前腳足足有七英寸寬。只有少數幸運人士曾在荒野中親眼得見這種美麗的猛獸。但在籠罩著紫色暮靄的傍晚，沿著峽谷散步時，猛然轉身，你仍可能看到潮濕的沙地上有個大腳印子，緩緩地被水浸滿。美洲獅無法，或者說無論如何都不會咆哮，但牠們求愛交配程度之激烈可是赫赫有名。牠們在這種時候發出的叫聲，只有正忍受著極大痛苦的婦女差可比擬。關於這種『令人感到恐怖、絕望至極的嘶吼聲』，老羅斯福總統曾說過：『人們不會聽到更奇特、更狂野的聲音了。』他曾經一年內射殺十四頭美洲獅。」加拿大國家公園當局並未收到任何受傷報告，但是仍然呼籲民眾，前往郊外必須格外小心，一旦發現美洲獅，請立即致電，同時為了遊客的安全著想，班夫北側部分區域依舊維持關閉。

我不斷閱讀官方單位釋出的安全警告。

班夫的美洲獅消息接續出現各種新穎版本，有人聲稱在弓河附近再度目睹美洲獅，有人聲稱找到美洲獅獵食後的鹿隻殘骸，也有人刻意學著美洲獅的交配聲嚇人。生活於國家公園，時常會在路上偶遇野生動物，我曾在湖畔遇上一群斂翅棲息水畔的加拿大雁，在走向市鎮路上撞見擎挺銳角的壯碩公鹿，在宿舍後方與年幼黑熊四目相望，在林中遇見優哉游哉的馴鹿，在夜深聽見狼嚎，我相信總有一天，自己能夠親眼目睹美洲獅。

在游泳池畔的美洲獅群之中，最親切的便是泰瑞莎。

晚餐，我拿著盛滿食物的餐盤在員工餐廳內尋找莫妮卡。

莫妮卡和已經換下制服的泰瑞莎說著我不了解的語言，我在莫妮卡身邊坐了下來。莫妮卡介紹我們認識。我要她們別在意，不必刻意說英文。我好奇她們的語言，聆聽許久，依舊無法理解任何一句話語意義。莫妮卡用英文解釋，說泰瑞莎來自波蘭，由於波蘭與捷克相鄰，時常播放相同的電視節目，兩國人民多多少少能夠理解彼此語言。泰瑞莎和莫妮卡怕我無聊，言談間時而穿插英文。

我很早就認得泰瑞莎，她每天都會來泳池泡水，我還會在送洗制服衣褲時見到她。她是櫃檯服務員，確認件數，依照存單發還滌洗後的制服，不須勞動，也不須特殊技能。另外，洛伊絲、黛安與泰瑞莎下班後的穿著風格實在顯眼，只要放假，三人便會濃妝豔抹現身員工餐廳，其中，又以泰瑞莎的穿著最引人注目。銀色楓葉狀耳墜，金項鍊，手腕套上俗氣廉價的寶石手鍊，全身黑色皮革衣褲綴以銀鑽，或是紅色雨滴狀毛衣搭配墨色緊身褲，或是毛皮大衣搭配豹紋靴，蹬長靴或高跟鞋。我很難理解夏天穿著毛皮衣褲不會熱嗎？但是想想也還好，班夫的夏天氣溫並不高，頂多二十度，晚上瞬間陡降至四、五度。有時，泰瑞莎明明剛用完餐點，看見我來，還是非常愉快留了下來，陪我說話。泰瑞莎會說很多很多話，很多時候，我甚至覺得泰瑞莎不是在跟我說話，而是在喃喃自語。泰瑞莎說，她來到加拿大已經四十多年，在這間國際城堡飯店待了三十七年，剛開始從事房務工作，後來轉調為衣物洗滌調度員。她跟我說房務工作非常辛苦，五星級飯店的要求特別高，只是不管怎樣，都得忍下來，沒有錢、沒有專業技術的移民者要在新的國家扎根，只能依靠自身的廉價勞力。言談間，我得知泰瑞莎有一位哥哥，入籍加拿大，娶了老婆，還生了三位孩子。上個月，泰瑞莎剛回波蘭探親，她的老母親還在，只是很老了，整天躺在床上等死。

泰瑞莎說：「回去就是花錢，看看要死不活的母親，我真不知道自己為何還要回去，但是回來這裡也沒有比較好。我遇到的男人，不管什麼年紀，沒有一個是好東西，這年頭，好男人比處女還要難找。」

不管穿著黑白制服，還是五顏六色摩登時尚衣褲，泰瑞莎都喜歡看著我，微笑詢問：「今天的泳池會不會有很多人？」有時，泰瑞莎會跟我聊聊亞洲，說日本、韓國和大陸，她始終以為我來自泰國，因為在我出現之前，她從來就沒有聽過台灣。我始終傾聽，泰瑞莎始終吐露，我知道，泰瑞莎只是想要有人陪在她身邊，聽她說話，除了在員工餐廳聽她說話，在送洗制服時聽她說話，我還會在游泳池畔聽她說話。當泰瑞莎穿著泳衣晃蕩，身子用六、七條水上浮棒撐浮水面，她總是希望我不要離開，陪著她。我很為難，經理歐琪希望我們四處巡視，維持環境清潔，不喜歡我們蹲踞池畔同客人聊天。泰瑞莎漂浮水面，瞭望落磯山脈，有所感嘆：「生活就是應該要這副模樣啊。」

涼風徐徐吹送，我站立池畔，望向近處遠方的深綠山脈，凝望始終帶有樸素詩意。

鵠渡說：「別看洛伊絲和黛安平常這副冷若冰山的模樣，在夜店，喝了酒，可是超乎想像的騷包狂野，抽大麻，露乳溝，穿著高跟鞋用力扭動屁股，遇上每個男人都想捏一捏對方乳頭，還玩猜拳拔陰毛的遊戲呢，更別說原本就熱情的泰瑞莎。說真的，不僅美洲獅們瘋狂，進入夜店的人沒有一個不瘋的，大家一古腦兒吞了整罐春藥，一整晚猛發春。」

戈爾瑪說：「這些美洲獅們狩獵年輕男人，狩獵中年男人，狩獵老男人，酒精催眠助興，只要下面有一根傢伙的都來者不拒。看對眼，不是去廁所，就是去旅館，不然便是搭計程車回宿舍一夜風流。」

「之前我住員工宿舍時才誇張，我的室友很愛喝酒，三天兩頭就帶陌生男人回宿舍上床，叫床聲大得還讓人以為發生火警。我好言好語，要她節制點，說這樣會影響工作，結果她跟我說，如果不喝酒不做愛，她的身體會很難受，像是火在燒。」鵠渡不帶評價說著：「這些美洲獅們才是最自在的，不須壓抑，不須抵抗，純粹享受性愛。」

在這來去自由的性愛之中，充滿難以言說的寂寞，或者該說，這並非只是單純的肉體性愛，而是對自我的報復。

赤身裸體，向無法挽回的什麼提出沉重懺悔。

撕毀我前，請先用力撕毀我的衣服。

七點，用完晚餐，開始巡視環境。

推開門，我遇到了泰瑞莎。

泰瑞莎放下一頭金橘長髮，穿著連身束腹白色泳衣，滿臉濃妝，抹上豔色口紅，身上糅雜一股菸味和薰衣草香味，泳衣沒有包覆的手臂、大腿與脖子垂著浮腫的肥厚脂肪，十分鬆弛，皮膚滿布層層皺紋。泰瑞莎和我一同前行，來到吧檯前方，泰瑞莎伸展身子，暖身，旋轉頸部與手腳各個關節，順時針搖晃臀部，縮小腹，踮起腳尖。我們隨興交談，說班夫市鎮北側已經解除封鎖，當初報警的年輕人親自出面澄清道歉，說明自己沒有看見美洲獅，也沒有遭受攻擊，之前謊報，是因為和朋友打賭冰上曲棍球的比賽輸了，被要求進行一場惡作劇。泰瑞莎說：「現在的年輕人真的需要重新教育。」泰瑞莎的話語逐漸變得柔軟，眼神洩露曖昧，嘴角散發費洛蒙般的桃花笑意。我保持鎮定。泰瑞莎逐漸往身後兩、三尺遠的躺椅走去，含情脈脈注視著我。我們聊到加拿大的國定假日與工作瑣事。泰瑞莎在話語之中酒醉般斜臥躺椅，身體側傾，面向我，左手撐起頭顱，露出脖子與鎖骨的美麗線條，刻意展現豐滿卻又歷經風霜的乳房。泰瑞莎的左腿貼於躺椅，微彎，右腿懸於左腿上側，腿與腿間彎成挑逗的三角形。右手如初萌的藤蔓從大腿、臀部、腰間、乳房攀緣纏繞至披散長髮，柔情，性感。我依舊試圖鎮定。美洲獅的右腿腳趾不斷在左腿上下游移，緩慢，慎重，腳趾為了保持優雅的姿勢而輕微出力，一趾一趾成為苞蕾中綻放的熱帶洋金鳳花朵，所有的皮膚都沾染一層光滑唾液。我感到身邊瀰漫起一股濃厚的被獵殺感。性與憐愛，情感的流溢與收斂，獵食者與期待被獵食者。不可慌張，無須慌張，我必須辨認所需，面對自己真切、真誠、真實的欲望。我逐漸退位，學習忍心辜負他者，因為這並非是我所期待的情感關係，我在美洲獅期盼卻又瀰漫憂傷的凝視中驚惶離去。

我無法不將這件事情告訴莫妮卡、露西、姜和身邊幾位親密朋友。

我模仿泰瑞莎性感的動作。

大夥兒笑成一團，要我小心點，說我不久之後一定會被美洲獅抓走。

後來，我不再主動提起這件插曲，我在朋友戲謔笑意之中感到一股痛恨，我竟如此無恥，必須心懷羞愧，因為自己在不知不覺間早已成為流言的傳播者。我實在不該將這種事情拿來說嘴，當成玩笑，不管那是他人的欲望、渴求或不經意流露的情感——有人正拿一杯牛奶從我的頭頂狠狠淋下。

泰瑞莎什麼都不知道，如同往常，她、洛伊絲和黛安聚在一起開心聊天，看見我出現在員工餐廳，便親暱呼喚，要我坐在她的身邊。泰瑞莎依舊熱情，不斷跟我分享生活，說她哥哥的女兒生了孩子，說她在班夫遇到搭訕她的法國老男人，說她的老母親前陣子肺積水，說她昨天夢到自己竟然一口氣生了三個黑頭髮亞裔孩子，搶著吸奶，還說其中一位長得很像我。泰瑞莎深深嘆息，說自己已經無法離開這裡，即使後悔，也太遲了。

剩下的日子，終究不長。

我繼續陪在泰瑞莎身邊，聆聽她帶著強烈口音的英文，起身，巡視泳池草畔，不時止住腳步，同泰瑞莎靜靜望向高聳綿延的落磯山脈。月光照亮雙眼，如同照亮兩隻不期而遇、嗅聞彼此的美洲獅。

再會了，Asian Hunter

告別，必須從頭開始緩慢回溯。

將一杯Tim Hortons不再溫熱的Double Double冷咖啡放入爐灶，加入柴火，炊煮酸甜、冰冷與苦澀，再次返回記憶的醇厚淡薄之中。四月，正式來到班夫費爾蒙特城堡飯店，除了得盡快熟悉環境、工作與同事之外，還必須在短時間內加強英文能力，著實承受不少壓力。有時，客人語速過快，我無法立即回應；有時，遇上較少使用的英文俗諺，往往臨時呆住不知如何是好；更多時候，遇上來自愛爾蘭、紐西蘭、澳洲與加勒比海的客人，由於口音殊異，只能勉強聽出幾個英文單字，實在令人沮喪。

經理歐琪剛上任，為了樹立威嚴，對水療服務團隊提出相當多的嚴格要求。不同於其他部門，水療服務團隊由多國族裔組成，來自加拿大、菲律賓、衣索比亞、台灣、捷克、韓國、厄利垂亞等地，其中，我和菲籍的諾立是新聘職員。團隊中，除了柏登和吉姆之外，其他人的母語皆非英文。

私底下，經理歐琪對柏登和吉姆多有微詞。

柏登年過六十，個子非常高，腆著小圓肚，臉上深陷皺紋，前幾年當了爺爺，從長途公車司機一職退下，來城堡飯店工作不過純粹想打發時間賺些零用。柏登工作隨性，略微敷衍，不過人相當好，笑容滿面，時常和我聊歐洲藝術電影和日本導演黑澤明，最喜歡在口袋放兩、三條巧克力能量棒，休息時便喜孜孜從口袋拿出巧克力吃。

吉姆早婚，已有孫子，是一位好員工，積極，手腳勤快，時常主動幫忙巡視各個區域，詢問客人需求，只是他的個性實在彆扭極了，很難相處，心情陰晴不定，我們都會和他保持適當距離，以免惹火燒身。私底下，吉姆最喜歡講些俚語、雙關語或自創俏皮話，以此自娛娛人，發現我們聽不懂，他就有高人一等的感覺，例如看到年輕的女孩子，他就會說：「Nice bittie, must be a nymphomaniac.」（真漂亮的女孩，一定是個淫娃。）或者，意有所指對著我說：「Oh Mr. big swinging dick, do you get your packer wet?」（跩屌先生，你的下體是不是濕了？）我並不討厭那些雙關語，姑且當作學習英文。吉姆時常要我教他一些中文和福建話，尤其特別熱中各種道地的髒話、調侃、情色用語，例如姦恁娘、臭膣屄（tsi-bai）、啥潲、軟膦鳥、吃大便等。每次我都好言相勸，要吉姆不要整日以髒話問候對方，會被打到仆街的。

午後開會，吉姆時常坐在左側鐵桌，或倚靠冰箱，自個兒哼唱流行歌，講些無傷大雅的色情笑話，自誇幾天前又認識了好幾位豐臀俏妞兒，說他們都是川端康成的睡美女。經理歐琪把吉姆叫去辦公室，要我暫時幫忙看顧吉姆的工作，我巡視室內室外的泳池、盥洗室和水療設施，毛巾四散，草皮布滿垃圾，我連忙收拾，推動裝滿髒毛巾的滾輪置衣箱回到地下隧道。

吉姆正用推車搬運十幾只大紙箱。

我以為那些是部門定期訂購的洗面乳、洗髮乳和潤髮乳等消耗品，主動上前幫忙。

吉姆惡狠狠搶過紙箱，咒罵著：「你這渾蛋，滾一邊去。」

我感到莫名其妙，心中升起一股怒意。

莫妮卡急忙將我拉開，「別惹他，他又開始發神經了。」

整日，我沒有再跟吉姆說任何一句話。

晚飯，吉姆笑嘻嘻走來我的身邊，刻意示好，「羊肉炒黃薑飯好不好吃？我覺得加了檸檬和辣椒吃起來才過癮，下次試試看啊。」

我瞥視刻意裝出笑容的吉姆，按捺內心怒火，沒有理會。

鵲渡說，吉姆的妻子把他所有的東西都寄到公司，兩人分居六年，最近終於離婚。

吉姆約一百六十五公分，五十多歲，看上去卻有六、七十歲，膚色非常白，頭頂只有幾撮稀疏金毛。我懷疑吉姆罹患白子症，也可能因為服用什麼特殊藥物而提前衰老。大部分時間，吉姆的情緒無比亢奮，全身上下充滿用不完的精力，然而，他會在某些難以預測的時刻陷入低潮，眼神投射惡意，言談開始充滿攻擊性。我原先以為吉姆是位誠懇的人，因為每次當他開口說話，都會用一雙近乎無欺的眼神深情望向對方；後來，學到教訓，知道他天生就是個大說謊家，適合當政客。他說在派對上遇見兩位亞裔女孩，櫻桃嘴唇，雪白皮膚，黑巧克力長髮，身材凹凸有致。「女孩們想要跟你見面。」吉姆擺出老大哥姿態，表現很有一、兩把刷子的模樣。吉姆向我要了電話，說下次我們可以一起搞定這些每晚發浪的女孩們。

每次閒聊，吉姆都會提到他和女孩們熱烈交往的進展，其中一位女生是日本人，叫做島津萬里子，日日穿著精緻套裝，在一樓廊道轉角的昂貴珠寶店工作。某日休假，我心血來潮，刻意彎繞遠路，瀏覽華麗櫥窗與高檔紀念品店，注視吉姆眼中那臉蛋、身材和笑容都難以用筆墨形容的百分百完美女孩。萬里子淡妝，淺笑，五官精緻漂亮，黑髮垂肩，身材細瘦，蜜糖般的聲音非常好聽，是那種光是注視，便會讓人心情愉悅的亮麗女孩。另一位女孩是台灣人，叫做露西，在頂級麝香牛絨精品店工作，臉蛋粉白透紅，細眉小鼻，有一股高中生的青澀稚氣。城堡飯店內的亞裔員工偏少，我們大都會在廊道與員工餐廳巧遇，即使沒有經過吉姆介紹，我、萬里子和露西不知不覺逐步熟稔起來。萬里子每天都穿著整潔典雅套裝上班，有時紮髻，有時垂落黑髮，保持優雅微笑，身上散發含羞草、桂花、小蒼蘭與鳶尾花香氣，用餐時間，都會有許多男性員工主動搭訕，索取聯絡方式。萬里子始終彬彬有禮，談吐得體，絕不踰矩，只是有時那樣千篇一律的笑容，讓我感到過分客套。

我和露西來自同個國家，見了面，總是開心聊天。

某日，吉姆無緣無故以挑釁眼神盯視著我。

我感到困惑，以為自己做錯了什麼事情，後來才恍然大悟，吉姆不曾把我當作朋友，他所表現的友善、親近與隨和，其實純屬偽裝，為了好好保護自己。

「我和三位女人正式交往過，還跟四、五十位女人上過床，最讓我念念不忘的，就是第一任女友——吉普賽女郎。」吉姆垂下頭，深深感嘆，「我們沒有結婚，因為我們的愛情被世俗的物質玷汙了，這個萬惡的世界啊。」

吉姆照常誇大其辭，只是我不再輕易相信。

「我對她一見鍾情，見到她的時候，我感到一把銳利的斧頭硬生生砍進我的靈魂深處，讓我疼痛，讓我哭泣，讓我感到愛的無限可能。她的皮膚是健康的麥稈色，一頭波浪黑髮，眼珠子非常漂亮，像是深邃湖泊，一眼就能看穿人的虛假、無知以及偽善。我喜歡她身上的各種弧線，於是我不由自主神魂顛倒靠向她，嗅聞她，撫摸她，用我的身體感覺她的身體，輕輕碰撞，重重彈擊，好像經由這樣，我就能在自己身上複製那些美好線條。我離不開她，我真的無法離開她。」

我不知道該如何回應吉姆的浮誇言詞。

「她完全不工作，過著浪蕩不羈的生活，每次旅遊，剛剛進入旅館房間，我的吉普賽女郎就吵著要喝酒。用過晚餐，洗完澡，做完愛，我們並肩躺在床上。等到我熟睡之後，她就跑出去賭博，贏了錢，就買名貴衣褲送我，輸了錢，就不發一語擺張臭臉。我不知道這些吉普賽人到底在想些什麼，搞些什麼，整天不是喝酒就是賭博。但是，不管怎樣，我真的愛她，愛她愛到無法自拔，愛她愛到欠了一屁股債，愛她愛到願意付出我全部的生命。」吉姆激動了起來。

吉姆也會提起離異的兩位前妻，「我的第一任老婆原本是個瘦子，金髮，大眼珠，非常漂亮，生了兩個孩子之後，忽然間變成一隻等待被屠宰的大肥豬。如果我們繼續待在一起，總有一天，我一定會被她活活壓死。」吉姆露出一臉詭異笑容，接續說著：「我第二任老婆的脾氣非常糟糕，像座活火山，動不動就大呼小叫，摔碗盤，砸杯子，生氣時還會動手打我。還好，我很有教養，從來不打女人，尤其不打被我狠狠幹過的女人，要不然我早就把她打成醜八怪。她最喜歡聽小道消息，亂買股票，我整天要死不活待在餐廳當廚師，她就整天要死不活待在電腦前花光所有的錢。他媽的，我懷疑她跟股票經紀人有一腿，不然怎麼會那麼瘋股票？」

話鋒一轉，吉姆談起過去。

「從小，我就有過動症，靜不下來，現在還是需要吃藥控制，我的父親和已經改嫁幾百次的母親根本就不理我。母親平常不見人影，直到我不小心惹了小小的麻煩才會出現，看見我就只會哭，一直哭一直哭，眼淚掉不停，好像我已經死掉的那種哭法。我從小就逃學，說實在，我不知道為什麼要去上學，我的同學都是一些無藥可醫的智障，一加一會說成三，跟他們一起上課，只會降低我ＩＱ兩百的高智商。」吉姆提起過去，時常露出一臉高傲、受創、痛苦的詭異模樣，讓人心疼，也讓人害怕。

吉姆喜歡跟人分享他傳奇似的成長經歷，分崩離析的家族故事，以及對愛的強烈渴求。他不時誇耀自己有位聰明兒子，正在研讀生物博士學位，畢業後將直接任教母校；他的女兒則結了婚，家庭幸福和睦，生下三個孩子。

初始，當我發現吉姆若隱若現的敵意，我實在想不出原因，以為他只是心情不好，完全沒有料到他會把我當成他征戰情場的頭號敵人。

吉姆的老家在埃德蒙頓（Edmonton）。卡加利往北，會先經過紅鹿市（Red Deer），續而北行，就是埃德蒙頓。吉姆和尤哈尼斯同住一間宿舍，共享客廳、衛浴和廚房。單身者不喜炊煮，嫌麻煩，三餐都到員工餐廳解決。吉姆慣常戴頂紅色冰上曲棍球帽，白T恤，硬質黑夾克與咖啡色夾克輪流替換，下半身是深黑或深藍牛仔褲，戴著全罩式耳機聽死亡金屬搖滾樂。吉姆來到員工餐廳，會先四處勘查環繞一圈，尋找聊天對象，若是沒有遇見心儀者，便不發一語坐在我和莫妮卡身邊。為了避免尷尬，我會跟吉姆說些話。吉姆並非真的想同我們說話，他只是暫時找個位置罷了，如果一直沒有出現年輕女孩，他才會意興闌珊對我們隨意搪塞幾句話。吉姆依然喜歡向我誇耀他的種種私人生活，編織各種天馬行空想入非非的男女關係，說露西愛上他，說露西約他游泳，說露西想和他搭火車從西徂東橫跨加拿大，日期已經確定下來了。

吉姆說，屌大就是麻煩，癢起來真是要人命。

為了和吉姆維持表面良好的同事關係，我選擇和露西保持距離，以免造成任何不必要的誤會。

七月，吉姆臨時把我拉到角落，說不知道為什麼，露西不再跟他說話，希望我幫忙打聽，了解內情。

下班後，我都會繞到員工餐廳喝杯巧克力牛奶，吃些麵包填填肚子。我遇見露西。

「吉姆叫你來的吧。」露西抬起頭，望來一雙責備眼神。

「你怎麼知道？」

「吉姆終於准你跟我說話了嗎？」露西的口氣有些沮喪。

我露出苦笑，想著該如何回應。

「你這渾蛋——」露西等待我的解釋。

「妳是我的朋友，吉姆是我的同事，我不太想介入你們之間的感情。你們不是在一起了嗎？我真的很替你們高興。」

「誰要跟那個變態糟老頭在一起。」露西凶狠狠瞪著我，「是他跟你說我們在一起的嗎？」

「每次他來員工餐廳，就會坐在妳的面前跟妳說話，我以為你們很要好，沉溺兩人世界，不希望別人打擾。唉，他不是什麼糟老頭，只是看起來比較老，批評別人外表是不好的。」

「你為什麼要幫他說話？」

「我沒有。」

「你根本就不知道發生了什麼事。」

我沉默下來，等待露西吐露她的故事。

「他一直糾纏我，不肯放過我。每天，他都坐在我的對面，看著我，露出詭異笑容。上個月，我們在朋友舉辦的派對上遇見，我和萬里子刻意避開他，可是沒用，我走到哪裡他就跟到哪裡，像個鬼魂，不，比鬼魂還要恐怖。他硬生生把我拉到角落，說：『這裡好吵，我帶妳去我的房間好嗎？那裡很安靜，我們可以坐下來好好聊一聊，談心事，還可以喝甜甜的冰酒喔。』我和萬里子決定偷偷離開派對，後來他猛打手機，我不肯接，他便開始瘋狂傳送簡訊。」露西拿出手機要我看。

「這樣好嗎？」

「你必須知道我沒有說謊。」露西的身子正在顫抖，「所有新來的亞裔女孩都被他糾纏過，萬里子也是。萬里子說：『他不是什麼壞人，只是寂寞。』萬里子勸我別想太多，跟他說話就當作練習英文，而且他還會主動請妳吃飯。我做不到，我無法像萬里子那樣明確界定我和他之間的關係。」

簡訊充滿了性暗示。

我無法繼續閱讀下去，「我覺得他沒有那麼壞，何況他真的很喜歡妳，其實不討厭的話，可以嘗試交往看看。」

「你知道自己在說些什麼鬼話？正常而言，你會想跟大你二、三十歲的阿姨交往？」露西睜大雙眼。

「這個世界沒有所謂的正常和不正常，如果真心喜歡彼此，年齡應該不是太大的問題。」我知道這些話語並不具備說服力。

「這個世界最不缺的，就是你這種敷衍、冷漠、不負責的話。」露西指責我。

我沉默了一會兒，「我覺得妳需要冷靜下來。」

「萬里子跟我說，在這裡工作的日本女孩都叫他『Asian Hunter』。」

「你們之間的事情，和我一點關係都沒有，我也不想介入。沒錯，是吉姆叫我來的，他想知道妳為什麼不理他。我只是跑腿，妳說不說我都無所謂。」我感到有些生氣。

「他故意叫你來打探。」露西咬著下唇，「之前吉姆坐在我面前，一臉哀傷，說：『自從那隻亞洲猴子來了之後，妳們都不理我了，為什麼要這樣子對我？我有那麼討人厭嗎？』」

因為受辱，握緊的雙手不自覺發顫，「妳答應過要跟他一起搭火車去旅行嗎？」

「我只是——」露西抿唇，止住話，抬起頭說：「他自己一廂情願，願意負擔所有旅費，我完完全全沒有逼他。」

我逐漸知曉兩人之間的關係。

「來到這裡之前，我已經三個月都沒有工作。」露西面露哀傷，像是要替自己脫罪，「這裡的工作時數很少，每個禮拜只有三天，時薪十塊，很難活下去，吉姆說他會幫我的。」

「妳應該知道，男人不會無緣無故拿錢給女人，都是要付出代價。」我嘆口氣，「現在，我不知道要跟吉姆說些什麼，或許妳可以告訴我——」

吉姆一直在等待回覆。

吉姆照常認真工作，勤快跑腿，當城堡飯店硬體設施發生故障，他都是第一個人主動向經理歐琪報告，給予建議，說輪軸壞掉的鐵椅子應該送到維修部門，沐浴乳應該提前半個月訂購，必須加購捲筒衛生紙等等。若是經理歐琪指派額外工作，吉姆總是興致高昂，無比雀躍，加快腳步，繃著處理全球氣候暖化般的嚴肅表情，然而實際上，那純粹只是一些簡單瑣事，例如搬運貨物、歸檔文件、領取掛號郵件。吉姆還會刻意找人抱怨，說自己忙到都沒時間可以呼吸，怎麼都沒有人願意幫忙？這個團隊怎麼只能靠一個人支撐？萬一我不小心病倒該怎麼辦？你們怎麼不一起付出心力？

熟悉環境之後，經理歐琪也開始指派我一些額外工作，例如去貨運部門搬運新鮮的牛奶、奶精、青蘋果、紅蘋果和柳橙等。

吉姆走到我的身邊，昂聲說：「喔，真厲害，沒想到經理歐琪養了新寵物，叫幾聲來聽聽。」

我盡量不去理會吉姆，然而他毫不在意別人的感受，行事愈來愈肆無忌憚。

一日，我搬運貨物，吉姆用某種受到傷害的語氣說：「我的老天爺，我想我應該主動離職，這裡的人已經不喜歡我了，厭倦我了，我不知道自己到底做錯什麼。威廉，我好困擾，你覺得到底是誰該離開這裡？」

我停下手邊工作，瞪視吉姆，無法忍受話語中的挑釁，忿忿回應：「我只來一年，之後就要走了，你可以放心。」

吉姆非常訝異，似乎認為我只能保持沉默，不該回嘴，他露出試圖隱藏勝利的複雜笑容，「不要這樣說啊，我會很捨不得你的，我可是把你當成真正的好朋友，你走了之後，我要跟誰分享我的床邊故事？」

吉姆害怕失去眾人關愛，卻不肯大方承認，於是必須設想別人的種種惡意、侵蝕與誹謗，透過這種先行防備，讓自己免於受傷，彷彿一次一次嘗試說服自己不值得愛。

露西仍然不願和吉姆說話。

「亞洲人真的很邪惡。」吉姆感到措詞不夠精準，再次修正：「不，我指的是，台灣女生很邪惡，為什麼Chinita（中國妞，西語的歧視用語）要這樣對我，我會受傷的。」

我不願注視吉姆，更不願主動回應，每次他刻意靠攏，我總是盡量保持微笑不發一語，低頭收拾散落一地的髒毛巾。

「當時，我已經買了兩張長途旅行車票，我以為那會是一趟非常甜蜜的出遊，但是我不知道後來她為什麼會變得這麼冷漠，那麼無情，就像陌生人一樣，她不再跟我說話，甚至不再注視我，我想，一定是有人在背後說我的壞話。我親愛的兄弟，你知道我並沒有惡意，喜歡一個人難道有錯？我真的不知道。我很難過，你難道不願意幫幫我？幫幫正在遭受苦難的我嗎？」吉姆一臉無奈，卻在其中隱藏冷冷笑意。

我嘆了口氣。

「我一直把你當成好朋友。」吉姆露出憂傷面容。

「獵人——」我覺得吉姆非常可憐。

「什麼？」

「她們叫你亞洲獵人。」我壓低聲音。

「亞洲獵人？」

我沉默無語。

吉姆剎那刷紅了臉，低下頭，顯露混雜尷尬與受挫的表情，低聲囁嚅：「為什麼？為什麼要這樣汙衊我？我到底做錯了什麼？」

「亞洲女生都比較內向。」我害怕話語再次傷害吉姆。

我們低下頭，別過臉，沒有再說話。

午後，我拿著衣褲到隔壁宿舍的公用洗衣機室滌洗，倒入洗潔精，投入錢幣，機器開始轟隆轟隆運轉。隱約間，我聞到一股揮之不去的濃濃大麻味。吉姆戴著球帽，黑夾克，深藍牛仔褲，頭上罩著全罩式耳機，吞雲吐霧朝我走來。我轉身離開，吉姆卻在我面前快步阻擋，伸出手，親熱摟住我的肩膀。我們一同走出洗衣機室，步下樓梯，離開建物，為了躲避吉姆，我刻意竄進宿舍後方的冷杉樹林。

「我必須離開了，等會兒有事。」我隨意搪塞理由。

「別害羞。」吉姆緊緊跟著我的腳步，「一起來玩嘛，我們一起來玩『臭膣屄』。」

冷杉枝葉篩濾針狀陽光，綠葉覆蓋泥土，踩起來非常柔軟。

吉姆臉上浮現痛苦卻又快樂的表情，「我親愛的兄弟，下禮拜，我的母親就要從埃德蒙頓過來看我。原本，我的父母說好要一起坐長程巴士過來，只是後來我的父親不能來了，他的心臟有了一些毛病，現在全身上下插了十幾根管子。活該，誰叫他那麼愛喝酒，我曾經想過要殺了他，用刀子捅他，把他的陰莖剁成絞肉，因為那個無恥的傢伙毀了我，但是我太軟弱、太愛他、太怕失去他了。我的父親是個敗類，是個不要臉的垃圾，不過他可是當過大學教授啊，還寫了好幾本關於電影劇本的教科書，認識許多赫赫有名的國際導演。要不是我的個性太過害羞，我很有可能會去拍戲，如果當初去當演員，我現在才不會待在這個鳥不生蛋的鬼地方，我應該會在紐約，成為一位人見人愛的萬人迷。」

我必須盡早擺脫吉姆的糾纏。

「你相信嗎？我已經十幾年沒有見過我的母親。我從來不去找她，因為她這個婊子有她的家庭，跟我無關。她告訴我，她這幾年臥病在床，這有可能是我最後一次見到她了。她說她想我，很想很想我，媽的，我才不相信她說的鬼話。你知道，女人最愛說謊，尤其是知道自己漂亮的女人，即使她是你的妻子或是你的母親也是一樣，就像她對我說：『絕對不要碰毒品。』結果自己還不是整天遊手好閒，吸食古柯鹼。」吉姆吐出大麻煙霧，「如果可以，我也想掐死我的母親，當然，我不會真的這麼做，我只是希望自己能有這樣做的勇氣。對了，你有愛一個女人愛到想要殺死她嗎？電視劇不是常有那種劇本，愛到把一個人吃進肚子嗎？說實在的，那種劇情非常老套。愛一個人怎麼會那麼容易就把她殺來吃？我才捨不得呢，我可要好好折磨她。說到女人，每次親吻她們的時候，我都覺得自己像是舔著高濃度巧克力，有些是藍莓味，有些是杏仁味，還有些是鐵鏽味。我特別喜歡亞洲女生的味道，比較清淡，帶著檸檬和柑橘清香，光是聞著那股味道，全身毛孔就會不自覺分泌出濃稠的精液喔。」

我實在不知道要回應什麼。

這是抽食大麻的瘋癲？還是憤世嫉俗的強烈傾向？

我頭也不回，快步攀爬山徑加速遁逃。

吉姆大呼小叫，厲聲呼喊我的名字，彷彿是在嘲笑我的懦弱。

我沒有跟任何人透露吉姆在樹林中跟我說過的話。

夏日豔陽，城堡飯店舉辦一年一度員工家庭日，職員帶著一家大小來到寬敞草皮參與盛大派對。餐點豐盛，除了烤牛排、羊小排、肋排外，還有生菜沙拉、水果、甜點和各式飲品，同時，還舉辦烤蛋糕比賽、騎馬體驗、草地排球和三人足球等趣味活動。我和莫妮卡一起走向草皮，恰巧遇見剛從假期回來的吉姆。露西、萬里子、莫妮卡和我同坐餐桌，吸收溫暖日光，享受餐點。吉姆不時斜眼盯視，起身徘徊意圖加入，卻始終沒有開口，我可以感覺得到，那雙眼神充滿忌妒、怨恨與高傲。

八月，我們有了衝突。

我負責泳池區域，推著裝滿髒毛巾的滾輪置衣箱往地下隧道移動，吉姆和戈爾瑪臨時帶著警衛來到盥洗間，隨即將我帶至辦公室問話。經理歐琪說有位客人遭竊，置物箱被敲開，丟了錢包，內有多張信用卡和兩千加幣。警衛搜身，詳細詢問我的出入時間。我寫了長長的三頁報告，解釋下午三點到五點這段時間工作狀況。警衛調閱監視器，比對時間，最終確認竊者是一位身材高壯的短髮白皮膚男士，是位慣竊。直到傍晚，我才獲准離開。我繼續做著工作，擦拭玻璃，撿拾髒毛巾，查看廁所衛生紙是否短缺等等。吉姆徘徊身邊，不懷好意盯視我的一舉一動，打開每格櫃子，仔細檢查抽屜、垃圾桶和盥洗室後方的工具室。

「我什麼都沒做。」我知道吉姆不相信我，「你要檢查就盡量檢查。」

「我只是想要幫忙找出遺失物。」吉姆笑著說：「你誤會了，我是相信你的，你們亞洲人只偷專利，不偷這種零頭小錢。」

隔週，泳池內部的置物箱不知為何多出一把鑰匙，我將備份鑰匙放入口袋。地下隧道底端的磚石牆上，釘有一只方形木板，專門用來垂掛備用鑰匙。我來到磚石牆前，打開表面一層金屬隔板，準備歸還鑰匙，吉姆赫然從後頭竄出，狠狠抓住我的手腕，嚴厲吼叫：「你怎麼可以偷拿？是不是想當小偷？嘿嘿，還好我夠精明，終於被我抓住了吧，你們這群令人感到可恥的黃種人。」

我當下愣住，漲紅著臉，用支離破碎的英文急忙解釋。

撒朗和莫妮卡聽見聲音，圍攏過來。

吉姆鬆開我的手腕，露出猥瑣笑容，說：「放輕鬆，跟你開玩笑的，不要這麼認真嘛。

對了，原來你的英文這麼好，我還以為你只會說Good morning、Good afternoon和Good night。」

我不由自主握住拳頭，戰慄不已，感到一股無法遏止的憤怒。

莫妮卡把我拉開，安撫著，「別理他，他就是從精神病院偷跑出來的傢伙。」

我深切告誡自己，千萬別在意。

吉姆病了，對於病入膏肓的人，我們都應該心懷寬容。

吉姆依然次次巡視員工餐廳，坐在露西對面，或者坐在我的身邊，只是我不再跟他說話。吉姆漸次惹火每位跟他一起工作的人，菲籍艾蓮娜不再理會他，因為吉姆笑說菲律賓人的陰莖拿了放大鏡還找不到。吉姆取笑經理歐琪的英文口音，說歐琪每天晚上都跪著渴求吸他的大屌。吉姆說撒朗是難民，沒有讀過書，茹毛飲血非常野蠻。吉姆說莫妮卡是個大騷貨，絕對在歐洲賣過淫。我一點都不想知道吉姆在他人面前，究竟是如何取笑我的。

我曾經鼓起勇氣，嚴詞警告吉姆，希望他不要再說這些充滿歧視的話語。

「我只是不想說謊。」吉姆露出一臉被誤會的哀傷表情，「經理歐琪討厭我，現在連非洲人和亞洲人都瞧不起我。你們難道不願意愛我？你們難道不願意施捨給我一些愛？我最親愛的Chinito（中國佬，西語的歧視用語），我最最親愛的Baby Carrot（小胡蘿蔔，此指陰莖短小者），相信我，我要的並不多，只要一些關愛的眼神就夠了。」

我們都被吉姆瘋瘋癲癲的言行惹惱，卻不知該如何處理。

入秋，氣溫緩慢降低。

一日下班，我遇見神情恍惚的露西。

露西看到我，低下頭，默默走到員工餐廳。

「怎麼了？」

露西雙手緊握裝滿黑咖啡的杯子，不停發顫。

「趁著還沒下雪，這幾天要不要一起去弓河划船？」

「他又來了。」一股駭怕籠罩露西的聲音。

「什麼意思？」

「他又來了，不知跟誰要了班表，偷偷跟著我。我不知道他想要做什麼，但是我很害怕，真的非常害怕。」露西紅了雙眼，「不管我在飯店，還是在鎮上，他都會在商店門口來來回回走著，看著我，盯著我，對著我笑。有時，他還會走進店裡，東看看西看看，想要跟我說話。半夜兩、三點，我還會一直接到沒有來電顯示的電話，我知道一定是他。」

我感到憤怒。

「他要我原諒他，說再給他一次機會重新開始，他每天都會傳二、三十封簡訊給我，我真的不知道該怎麼辦才好。之前我不理他，可是昨夜從鎮上走回宿舍，我發現他竟然偷偷跟在我的後頭。我停下腳步，他也停下腳步，我往前快走，他也往前快走，我覺得好害怕。」

這已經不僅僅是寂寞。

「他說他很愛我。」露西用雙手摀住臉孔，眼淚潸潸流下，「愛到想要強暴我，愛到想要被我強暴，我根本不知道他到底在說些什麼。」

我告訴露西，如果覺得危險，馬上打電話來。說出口的當下，我便發覺這些話實在愚蠢至極，如果真的發生什麼事情，必然造成不可挽回的傷害，一切都來不及。我們不斷隱忍吉姆失序的行徑，暗自奢望他能有所改變，而那樣虛設的期待，終究只是自我說服之詞。我們在害怕，害怕失去工作，害怕說出實話，害怕揭露真相之後，可能遭受更大的傷害。

鵠渡、尤哈尼斯和幾位按摩師知道吉姆惹了麻煩，為了幫助吉姆，還刻意寫了工作謝函，誇讚他認真負責，待人和善，極具個人魅力，是工作團隊中不可或缺的吉祥物。經理歐琪將謝函貼在公布欄，說吉姆即將成為城堡飯店當月優秀員工，我同大夥兒鼓掌，覺得自己實在軟弱無能。入夜後，主管陸續離去。吉姆吃完晚餐，兩眼迷茫，笑容癡傻，我們都知道吉姆不僅喝了酒，還偷偷抽了大麻。我們什麼都沒說，什麼都沒做，只希望趕快結束這令人煩倦的一日。

吉姆變本加厲胡言亂語。

「撒朗，妳在哪裡？怎麼這麼快就天黑了？天黑了我就看不到妳了。」

「莫妮卡，聽說東歐的美女很便宜，胸部特別大，一個晚上多少錢？妳晚上要不要來我的房間，讓我用厚厚的包皮來溫暖妳。」

「威廉，為什麼你不站在我這邊？我一直都把你當成我最要好的兄弟，你為什麼要背叛我？這樣子我會很難過。難過的時候就會想哭，難道你想看到我哭嗎？你怎麼可以這麼狠心？我哭的時候，你可以陪在我的身邊嗎？你可以不要逃走嗎？」

客人離去，我們隨即展開忙碌的清潔工作。

集中髒毛巾，更換垃圾袋，擦拭每一面鏡子，拿著鋼刷，噴灑清潔劑，滿頭大汗蹲身刷洗盥洗室內外瓷磚。我感到背後似乎有人，轉過頭，赫然發現吉姆不懷好意站立盥洗室門口。吉姆神情癡傻拉開卡其褲拉鍊，伸進右手，從褲襠掏出紅腫的生殖器，順時針快速甩動。

「你們這群可憐的亞洲人應該沒有看過大屌吧。」吉姆笑著說：「要不要摸摸看，還是你想要『敕鱗鳥』，一次收你十塊加幣就好。」

「Fuck off.」我一邊大叫一邊衝出盥洗室。

吉姆若無其事離開了。

我無比氣憤走至戶外泳池，呼吸清涼空氣，撿拾浮板，重整紊亂思緒，延遲半小時才回到地下隧道。

大家都已打卡離去。

我的心中瀰漫一股強烈、抑鬱、久久不散的被羞辱感。

報復，對，我要報復。

我決定陪著露西來到人力資源部門。

露西渾身顫抖，撲簌簌哭了起來，用著不流利的英文解釋事件來龍去脈，拿出簡訊當作證據。當日，經理歐琪、安全部門組長和人力資源部門主管召開臨時會議，除了口頭訓誡，還決議讓吉姆暫時休假。兩個禮拜之後，吉姆復職，嘻嘻哈哈跟櫃檯小姐開了一個上帝喜歡雛妓的色情笑話，結果當日即遭解僱。城堡飯店主動協助吉姆覓職，然而職缺都是洗碗工、行李員和房務人員，吉姆不願接受。

吉姆表示會先回到埃德蒙頓，休息一陣子，繼續尋找新工作。

秋日，樹葉漆上一層深淺鵝黃，夜間氣溫降至零度，再過不久，就要鋪天蓋地落下大雪。每個禮拜，我們都上六天班，暫時頂替空缺。有時，我會深感罪惡，覺得是我傷害了吉姆；有時，卻對他的離去感到輕鬆，我不必再次擔憂那一雙隨時注視我的冷酷眼睛，像是尋求一絲憐愛，也像是指責我對友誼的徹底背叛。我時常想起吉姆，想起他刻意迎人的笑容，想起他試探別人的神情，想起他說的一些關於愛的可能、輕浮話語與蜜漬想像。

鵠渡說：「吉姆那個神經病，竟然請了律師，準備控告費爾蒙特城堡飯店無故解僱員工。」

我們是否背棄了他?背棄那生病、倉皇、不知如何愛人亦不知如何被愛的他?某種程度而言,吉姆不過想要利用這種近乎勒索的暴烈方式,讓我們看見他,理解他,關注他;然而,我們終究遺棄了他,並且將他需索無度的愛,逐漸轉換為恨。

面對病者,始終不肯給予愛的,或許,是另一群同樣病著的我們。

我著實希望已然離去的吉姆,不必喝酒,不必抽大麻,不必假裝討人喜歡,就可以找到他心目中感性與性感並存的吉普賽女郎。我知道,到時吉姆必定會抬起下巴,睥睨誇耀,三天兩夜沒完沒了吹噓:「昨天一整個晚上,我可是一直含著她柔軟的乳頭入睡。說給你們聽,你們這群可憐的白癡一定也不會相信,那粉紅乳頭比櫻桃還要飽滿,充滿玫瑰香氣,像是整個春天都被我含在嘴巴。」

鸚鵡

這是我第一次，如此近距離觀察男人的身體。

費爾蒙特城堡飯店隸屬古蹟，規模龐大，收費高昂，通過五星評鑑，任職員工多為加拿大人。正式工作之前，必須經過嚴謹的職前訓練，包含危機處理、特色料理解說、建物歷史導覽、軟體硬體設備介紹，以及所該秉持的諸多職責，讓員工能夠為入住貴賓提供最專業的服務。口才必須流利，行儀必須得體，服裝儀容一切遵守規繩，進退應對之間，得讓客人在短時間內感受到親切、自在與尊榮。餐飲、櫃檯和迎賓部門，特別要求口語能力，員工大多精通英文與法語，第三語言則會選擇日文、西班牙文或俄語。

初次看見約瑟夫，我和姜正坐在員工餐廳吃飯。

典型亞裔面孔，短髮、扁鼻梁、黑眼珠、國字臉與黃皮膚，深深的黑眼圈，一臉倦容，偏瘦，個子不高不矮，無法分辨是從哪一個國家來的。姜說，約瑟夫來自印尼，幾天前剛剛報到，任職迎賓部門。轎車停妥，駐守大門的迎賓人員主動迎前招呼，幫忙搬運行李，導引客人至大廳櫃檯辦理入住手續。迎賓部門的男性員工一律穿著白色短袖襯衫，配黑西裝褲，蹬一雙烏黑發亮皮鞋，然而，只有約瑟夫穿著秋冬白色長袖制服，害怕著涼似的。

我多望幾眼，記住了他。

我們之間並沒有特別多次碰面說話的機會。

幾次深夜，忙完工作，兩人正好在空蕩蕩的員工餐廳巧遇。我們用眼角餘光好奇打量彼此，沒有對話，只是想著這麼晚了，他這個傢伙怎麼會出現在這裡？可能，同為菜鳥的我們無法選擇上班時間，容易被安排於晚班。我們會在地下隧道面對面擦身而過，有時保持沉默，有時快步前進，有時跟同事閒聊，點個頭就算打了招呼，中規中矩相敬如賓，不過分展現友善。一日午餐，水療、迎賓和維修部門坐在同一張長桌，約瑟夫正巧坐在我的身邊。迎賓部門的員工均為男性，聊得起勁，說夏日打算去爬山、划船與野外露營。約瑟夫和我一樣，不太說話，適時微笑，低頭專心享用餐點，直到有人問他：「要不要一起去爬山？」他停下刀叉，抬起頭，低聲咕噥：「實在抱歉，可能沒有辦法，我有些事情要處理。」約瑟夫說起英文，帶著奇特口音，像是從長滿草苔的漆黑井底輾轉傳來的回音。

我們第一次交談，是在班夫鎮上的麥當勞。

約瑟夫穿著麥當勞制服站立櫃檯後方，而我點了一份麥香雞套餐。那種感覺有些奇怪，以為夢境誤植，或是身處另一平行時空。我看著約瑟夫，約瑟夫看著我，眼神不約而同存在默契，彷彿彼此已經認識了許久。我們沒有進一步交談。許多員工都想趁著夏日旅遊旺季多存些錢，休假便在鎮上兼差，說實在，這沒有什麼好大驚小怪。

隔日，泳池管理員戈爾瑪叫住我，要我趕緊去大廳櫃檯支援。我一頭霧水，加快腳步匆匆忙忙來到櫃檯，發現一群好奇觀望的中國遊客聚集大廳。櫃檯經理看見了我，拭去額頭汗水，鬆了好大一口氣，連忙把我引入人群。這時，約瑟夫也急忙趕來。櫃檯經理保持微笑，將我們分成兩組，導引至大廳左側，我和約瑟夫分別擔任解說翻譯。我們向中國遊客介紹房價、房間、城堡建築特色、主廚特製在地餐點以及附近旅遊景點，順順利利完成導覽，訂下房間，一路護送至客房。

約瑟夫剛好和我同時搭電梯下樓。

「原來你會說中文。」我有些驚訝，「不好意思，我原本以為你是印尼人。」

「我的中文沒有說得很好。」約瑟夫靦腆笑著，「基本對話還可以，太難的字彙就沒有辦法，我已經忘記很多中文了。」

「我時常看到你喔，不過之前沒有什麼機會聊聊。」我說。

「我應該沒有在做壞事吧。」約瑟夫禮貌回應，「我也時常看到你。」

「你是在哪裡學中文的？說得很好。」我說。

「我應該算是中國人吧，不過說實在的，我也不太確定，應該說我是印籍華裔。」約瑟夫撓頭思考，似乎是在搜尋相關詞彙，「該怎麼解釋才好呢，我的祖先從福建遷去印尼，在家裡，我的爸爸媽媽還是說福建話和中文，後來我們決定放棄一切，移民來加拿大。」

「來到這裡很久了嗎？」我說。

「好幾年了，只是英文還是說得很差。」約瑟夫感到有些不好意思，像是做錯了事，「我們在艾德蒙頓落腳，物價比大城市低很多，不過加拿大實在太冷了，我到現在還是很不習慣。你呢？你是中國人嗎？」約瑟夫說。

我想著該如何回應較為恰當。

「如果不方便回答也沒有關係。」

「不，這是個好問題，我只是在想著該如何說得準確一點。我的祖先來自大陸，後來因為經商遷到台灣，我的爺爺奶奶、爸爸媽媽都在台灣出生長大，我也是。台灣和大陸現在是兩個不同的政權，不過我們部分的文化源頭是相同的。當然，長久以來，大陸覺得台灣應該是大陸的一部分，我知道這樣子解釋，似乎有些複雜，因為牽扯了文化、歷史和令人頭疼的政治。」

「沒關係，反正在很多外國人眼中，我們都是中國人，都是穿衣服的猴子，應該出現在動物園裡才對。」約瑟夫說。

走向大廳，櫃檯經理特別向我們表達謝意。

我們各自回到工作場域。

城堡飯店在員工信箱內發送電子郵件，徵求婚宴服務生，時薪高達三十加幣。婚宴當日，正好輪休，姜便叫我前去幫忙，我、姜和約瑟夫分配至同一組，負責甜點、飲料與餅乾補給。早晨九點，員工抵達待命，了解服務細項、工作流程與現場動線。我們穿著臨時借來的白襯衫、黑西裝褲、燕尾服制服，來回走動穿行人群，看上去著實訓練有素。參與婚宴的貴賓，都是當地重要政商名流，城堡飯店絲毫不敢怠慢，怕出紕漏，不僅要求大廚、二廚們親自規畫特色有機菜單，還請來眾多服務生。點心精緻繁盛，薑餅、杏仁餅、燕麥餅、紅茶餅、巧克力餅、蔓越莓司康、草莓蛋糕、藍莓蛋糕與馬卡龍，提供現榨柳橙汁、蘋果汁和檸檬汁，三位年輕調酒師在琥珀色澤的洋酒後方表演花式調酒。我們從早上九點一路工作到晚上十點，午、晚餐輪流休息二十分鐘，時間只夠隨意吃些麵包充飢。

入夜了，勉強維持笑容，不過疲倦的身體已經強烈抗議。

「什麼時候才要結束，這些死有錢人。」我低聲抱怨。

「我也想當個死有錢人，可惜這輩子應該沒有機會，只好等投胎了。」約瑟夫笑著說。

九點，客人陸續離去，我們兵荒馬亂急忙收拾。

大夥兒都累壞了，肚子咕嚕咕嚕叫著，掌心鋪一張衛生紙當作餐盤，徒手吃起婚宴剩下的奶油蛋糕、焦糖烤布蕾和巧克力泡芙。

約瑟夫脫下制服，狼吞虎嚥吞下兩塊蛋糕，說很抱歉，得先離開。

「不去員工餐廳吃個消夜？婚宴剩下的餐點都送過去了。」

「沒辦法，還有工作。」約瑟夫說。

「在麥當勞嗎？」我猛打呵欠，累得快要立不起身。

約瑟夫搖頭，「今晚在『麋鹿』夜店，我在那裡當計時服務生。下次有空一起來麋鹿喝酒，每個禮拜二晚上，夜店的自製啤酒都是半價，味道挺好的。」

「我現在只想吃消夜，洗個澡，躺在床上什麼事情都不做。嘿，你不要太操勞，這樣子下去會死人的。」我說。

「沒問題，早就習慣了，我剛剛吞了一顆B群，先走啦，怕來不及。」約瑟夫快步離去。

我實在佩服約瑟夫勤奮工作的幹勁。

我陸陸續續在不同場合看見約瑟夫，他擔任各種臨時工，例如餐廳清潔員、酒吧服務生、工地助手、夜間巡邏員和紀念品店銷售員等，不知情的人，還會以為他是一位四處晃蕩的游牧者，沒有正職。約瑟夫的身體似乎完全不用休息，不須睡覺，機器人般不斷運轉下去，實在瘋狂。

某日，我們去麋鹿夜店慶祝朋友生日。

約瑟夫親切招待，請大家吃了一盤紐奧良辣烤雞翅。

頭一次，我看到約瑟夫穿著短袖，露出兩條手臂，沒有什麼特別之處，只是當約瑟夫大幅度擺動手腳，上臂便會若隱若現露出一些紋路線條。夜店內，音樂轟隆震地，莓紅、橙黃、茄紫、海藍和純金光線明滅跳動，從大海深處潮湧的波浪般，潑灑，翻攪，疊合，一波波一陣陣溫柔舔舐身體，讓皮膚長出色彩斑斕的鱗片。由於隔日休假，我便放縱多喝幾杯，除了黑麥汁、覆盆子啤酒、葡萄啤酒、蘋果啤酒之外，還喝下許多不同顏色的高濃度調酒。身體之中，一群一群野放豚魚來回逡巡，亟欲逃離理性。我留到最後，不知自己到底是如何離開夜店，只記得坐上計程車沒幾分鐘便被司機趕下車，倒在路邊嘔吐。

星星睜亮雙眼，絲綢狀的極光有著瀕臨死亡的魅惑，我的頭顱正努力鑿破黑夜。

恍惚間，我發現約瑟夫正看著我。

「你喝多了，沒事吧。」約瑟夫說。

我挺起上半身，用力敲打暈眩腦袋，想要知道自己到底在哪裡，原來我蜷縮身子躺臥木製長椅。寒氣撲面，手腳冰冷，身體不停發顫，我摸摸口袋，手機和鑰匙都在，只是找不到錢包。

「這是你的嗎？」約瑟夫從地面撿起錢包，翻開查看，「鈔票都被拿走了。」

「媽的。」我咒罵，從約瑟夫手中接過錢包，確認證件。

「我知道我不該多說什麼，只是這樣子很危險，說不定下次掉的就不僅僅是錢了。」約瑟夫脫下外套，「這件大衣先給你穿，有辦法走回去嗎？」

我嘗試起身，腦袋仍然在夜空之中飄浮旋轉，隨即坐了下來。

「叫計程車好了，記得下次不要喝那麼醉。」約瑟夫說。

我點頭。

我坐在計程車內搖搖晃晃，肚腹攪拌，停了車，立即打開車門爬了出去，跪在地面再次嘔吐，身體深處不斷汩湧酸腐之物。

「真是糟糕。」約瑟夫蹲踞地上看著我。

「抱歉，大衣都弄髒了。」我說。

「沒關係，拿去公司送洗就好。」約瑟夫扶起我，「你這傢伙走得回去嗎？」

我勉強點頭，雙腳癱軟如泥。

「今晚先睡我那邊，我住一樓，室友正好去國外度假，你可以睡客廳沙發。」約瑟夫說。

「真不好意思。」我說。

約瑟夫一路攙扶我回到宿舍。意識恍惚，無法妥善控制身體，然而奇特的是，眼睛卻比往常還要敏感，閃逝的顏色、線條與物體輪廓，不自覺詳詳細細謄錄下來，成為珍稀物件，發出各種變形的炫目光芒。我閉上眼睛，試圖降低種種不必要的刺激。再次睜開雙眼，我發現自己赤身裸體坐在浴室內，強烈水柱正在沖洗酸臭的身體。那是夢，奇異的夢，我的眼前驟然熱鬧歡騰出現了鸚鵡、河馬、老虎、山羊、赤麂、鹿豚、老鷹、斑馬等，置身熱帶動物園，然而，我卻感到某種揮之不去的深沉陰鬱，這些動物們都被挖去眼珠。動物們站立於前，以一張沒有雙眼的臉龐面對我，向我說話。我深感疑惑，伸出手，好奇撫摸從遙遠國度渡海而來的遷徙者。水柱繼續沖刷，動物園降下密度極高的熱燙豪雨，雷電合擊，雨水氾濫成災，逐漸淹沒整座燠熱燒灼的城鎮，被遺棄的動物們站立原地流下汩汩眼淚。

約瑟夫用毛巾幫我擦拭身體，幫我穿上乾淨的內褲、運動短褲和短袖棉衣。

恍恍惚惚醒了過來，身子正坐在房間沙發，手中多了一杯熱茶。

「喝些人參茶可以解酒。」約瑟夫穿著短褲坐在我的對面。

一隻長頸鹿伸長脖子望著迷茫的我。

「頭還暈嗎？」約瑟夫逕自喝著啤酒，「我不喜歡在外面喝酒，總是感到拘束，待在房間喝酒還是比較安全。」

「這裡是動物園嗎？」我不知道自己為何會提出這種奇怪的問題。

約瑟夫壓扁啤酒罐，從冰箱拿出另一罐啤酒。

「你有看到這些動物嗎？」我的話語缺乏邏輯，「牠們好像要跟我說些什麼。」

約瑟夫咕嚕咕嚕喝著啤酒，眼神壓抑，陷入被遮掩的回憶。

我拍打臉頰，啜飲熱茶，努力攀爬意識的泥濘。

「每當我覺得寂寞，我都會去紋身，總得把那些說不出來的話語記錄下來。」

「不會痛嗎？」我說。

「當然會痛。」約瑟夫睜大眼珠，像是責怪我問了一個十分愚蠢的問題，「剛開始非常痛，不過習慣之後就好多了。奇怪的是，很多時候我會懷念那種疼痛，因為只有疼痛，才會讓我一次一次想起某些記憶。」

我再次啜飲人參茶，身體逐漸溫暖起來。

「我想是我自己的問題，我討厭人，卻不習慣獨處，所以只好讓這些動物陪伴著我。」約瑟夫再次喝著啤酒，「實在很難跟別人解釋，為什麼我要一次又一次紋身。」

「大家會嚇到吧。」我說。

「解釋很麻煩，而且別人不一定能夠理解。」約瑟夫起身，「好點了嗎？我再幫你倒杯熱茶。」

「麻煩了。」

「不麻煩，我挺高興有人陪我說說中文，我遇過真正的麻煩，會死很多人的那種，就在我的家鄉。在那裡，每天都可能被人攻擊，被人亂砍，被人槍殺，我太沒用，沒有勇氣繼續留在那裡。」

「我在電視上看過新聞，也在媒體雜誌看過一些印尼排華的報導，只是，那裡實在太遠了，很不真實，所以我決定閉上雙眼，這樣子，生活才能輕鬆一點。後來我才知道，就連好好活下去，都是非常辛苦的一件事情。不好意思，我知道我很消極。」

「我不想怨天尤人，我要很努力賺錢，很努力在這裡重新生活。」約瑟夫咬著下唇，「我很現實，我知道在這個世界，沒有人有義務去幫你。」

我嘆了口氣。

「我把痛苦都變成動物了。」約瑟夫將空罐丟進垃圾桶，「這樣子想時，就會覺得自己相當幸福。」

我暫時沉默下來，「離開是一件困難的抉擇吧。」

約瑟夫刻意躲避我的眼神，「我沒有真的離開，因為我把一切都畫下來了。」

遠處傳來貓頭鷹咕嚕咕嚕陣陣叫聲。

「我曾經聽過一則笑話，有一天，某位病患跑去找醫生，說自己失眠。醫生詢問徵狀，病患說：『其實也不能算是失眠，應該是擔心自己睡著。』醫生進一步追問原因。病患說：『因為睡著之後，害怕心臟會忘記繼續跳動。』」

「這是自尋苦惱吧。」我笑著說。

「不，對我而言不是這樣，睡著之後，就算心臟會記得繼續跳動，卻不知道何時會被人用刀子剖開肋骨，挖出心臟。」約瑟夫緊抿著唇，「有時候我會想著，如果心臟真的可以忘記跳動就好了，至少無緣無故死掉，還能成為笑話，而不是悲劇。」

原來笑話也能讓人如此悲傷。

「好了，趕快睡吧。」約瑟夫拿出薄被，置放我的身旁，「和你聊天挺開心的，我很久沒有說這麼多話了。」

我躺下，拉著薄被披覆身子。

約瑟夫關上最後一盞黃色立燈。

我們沒有互道晚安，話語不知不覺間已經用罄。

平緩呼吸，閉起眼，動物們正在黑暗中屏息等待什麼，彷彿極力睜開不曾存在的雙眼。

醒來時，天色大亮，約瑟夫已經外出工作，他用塑膠袋包裹我昨夜替換下來的汙穢衣物，置放沙發角落。桌面留下一張紙條，說冰箱裡有土司、果醬和牛奶，離開時關門即可，不用鎖。全身鬆軟軟的，無法出力，頭殼有著讓火焚燒之後的混亂感，我躲回棉被，回想昨夜，思索約瑟夫說過的話語，昆蟲、鳥禽、動物在火耕焦土之中四處迷惘游移，心中湧現一股被強烈掏空的無助，如同闕漏，瀰漫黑影，無法定義事物時所感到的深層沮喪。

光影漫漶移動，房間飄浮細如粉末的塵埃，門外偶爾傳來腳步聲與關門聲，我蜷縮沙發，緊緊抱住併攏雙腿，突如其來陷入大肆席捲的悲傷之中，存在脫離意義，眼淚不知不覺流了下來。真是窩囊啊。我沒有哭，早已知道哭並非懦弱，只是必須在生命中的某些時刻，讓眼淚無所顧慮流淌下來。即使被視為懦弱，如果依舊願意好好去哭，那才是對自己負責的最大努力。

相信淚水足以滌淨緘默。

離開前，我顫顫巍巍拿起筆，覺得自己花了好大好大的氣力，才能在紙條慎重寫下「謝謝」。

後來，有一段日子，我竟不由自主躲避著約瑟夫。

我在網路上查詢印尼排華相關資訊，從蘇卡諾時期、蘇哈托時期至一九九八年黑色五月暴動，一起一起慘案難以細辨，華人女性慘遭強暴輪姦，華人男性被惡意屠殺，華人住家、商店與工廠陷入祝融。照片上，裸露的屍體堆疊橫陳，刀槍棍棒毫不留情砸在人的脆弱肉身，滲出血液、膽汁與腦漿，屠殺變成血液豢養的惡花，開吧，盛開吧，讓惡花種子開在華人的肚臍、心臟、陰莖、子宮、乳頭、骨頭與雙眼。不，罪惡不該用花來美化，我必須目睹，凝視，不予逃避，這是人類潛在的真實獸性，慣用暴力，嗜好血腥，能夠毫無愧疚將他人痛苦細細密密轉換成自我愉悅，並且合理化、道德化以及神聖化——必須譴責。我無法繼續閱覽下去，腦海浮現一張一張被害人面容，心中深感絕望，某種慌張戰慄，像是有人逼著我啜飲人血。我別過臉，如同以往過著略嫌苦悶的太平日子。

我繼續躲避約瑟夫，他的存在，一而再、再而三提醒我的怯懦。

春雪融盡，城堡飯店舉辦了一場小型喪禮。

位置在班夫教堂，我不認識逝去者，只知道他是中央廚房的二廚，在這工作超過二十五年，東歐人，隻身來到加拿大，未組家庭。二廚不到六十歲，身體沒什麼毛病，感冒幾天，臨時得了敗血症意外過世。我穿著素色襯衫與黑色西裝褲，陪同經理歐琪出席喪禮。看著鮮花、遺照與棺木，我感到某種熟悉與陌生的混合，那是靠向死亡的盲目刺激，讓人疼痛，卻隱藏哲思。牧師平靜的聲音迴旋教堂，述說死者的生平、品德與貢獻，參與者的面容充滿不捨，表露哀戚，吐出隨即飄散的嘆息。不知為何，我深深覺得這些活著的人，包含我，才是真正該死的人。我們竟會如此脆弱，甚至不須別人刻意攻擊，就會輕易遭受傷害。我應該跟死者說些什麼，以此告別，或者當作自我的深沉懺悔，但是在那個蒙昧當下，我只願自己是一隻鸚鵡，不輕易置喙，單純複述他人哀傷的悼詞。

獨自走出教堂，步行草皮，緩慢呼吸，思索生命到底是他媽的詛咒，還是你老子的餽贈。

一隻淺褐幼鹿從我的右側漫步而來，低頭咀嚼嫩草。我靜靜凝視幼鹿。牠緩慢移動身子，扭頸，抬臀，交換步伐，用一雙水靈雙眼注視世界。光在牠的身上不純然烘托神聖，更彰顯血肉魄力，指涉更複雜的運作，牠在進食，消化，準備排出大量尿液糞便，用健壯的前肢後腿踩踏泥濘。我感到強烈的飢餓，興起一股極度渴望獵殺野鹿的原始衝動，對血肉的需求近乎卑鄙，卻又正當，眾神在死亡之中給予諭示。

有人來到身邊。

「你也來了。」約瑟夫說。

「我不知道為什麼要來。」我感到茫然。

「我也不知道自己為什麼要來。」約瑟夫的聲音相當平靜。

「這樣也好，很多時候，我們都太想替自己找一個理由。」我說。

教堂響起鐘聲，幼鹿踢躂蹄子漸行漸遠，我的心中悠悠迴盪死者輕盈的腳步聲。

七月一日，加拿大國慶日，各地均有熱鬧的慶祝活動。

清晨，我先至市中心參與「鬆餅慈善募捐早餐會」，入場費二十塊加幣，參與者能在現場享用無限供應的特製鬆餅，以及現煮阿薩姆紅茶，餐會盈餘將全數捐給班夫生態保育團體。我吃了四塊鬆餅，淋上香甜楓糖，肚子飽了，便感到滿足。中央道路鎮日封街，人們一派優閒散步，打招呼，孩童吹著泡沫泡泡，青少年團聚聊天，有人在樹蔭底下翻書閱讀，有人戴著耳機聆聽音樂，有人悠閒四處晃繞，有人踩踏長板穿街過巷。我走進弓河旁的有機蔬果市集，像是想要確認其豐饒的存在、命名與意義，仔仔細細辨認每一種新鮮蔬果：柳橙、藍莓、蘋果、葡萄、李子、馬鈴薯、玉米、球莖茴香、甜菜根、紅蘿蔔等等。接著，我參觀了博物館，漫步至弓河右側河堤公園，欣賞獨立樂團表演。

曙夏，卻是秋高氣爽的氣息，我成了草本植物站立陽光底下，朝向光源，想要學習野草瘋長的蠻勁，更像一株看似久久靜默的冷杉，路人撒尿，我也只是安靜吸吮。和風帶來蒸餾後的草地氣息，清冷，潮濕，哥倫比亞地松鼠在冬眠前曝曬身子，旱獺在破碎岩層輕巧跳躍。日光溫暖，曬起來非常舒服，音樂喧鬧如禽鳥和鳴，人們攜家帶眷聚集公園，在平坦草地鋪設彩色方巾，隨意躺臥，拿出餅乾、水果與三明治享用，孩子們在寬敞的草皮踢球，互相追逐。我碰巧遇見了莫妮卡和傑克，他們十足熱情塞了一顆蘋果給我。我們在舞台前方隨著音樂搖晃了好一陣子，旋轉，跳躍，扭動身子，皮膚滲出一層薄汗，腦袋恍恍惚惚陷入暈眩。

人群起了喧騰，紛紛來到紅色遮棚下排隊，領取市長親自分送的國慶蛋糕。

我們坐在樹蔭之中吃起點心。

人潮實在多，轉個彎，一不留神我們便分散開來，然而無須緊張，總是會再遇上的，口袋裡的蘋果像顆心臟不斷跳動。

我來到遮棚右方，那裡是靠近道路的街頭藝人表演區。

白髮蒼蒼的持杖老人依靠一柄金屬柱觸地懸浮，動物保護員套上毛茸茸黑熊布偶，長髮及肩的金髮男子懷抱非洲皮鼓、輕踏腳步盡情敲打，炭筆畫家凝神繪畫栩栩如生的眾人面容，詩人大聲歌詠日光、流水與大地，極限運動的年輕玩家踩踏長板花式跳躍，熱愛舞蹈的女孩甩動長髮碎步旋轉，蜘蛛人趴伏地面——各種表演實在令人眼花撩亂。在這些各具特色的展演之中，我注意起他。他戴著黑人特大蓬鬆鬈髮，一副遮住半張臉孔的特大墨鏡，身上只穿著一件迷彩短褲，米黃膚色，非常瘦，身體畫有各種不同的動物。他坐在紅色方巾之上，凝凍如一座落魄、腐蝕、遭人遺棄的雕像，前方擺設一只置放零錢的破碗，簡易立牌標示：「動物人體彩繪，金額隨意。」立牌底下，擺放顏料、水彩筆和調色盤等畫具。

他是約瑟夫。

我不懂「動物人體彩繪」到底要做些什麼，印象中的遊行派對，不是都應該由專業的畫家、彩繪師、藝術工作者親自操刀，提供服務，在民眾的臉頰、手臂或脖頸留下華彩，怎麼現在竟然反過來了呢？我滿心狐疑，走向前，凝視眼前的男子。

約瑟夫看見了我，卻沒有任何反應。

我從來沒有如此仔細、好奇、近距離觀看一位男子的身體，經由那樣的注視，我竟然感到有些難以言喻的心疼。我略帶遲疑，伸出手，想要透過食指指尖輕觸他的身體紋路。當我的指尖觸碰到他的右側腰部，我感覺到他的身體產生一股羞恥般的顫抖，微弱電流同時導向我們。我以眼神搜尋，進行一次盛大、獨裁、典禮般的獵捕，要求他無條件貢獻身體。

左胸站立長頸鹿，右胸俯趴河馬，獅子與老虎在後背潛伏等待獵物；左肩蹲踞貓頭鷹，右肩佇立鸚鵡，巨蜥與赤麂竄入腰腹；左腳有野馬，右腳有山羊，鹿豚與馬來貘占據粗壯大腿——身體是一座深黃油彩潑灑的動物園。

我發現每一個生物都只具有片面雛形，而非整體輪廓。

「為什麼這些動物都沒有眼睛呢？」

約瑟夫抬起頭，以極度緩慢的速度轉過頭，面對我。

我並不期待約瑟夫開口說話。

「想要畫畫嗎？」約瑟夫露出微笑，親切詢問：「可以在我的身體上畫畫喔。」

我有些遲疑，「我可以試試看，如果這是被允許的。」

約瑟夫點頭。

我拿起水彩筆與調色盤，在盤格內添水，加入顏料，用水彩筆刷調和顏色。我來到約瑟夫身邊，有些不知所措。這麼多的動物，應該畫哪個才好呢？最後，我選擇約瑟夫右側肩膀上的鸚鵡。如果在胸脯、腰腹或是雙腳作畫，都讓我覺得有些詭異，很不自在。約瑟夫低下頭，繼續沉浸自我的世界。鸚鵡是什麼顏色？有著何種羽毛型態？如何用色塊和線條妥善表達？我的腦海浮現各種禽鳥展翅斂翼的姿態，各種顏色都顯得合情合理，也顯得天馬行空。

筆刷沾上綠色顏料，緩慢移動，帶著游移般的探索意味。

初始，最是困難，我感覺約瑟夫的身體也在極力抗拒著我，然而等到收起第一次筆刷，心中自然而然放下大石。我用清水洗滌舊色顏料，陸續以筆刷沾染紅色、黑色、白色，卻在塗抹過程中，不小心弄斷原先便已略微鬆動的筆刷。我發出小小驚呼。約瑟夫露出微笑，要我別緊張，接著回復原先姿勢。

我將筆桿與筆刷再次套合，試了幾次都失敗，索性放下畫筆，以指頭觸碰綠色水彩。約瑟夫的身體是柔軟的，鸚鵡的身體也是柔軟的，我的指肉在柔軟與柔軟輕微觸碰之中隱然發麻，以指頭指認，卻意外穿透身體。我的指甲尖端沾上白色顏料，謹慎點壓，形成爪喙、纖毛、眼眉，順勢滑動展開美麗的弧線羽毛。

我是一隻鸚鵡，同時，我不是一隻鸚鵡。

必須愛上這隻我所彩繪的鸚鵡，才能完成顏色所能表達的簡潔繁複。

約瑟夫的身體在我的指肉碰觸下輕微內凹，而後彈起，並且一次一次承接我輕微按壓，我的雙手因為觸碰約瑟夫的身體而些微發顫。

我在極度專注、惶恐、驚訝之中，謹謹慎慎目睹約瑟夫身體各處傷口。

傷口早已結疤脫落，長出粉紅暗紫新肉，留下微微隆起的不規則畸形肉塊。

皮膚具體而微，清晰顯影，以沉默傷痕、抑鬱斑紋、發皺肉瘤向我述說，傳遞簡史，尋求溫柔慰藉。我不曾知悉一則一則被刻意掩蓋的故事，卻能感覺某種沉重過去。動物們都回來了，以缺乏顏色的樣貌勾勒線條，一一來到這具黑暗蓊鬱的身軀，不再流離失所，一股無法理解的悲傷緩慢凝止心中。

收起手，不知道自己到底是怎麼了。

身體內有好幾股熱燙火花肆意爆裂，讓人戰慄、驚悚，並且多情，一瞬間，我驟然發覺自己愛上了約瑟夫。不，這太荒謬了，我根本就不理解他是怎樣的一個人，對我而言，他只是一位普通朋友，甚至是一位陌生朋友。我想，我是愛上藏匿在他身體之中的那些動物。我放下調色盤，張開雙手如鸚鵡張開雙翅，從約瑟夫背後輕柔擁抱住他。

約瑟夫的身子在震顫，我濫情的舉動一不小心便踰越界線。

約瑟夫接受了擁抱。

我不知道自己是如何鬆開雙手，當我回過神，鸚鵡的眼珠子正明亮起來，不僅是鸚鵡，所有動物的眼睛都逐步明亮了起來。

約瑟夫的身體都是汗，水溶溶的，散發濃烈男性體味。

「不好意思。」我感到難堪，顫怯怯退了一步。

「沒關係，我想這應該是我的錯，是不是我的身體讓你感到不舒服了呢？」約瑟夫轉過頭，摘下墨鏡，睜大眼珠看著我。

「不。」我咬著下唇，「不是那麼一回事。」

「我不希望我的身體傷害了你。」約瑟夫看著右臂，「畫得很漂亮，不過還沒有完成喔。」

我平緩呼吸。

約瑟夫拿起調色盤，用食指輕沾黑色顏料，「我們需要眼睛，才能好好注視這個世界。」

我向前，以食指輕沾顏料，和約瑟夫同時為鸚鵡點上黑色眼珠。

「還想替其他的動物塗上顏色嗎？」約瑟夫戴上墨鏡。

我遲疑，露出尷尬表情。

「原本，我以為這是個好主意，能夠和人們熱情互動，只是大家似乎對我身上的動物沒有多大興趣。」約瑟夫自嘲，「我在這裡一整個上午，都沒有人敢靠近我，可能覺得我是怪人、變態或精神錯亂。」

我不自覺笑了起來，「這樣的人體彩繪有些情色，不，應該說超乎想像。你應該學學那位持杖懸浮表演者，只是坐在那裡，就能收到一堆小費。」

「如果可以，我想替身上的動物塗上滿滿的顏色。」約瑟夫說。

「今天不用上班嗎？」我岔開話題。

「剛好排到晚班。」約瑟夫起身，從背包拿出一枝新畫筆，「不好意思，我得繼續當雕像。」

「我也該回去了，已經出來一整天。」我從口袋掏出紙鈔。

「不用了，你是第一個願意在我的身體畫畫的人，而且畫了一隻非常漂亮的鸚鵡，這隻鸚鵡會帶給我好運的。」約瑟夫說。

「謝謝，你也是第一個願意用身體讓我畫畫的人。」我留下蘋果，作為謝禮，那是當下最為珍貴的祝福。

我們不約而同笑了起來。

道別約瑟夫，穿過五花八門的街頭藝術區，漫步回行。

我突然好想緊緊擁抱著人，像是果皮緊緊擁抱果肉，花瓣細細吸吮水分，海水密密溶解粗鹽。

陽光曬得皮膚發燙，風有涼意，這裡的夏天有著秋天的蕭索氣息，秋天則有冬天的瑟瑟嚴寒。我沒有直接走回宿舍，轉了彎，步行碎石路，爬上觀覽弓河的高聳階梯。階梯依照山勢建立，初時極陡，而後漸緩，往上，抵達第一高點。我步出木梯，攀爬小山，尋找樹蔭歇息。河水聲紛紛鵲起，珠玉噴濺，卵石在水流中一波一波緩慢翻滾，經過滌洗，萬物俱在迸裂發光。再度踏回階梯，走了一段緩下坡，抵達第二陡坡的攀爬位置。

我挺起脊梁，面向陽光，一步一步行過遼闊山稜林木，落葉腐化，昆蟲交配，枝枒樹幹奮力增厚，有些聲音消失於沉默，有些摯愛離去，有些傷口長出結疤的水汪汪明亮雙眼，望向我，指涉我，同時深刻撼動我。我聽見鸚鵡的聲音從動物園的拘禁中遠近傳來，穿越火燙槍管，避開捕網，承受霹靂雷電，最終對這個難以忍受的殘酷世界，說出一句純粹、樸素、平淡的問候。我緩慢步下階梯，深吸口氣，準備向人們傳遞遠道而來的訊息。

「請好好活著，拜託了。」

請你好好凝視我

直到現在，我還是不清楚那天夜晚，究竟發生了什麼事情，一個微小卻又巨大的時空隙縫把我們徹底吸了進去。

有人湊近身子吹熄蠟燭，輕咬耳朵說不要害怕，沒有光，大家都是名正言順的藏匿者，即使醜陋，悲傷，或者淚流滿面都不會有人發現。探照燈搖搖晃晃從遠方迂迴投射而來，穿過水域，越過草澤，最後以微弱光芒照亮虛空黑洞，才會赫然發現靜止之中，我們近乎溺斃。

我在員工餐廳遇見面色慘白的姜。

姜低著頭，坐在角落，身體左側緊靠牆壁。

我拿了一杯熱巧克力和兩片抹上奶油的土司，坐到他的對面。平常戲劇性十足的姜一反常態，兩眼空洞，嘴唇輕微顫動，失魂落魄呆愣著。我在他的面前揮了揮手。他的雙手握住發燙的咖啡杯，喘口氣，最終從意識的沼澤爬了出來，罵罵咧咧：「我不是瞎子。」

「沒事吧，魂不守舍坐在這裡，被炒魷魚？還是蹺班打手槍被發現？」我故意調侃。

姜收斂神色，對我翻著白眼，「你這台灣佬還真是狗嘴裡吐不出象牙。」

一位黑髮女子無聲無息走來，瞇覷雙眼，以緩慢語速詢問：「你看到了，是吧。」

姜沒有回應。

「我知道你看到了。」她的語氣十分篤定，「因為我在那裡，我也看到了。」

我疑惑地看著姜，接著偏轉過頭，注視眼前一身深黑衣褲的房務員，左側胸前的名牌標示了名字——阿曼達。

「我沒有惡意，純粹想要確認罷了，如果你覺得困擾，那麼我可以離開，只是這個答案對我很重要。」

我注視阿曼達。她應該超過五十歲，亞裔面容，瓜子臉，白皮膚，盈盈眉眼淡淡薄妝，黑色長髮柔順梳攏於後，嫻靜卻帶著一絲神經質般的氣質，散發神祕，充滿北國清冷，也隱藏南國熱情。我在腦海中搜尋記憶，沒錯，我對她有印象，晨早七點十五分，整個城堡飯店最忙碌的就屬房務部門，八、九十人黑衣黑褲黑鞋一窩蜂湧進員工餐廳，食用早餐二十分鐘，接著房務經理會交代當日注意事項。

阿曼達隱藏其中。

「如果可以，請不要這樣子看著我好嗎？」阿曼達發現我無禮的注視，「我不太習慣有人一直看著我。」

我感到尷尬，耳根子立即紅了。

阿曼達一動不動站立原地，等待姜的回應。

姜搖頭，「我什麼都沒有看到。」

「那可能是我搞錯了，謝謝。」阿曼達有些氣餒，抿著唇，轉過身，踩踏無聲無息的腳步離去。

姜說了謊話，我們都允許了這個謊話。

我沒有詢問姜到底看到什麼，如果願意，他會主動告知，如果別人強行逼迫，他只會胡言亂語隨意搪塞。

秋冬大雪愈趨頻繁，許多事情如同積累一層厚雪，蒙上白銀，無法探知深淺。

一日，水質管理員戈爾瑪叫住我，說諾立這渾蛋不知又躲去哪裡鬼混，找不到人，要我趕緊去水療中心櫃檯協助。去到櫃檯，我看到一位老先生坐著輪椅，睜大眼珠，好奇搜尋什麼。經理歐琪囑咐，請將老先生安全送回房間。老先生滿臉黑斑，禿頭，有著輪胎大小圓肚，胸前、手臂與雙腳長滿蓬鬆金毛，穿著純白厚質浴袍，套著拋棄式紙拖鞋。房間在城堡飯店右翼底端，屬於後期擴建延伸的普通套房，距離稍遠。我自我介紹，確認老先生重心，熟悉輪椅運作方式，邁開腳步前行推送。乘坐電梯抵達迎賓大廳，行至側廊，由於部分通道以階梯連接，所以得繞至遠處改乘客用電梯，右轉續行至底。一路上，我嘗試同老先生說些話，詢問環境舒適與否，哪裡需要改善，餐飲是否符合口味等等。老先生沒有回應，有著雕像般的沉默。後來，我調整心態，保持安靜，想著老先生是位嚴謹不愛說話的客人。

「你有沒有見過新娘？」老先生突如其來開了口。

Merde（法語，接近Shit），這種缺乏頭尾脈絡的英文，實在令人頭疼。

老先生明顯不是來自英語系國家，口音帶著難以辨認的俄羅斯腔。

「新娘（Bride）？」我嘗試確認英文單字，卻不知該如何回應，只好想辦法矇騙過去，「費爾蒙特城堡飯店是落磯山脈最好的五星級飯店，時常承辦一些重要的婚宴、政商會議和大型國際交流活動，像是英國國王喬治六世、伊莉莎白二世和瑪麗蓮・夢露等名人都曾經下榻入住。夏天，可以去郊外健行、划船、打高爾夫球；秋冬，可以滑雪、泡溫泉、享用主廚精心烹飪的節慶大餐。根據季節，城堡飯店會提供許多套裝行程，如果有興趣的話，可以跟大廳櫃檯聯絡喔。」

老先生沒有回應，他可能聽不懂，也可能對我背得滾瓜爛熟的介紹詞興致缺缺。

我們經過一扇一扇廊道格窗，看向窗外，灼灼燈光照亮一片幽深雪地。

我將老先生安全護送回房。

「晚安，祝你們假期愉快。」我說。

老先生臨時叫住我，推動輪椅來到房間門口，伸出手，「薄荷巧克力，很好吃喔。」

「謝謝。」

「這裡有新娘，改天帶我去看新娘。」老先生語帶神祕。

「他又發神經了，別理他。」老先生的老婆用流利的英文說著：「你啊，有我在身邊已經夠甜蜜了（sweet enough），不要再吃巧克力，牙齒都要蛀光了。」

我離開房間，將薄荷巧克力放入口中，甜甜的，很清香，吃起來非常舒服。

隔了幾日，我再度被喚至水療中心櫃檯，同樣是那位穿著浴袍、露出胸毛的禿頭老先生。我露出微笑，打招呼，確認老先生的房號、重心與輪椅煞車方式，前行推送。老先生低下頭，專心滑動手機。我們坐電梯，穿過嬉鬧人群，轉至翼側廊道。老先生舉起右手，止住前行，要我仔細閱讀手機上的英文。鬼新娘（Ghost Bride），我看到關鍵字，恍然大悟。一九二〇年，一對年輕情侶在城堡飯店舉辦婚禮，婚宴當日，新娘穿著鵝白婚紗緩慢步下台階，然而台階邊緣的燭台火苗不小心燒起裙襬。新娘一時驚慌失措，步伐被裙襬絆倒，不小心滾落台階扭傷脖頸，最後不幸去世。

「我要去看鬼新娘。」老先生說。

我停下腳步，交還手機，再次確認方向，推動輪椅前往意外失事處。樓梯迴旋，從下而上順時針旋轉，石砌階梯兩尺寬，當初放置多盞燭台的位置已經立起鐵鑄雕花欄杆。上方左側，長方形窗格鑲嵌厚片玻璃，從中洩露天光。樓梯轉折底端留下半圓弧空間，擺放一張漆成赭紅的木製圓桌、兩張圓椅和兩只左右開闔的偽骨董書櫃。我們停留十五分鐘，什麼都沒做，偶爾看望窗外的霓虹燈，偶爾聆聽遠處傳來的腳步聲，我們在歷史事故的現場，等待什麼，或者不等待什麼，絲毫沒有鬼影幢幢的恐懼感。我懷疑這位老先生跟鬼新娘有著什麼關連，同時，又覺得這種想法過於荒謬。離去時，我看到阿曼達一身黑衣黑褲站立欄杆頂端，凝視我們，並且畏怯轉身——在那當下，我們都是鬼鬼祟祟的闖入者。沒錯，那是阿曼達，她擁有一雙不知隱藏什麼的黑色眼睛，當你想要深淺探入，你會不禁震悚，甚至有種赤裸羞愧。

我將事情告訴了姜。

「你還是離阿曼達遠一點比較好，雖然她沒有什麼惡意，不過我總覺得她太冷了。」姜說。

「太冷？」我不太清楚姜想要表達什麼。

「不是不理會人的那種冰冷，而是靈魂不在身體的那種冰冷。」姜以謹慎的話語解釋，「我不知道該怎麼表達比較好，總不能說她像個死人。」

「好像恐怖電影喔。」

「沒有那麼誇張。」姜嘆口氣，「你還記得上次阿曼達忽然跑了過來？」

我點頭，「你說你什麼都沒看到。」

「我私下詢問房務部門經理，知道了一些事情。」姜謹慎打量，擔心有人偷聽，「房務部門大部分都是菲律賓人，不過阿曼達不是喔，她是越南人，聽說當初為了逃離共產黨統治，不知先逃去香港、泰國還是馬來西亞，後來輾轉來到加拿大。阿曼達在這裡工作超過十年了，現在擔任日間領班。房務部門經理說，她工作認真，但是性格古怪，單身了很多年，沒有任何伴侶，也沒有人聽過她談起家裡的狀況，大家暗自都叫她Virgin卵，說錯了，是Virgin阮，你要不要試著去Tap她一下。還有人說，她會撿些木頭回宿舍雕刻，說不定她的房間擺滿各種迷惑人心的怪異木雕。」

「媽的，你這傢伙，專門說些五四三，Tap什麼啦（Tap當動詞，除了有連續輕拍、輕擊、輕敲之意，亦有開發、開闢之意），你這張嘴巴有一天一定會惹上麻煩。」我想起阿曼達之前的詢問，「所以，你上次看到了嗎？」

「那時候我正在送餐——」姜有意閃躲，似乎不太想回答這個問題，「我什麼都沒有看到，只是身體有種奇怪的感覺，好像有人打開你的胸腔，然後有一股冷冷的空氣穿過身體。」

「一股冷冷的空氣穿過身體。」我喃喃複誦。

「總之，你不要去招惹阿曼達，看見她，躲得遠遠的就對了。」

姜說的話，無意間激發我強烈的好奇心。

後來幾次，我在地下隧道遇見阿曼達。

我假裝沒有看到她，她也假裝沒有看到我，彼此卻又知道，隱匿的眼神正在細膩探索對方，**一股寧靜暴力，撩撥某種無法言喻的情感**。我因為躲避而心虛，她因為偽裝而緊張，我們沒有觸碰彼此，卻自然而然興起某種詭異、寒峭、用舌頭舔舐脖頸的悚然，燃起盞盞綠色鬼火。

我們在某些隱密之處竟是相連。

阿曼達找上諾立老婆，諾立老婆轉告諾立，諾立再告訴我，說她想要找我聊聊。諾立調侃，說我這傢伙實在好狗運，竟然釣上一位皮膚白皙的俏妞，年紀是大了點，不過關上燈，差不了多少，還說越南妞這十幾年來存了不少錢，是個富婆啊。我和阿曼達一點都不熟，稱不上朋友，沒有一次正式、完整與親密的交談，然而，我卻答應她的邀約。內心惶恐，卻又興奮，鎮日幻想見面當天，我們會窩在房間大力扯裂衣褲，狂野瘋癲，奮不顧身蹂躪對方，親吻，囓咬，撞擊，吸乾彼此身體的血液。夜裡，阿曼達換上一套簡易服裝，棉上衣、牛仔褲、雪靴，最外層套上暗紅羽絨外套，身上瀰漫淡淡的鳶尾花、茉莉與麝香味。我們沒有待在房間，走去接近高爾夫球場的Waldhaus Pub & Patio。木製裝潢的餐廳有兩層樓，美式夜店風情，除了可以喝酒、聊天、射飛鏢、打撞球，還有大型螢幕提供客人觀賞各類競技球賽。我點了最富盛名的蜂蜜炭烤雞小腿，阿曼達則點了一份特製總匯三明治，我們合點一杯黑麥自釀啤酒。

初始，我有些緊張，不知要說些什麼，也不知阿曼達為何無緣無故想要約我出來。

「真是抱歉，你一定覺得很疑惑。」

我注意到阿曼達的右眼底下有一顆小小的黑痣。

「今天早上，其實想要打電話給你，告訴你不要來了。」阿曼達有所遲疑，「可是我不知道你的電話。」

「我也很猶豫到底要不要來。」

「後來我告訴自己，必須跨出一步，做些改變。」阿曼達說：「我需要你的幫忙。」

「我不覺得我可以做些什麼。」我有些惶恐，覺得阿曼達即將開口借錢，「很多人都可以幫妳。」

阿曼達搖頭，「並不是每個人都可以。」

服務生送上餐點與啤酒。

我們多要了另一個玻璃杯，兩個圓盤，將餐點平均分成兩份。

「我吃不了這麼多。」阿曼達將雞小腿移至我的圓盤，「別擔心，今晚我請客。」

我搖頭，擔心自己會付出更多代價。

我們沉默享用餐點，聽著足球比賽的加油聲、客人熙熙攘攘的說話聲，以及撞球互相碰撞的響脆聲。阿曼達用餐巾紙包裹三明治，一口一口緩慢吃著，沒有太大動作，也沒有發出什麼聲音。偶爾，我們聊起落磯山脈的嚴寒氣候、工作的疲倦以及員工餐的單調乏味，都是一些無關緊要的話題。我心存警戒，擔憂阿曼達最終將向我貪婪索取什麼，心中默默打定主意，在不傷害別人的前提之下，必須溫柔且堅定地拒絕。用完餐，喝了啤酒，臉色些微泛紅，我們移到大螢幕前的玫瑰紅長型沙發，觀賞一場難以融入的激烈足球比賽。

我堅持各自付費，我們並沒有在餐廳消磨過多時間。

離開餐廳，外頭正飄落細雪，吐出的濕潤氣息細細密密融於黑夜，我們沿著迂迴小徑，徒步向上，踩踏陡坡石階。我在前，阿曼達在後，攀登石階五百公尺之後，身體略微疲累，我在轉折處停下腳步，喘口氣，等待阿曼達。

我們走走停停，不說話，最終回到柏油路面，急忙躥入城堡飯店側翼的客房廊道。

我陪伴阿曼達走回員工宿舍。

「你喜歡大角羊（Bighorn Sheep）嗎？」阿曼達背靠房門，詢問我。

「大角羊（Bighorn Sheep）？」我再次確認英文單字。

「大角羊又叫落磯山大角羊（Ovis canadensis），就是頭上會長出兩根長長的彎曲大角，看起來有些攻擊性。」阿曼達的雙手搭在耳朵上方說明。

「感覺挺可愛的。」我語帶保留，「只是我對大角羊沒有什麼研究。」

「今年夏天，我獨自爬山，看到一群大角羊站立峭壁，是真的很陡的峭壁喔，裸岩灰撲撲，大角羊睜著好奇雙眼動也不動看著我。後來，不知道過了多久，幾隻大角羊靈巧跳動，接著再度停留，好像害怕我的視線沒有跟上牠們的腳步。當然，我沒有獸蹄，不會傻乎乎徒手攀爬。我站在低處仰望，大角羊站在高處俯望，而且似乎非常滿意我的注視。然而，那其實是非常恐怖的感覺，因為只要一不小心，大角羊就會失足摔下峭壁。」

我注意到阿曼達的面容近乎出神凝止。

「你等我一下。」阿曼達拿出鑰匙，打開房門獨自鑽入。

我愣愣矗立原地。

「這個給你。」阿曼達走出房間，關上門，將一只手掌大小的木雕放在我的手中，「這是我雕刻的喔，手藝沒有很好，不過我會慢慢進步的。」

木雕大角羊呈現立姿，輪廓粗糙，比例失衡，腹肚凹陷消瘦，左右兩側的羊角過於巨大，有一雙尚未雕琢的平面眼睛，面容充滿不知如何解釋的憂傷——確實是初學者的揣摩作品。

阿曼達臨時握住我的右手手腕，「再陪我走走好嗎？」

我感到阿曼達的冰冷。

阿曼達有些不好意思，隨即鬆手。

我揣拿一只面目哀傷的木雕大角羊，不知終點跟隨阿曼達前行。岩塊壁，木製門，沙發桌椅，圓形、螺形、波浪形鐵柱欄杆，畫中異獸穿林奔騰，牆角閒置無人彈奏的黑白鋼琴。我們在城堡飯店內的廊道與公共廳室遊晃，暗紅細織地毯遠近相連，懸掛牆壁的燭台裝設乳黃燈泡，方窗底下放置供人休憩的長形木製桌椅。我們沒有停下，彼此距離忽遠忽近，直到靠向鬼新娘夜夜徘徊的失事階梯。阿曼達似乎受到驚嚇，下意識止住腳步。我趨前。阿曼達惶恐向下看望，我尾隨阿曼達的眼神。上次，我在底端往上探看，這次，我在頂端往下探看，迴旋階梯，擁有被明確標示的圓弧線條，在不同時刻看望不同方向，好似過去或未來會以童稚或耄耋樣貌呼喚彼此，等候多年後的回溯。

阿曼達滿臉蒼白，轉過身，頭也不回往回走。

我們再次回到員工宿舍。

「你有看到嗎？」

我搖頭，「什麼都沒有看到。」

「我看到了。」阿曼達囁囁嚅嚅。

那幾個禮拜，我實在心不在焉，不管做什麼事情都慢了好幾拍，腦海不斷浮現鬼新娘面容，牙齒斷裂，舌頭痙攣，鼻梁粉碎，血珠子腫脹鼓起。我必須問清楚，無法繼續懷抱疑惑，我想知道阿曼達到底看見了什麼。我撫摸檯桌上的木雕大角羊，左右螺旋雙角往外延展，通向世界另端，卻又曲曲折折圓弧內彎抵達初始。木頭漸次溫燙，盈滿血肉，彷彿鬆開手，大角羊就會展開四蹄穿越密林。

夜裡，大雪以不容質疑的寒冷冰凍大地。

我買了酒香巧克力，顫顫巍巍來到阿曼達的宿舍門口，遲疑著，久久無法下定決心。

阿曼達突如其來打開房門，看著我，「進來吧。」

我以為阿曼達會拒絕我，阻擋我，恐懼我，然而並非如此，我們似乎早已有所約定——我甚至沒有說出來意。

「這麼多年來，除了定期的暖氣檢查、器具維修和網路更新之外，你是頭一個進入我房間的人喔。」阿曼達語氣平穩，沒有絲毫隱藏，「不知道為什麼，我有強烈預感，知道你會過來。」

我脫掉鞋子，置放入門處，將酒香巧克力遞給阿曼達。

單人宿舍，房間不大，方形格局簡單俐落，一張床，靠牆衣櫃，摺疊圓桌擺放房間中央，桌上一盞立燈。私人物品收拾得整整齊齊，隨時都能搬離似的。床尾後方擺立平桌，上頭放置十幾只木雕大角羊，有的是完整身體，有的單單雕刻頭顱與雙角。羊群外圍，是二、三十只人形木雕，均以鮮豔水彩彩繪，短如拳頭，長如女性腿骨。男性袒胸露肚，著短褲；女性戴冠，全套衣裝。木偶的眼眉神色各有差異，嘟唇，眥目，露齒開懷，深沉蹙眉，男性留有鬍子，女性特別注重眼型、鼻梁與笑容。木偶刻鏤深邃眼神，是那種靈動、憂悒、誠摯、抑鬱與澄澈的雙眼。

「幾年前開始嘗試，只是我的技術不好。」阿曼達烹煮熱水，「我的丈夫是一位木雕師傅，除了雕刻工作之外，還會參加各種水上木偶戲表演。」

我在矮圓桌旁坐了下來。

圓桌擺放幾塊尚未雕琢的木頭，幾枝鏽鈍雕刻刀，幾張磨砂紙，以及一盞燈。

「我以為雕刻師需要很多參照圖。」

「剛開始學習是需要的，不過當技術愈來愈純熟，腦海會自動浮現形象，也就不需要了。」阿曼達在我的身邊坐了下來，「我的丈夫完成木偶，我會用磨砂紙將表面磨得平滑，定期賣給收貨的中、小盤商。利潤不高，不過自己當老闆還是比較輕鬆，我的女兒和兒子也會幫忙。」

「我去過北越下龍灣看過水上木偶戲喔。」我回應，「只是完全搞不懂舞台上到底在演些什麼，許多藍光、綠光、紅光、黃光和白光打在水面，還有一群不知該如何形容的大型木偶來回移動，濺起水花，聽說是在搬演越南民間故事。」

「他們只用越南話表演啊，當然聽不懂。」阿曼達笑著說。

熱水滾了，阿曼達泡了兩杯熱可可，一杯遞給我，一杯自己喝。

「為什麼開始學習木雕呢？」

阿曼達沉下臉，墜入記憶。

「我不是刻意要打聽什麼。」我低聲道歉。

「沒有關係。」阿曼達深深吸了一口氣，試圖打起精神，「其實，我已經將好幾批木雕埋了起來。」

「埋起來？」

阿曼達看著我，衡量即將說出的話：「每天早上，這些木雕都是濕的，奇怪的是，木雕會一個一個快速腐爛。剛開始，我以為窗戶沒關，沾染濕氣，於是睡前再三確認，沒想到隔天醒來時，木雕還是濕的。這件事情困擾了我好久，趁著休假，決定徹夜坐在木雕面前，張大雙眼好好審視。半夜，我發現木雕的眼睛開始滲出大量的水，然而我一點都不害怕，我覺得讓淚水緩慢腐爛身體，是一件幸福的事情。」

我不知道阿曼達是否捏造，不過我還挺喜歡這則有些怪異的故事。

「你覺得我們的雙眼究竟能夠看見什麼？」

光線？物體表面？符號與象徵的龐大世界？

「我是指，明明是你想看見，卻又最害怕看見。」阿曼達用冷靜的語氣說著。

我嘗試釐清阿曼達的敘述脈絡，「可能，是離世的親人吧。」

「我時常想著，我們真的可以看見鬼魂嗎？」阿曼達的雙手捧著熱可可，「尤其是那些陰魂不散的鬼魂。」

「你是指城堡飯店的鬼新娘？」我的身子瞬間從脊椎骨開始發冷，不自覺搓動雙掌，

「我查詢網路，發現很多客人都曾經看見亡魂，鬼新娘穿著一襲長拖尾純白婚紗，覆蓋頭

紗，獨自在階梯旋轉跳舞——妳真的看見鬼新娘了嗎？」

「沒有。」阿曼達搖頭，「我沒有看見鬼新娘。」

我大大鬆了口氣，拿起熱可可啜飲，原來這些日子以來的困擾都是妄想。

我們一時陷入沉默。

「我看到我死去的家人。」阿曼達用非常緩慢的語速一字一字說著。

我望向憂傷的阿曼達。

「已經過了那麼久，我以為自己可以好好過著一個人的生活，但是我錯了，我又看見了他們。」阿曼達一口氣喝盡熱可可，「這會不會只是我的幻覺？我無法注視那些臉孔，那些失去血色的臉孔一一來到我的面前。我的精神狀況很不穩定，我看見我丈夫枯瘦的臉，看見被強暴的女兒，看見餓死懷裡的兒子，看見一張張陸續死在逃難船上的凹陷面容，他們向我討債，對我咒罵，張開嘴巴，用利牙一口一口啃食我的乳房、腸胃和肝臟。」

阿曼達緊緊握住雕刻刀。

「沒事的。」我突兀發聲。

阿曼達用冷酷的眼神瞪視著我，彷彿指責這種無關緊要的安慰，只會帶來更大的傷害。

阿曼達蹙著眉，因為陰鬱而使表情過分扭曲，「我很想念他們，曾經很想看見他們，只是沒有辦法，我真的沒有辦法面對他們，為什麼只有我一個人活了下來？我只能努力忘記這一切，我希望他們去更好的世界，去過更好的人生。有時，我會想著，這樣子也好，現實並沒有想像中美好，況且我並不那麼愛他們，如果想要生小孩，再找個男人結婚就好。沒錯，我並不那麼愛他們。」

我靜靜聆聽阿曼達的辯解之詞。

「然而，他們再次回到我的眼前，來到我的身邊。」阿曼達眼神迷茫，陷入夢囈，「我不知道我只是單純想起他們，還是他們死不瞑目想向我索討什麼。」

我想要留在那裡，同時，想要逃離那被無數眼睛盯視的房間。

「希望沒有嚇到你。」阿曼達放下手上的雕刻刀，「我再幫你泡杯熱茶吧。」

「他們在這裡嗎？」我試探詢問：「我是指，妳現在有看到他們嗎？妳的丈夫、孩子以及那些死去的人。」

「沒有，但是我可以感覺到他們。」阿曼達煮水，清洗杯子，轉身重新面向我，「我真的需要你的幫忙。」

不論任何請求，我早已打定主意拒絕，以免牽扯不必要的麻煩。

「你只要在我雕刻的時候，坐在一旁，好好凝視著我就好了。」

「就那麼簡單？」

「是的。」阿曼達將具有安撫神經功效的草葉茶包放進杯中，注入熱水，「我必須跟你坦承，當我雕刻，他們都會重新來到我的身邊，所以你也可能會看到亡魂。如果你看到了，請告訴我，不然我會以為自己真的瘋了。」

我沒有答應，也沒有拒絕，伸出雙手，接過阿曼達遞來的熱茶。

阿曼達點亮圓桌小燈，關上大燈，拿起一塊肋骨長短木頭，一枝雕刻刀，靠向暈黃燈光。

我坐在圓桌另一側，看向阿曼達。

阿曼達跪坐鋪設厚毯的地板，撐起上半身，纖細左手抓住木頭底端，右手持刀，從上而下、外而內、旁側而中心順勢施力，鑿出一道傷口，再鑿出另一道無法挽回的傷口。燈火照亮某處，卻也因此擴散更大面積的深沉陰影。阿曼達流出冰冷手汗，在木頭內外留下層層水漬，神色堅決，更帶摧毀意念。她將木頭移近身子，左右膝頭靠攏固定，左手再次抵住木頭下緣，右手持刀，彎曲身子，傾下顱頸如即將投井。刀子隨著重心鑿下，鑿開木頭，同時無意間鑿開她的左手前臂，一條粉嫩鮮肉瞬間裸露，滲出汩汩鮮血。

「你受傷了。」我驚呼一聲，起身阻止。

「不要理我。」阿曼達惡狠狠瞪視著我，「我知道我在做什麼。」

滲出的血從前臂流淌下來，滑過木頭，滴至地面，阿曼達拿著刀，繼續鑿開沾染鮮血的部分，木屑長長短短逐漸堆疊。或許，因為受傷，阿曼達堅忍的表情有了些許鬆動，眼眶蓄滿淚水肆意流淌，不斷隱忍各種震顫。圓桌小燈瞬間熄滅，房間剎那陷入片刻的沉默、幽暗與惶恐。接著，我聽見阿曼達肆無忌憚的痛哭聲，那種聲音，讓我以為她正用刀子刺進自己的眼珠。她尖聲厲吼：「你看到了嗎？」圓桌翻覆，阿曼達狂亂走動，飄忽，旋轉，露出詭異癡笑。「他們就在這裡，你看到了嗎？」我伸出雙手，立起身，慌亂探索，想讓阿曼達暫時穩定下來。忽然間，右側大腿有一陣冰涼感覺，緊接而來，是一股刺麻疼痛。我試圖抓住那在黑暗中隨意揮舞的雕刻刀，不，是試圖抓住讓亡魂附身的阿曼達，她透過雕刻刀在我的身上用力斲刺，預備要在我的身軀鑿出她熟悉的死者面容。我綳緊肌肉，全力施暴，左手鉗住她的腰身，右手抓住她的手腕，衝撞般往床邊傾倒，以男性氣力沉沉輾壓她的身子。阿曼達奮力抵抗。我緊咬著牙，腰臀出力，使勁抵住她的脊椎、盆骨以及被我下半身分開來的雙腿。「冷靜一點。」我對她說，更對自己說。我聞見阿曼達身上散溢乳香，皮膚如此柔軟，血脈洶湧，被我壓住的身體一次又一次劇烈震動，啜泣不已。我的大腿被剜去一塊肉，鮮血滲流，然而在那當下，我卻感覺下體不斷湧漲某種無法壓抑的原生欲望。身體的某個部位正在充血，膨脹，沉睡的精子被喚醒——這個賤婊子，我也要用下體狠狠剜去她身上的一塊肉，咬爛她的乳頭，讓她疼痛，讓她呼喊，讓她無法自拔。我要幹死她，並且要她愛上被我猛肏的激烈快感。阿曼達不會拒絕，蕩婦最愛假冒處女，她這個破媌（bâ，娼妓）老查某本來就在勾引我，連陰唇都開成一朵紅豔豔的月季花，真他媽的騷。憤怒之中，我褪去褲子，紅腫下體用力前頂，期待她發浪憤怒的呻吟聲。

胸腔被打了開來。

一股冷冷的空氣穿過身體。

我恍然察覺，原來被附身的人不是阿曼達，而是我，可恥、醜陋、扭曲的我。

必須控制自己，羞辱自己，詆毀自己，不讓欲望統攝身體。

我們維持同一個姿勢許久，好似出生下來，就是在等待與對方交媾。即使閉上雙眼，依舊感覺有人正在暗處張大眼珠專注凝視。我們都在等待，等著踰矩，等著索求，等著對方垂涎般的親吻——我們多想脫去全身衣褲。

阿曼達的身子鬆軟下來，我的身子也鬆軟下來，我們都讓這樣的等待虛耗了。

「對不起。」阿曼達用冷靜的語氣說著。

我撐起雙手，離開阿曼達身子，倉倉皇皇穿起褲子，起身摸索走至門邊開燈。

房間內亂成一片，阿曼達用手背抹去眼淚，抿著唇，整理凌亂衣褲，從抽屜拿出黑色垃圾袋，收拾木屑、碎裂杯子與被壓壞的檯燈，她的鎮定，讓我感覺剛才的失序與瘋狂並不存在。我移開矮圓桌，將壞毀物品放進垃圾袋，重新將圓桌置放房間中央。阿曼達拿出藥膏、繃帶與棉花棒幫我包紮。我依然可以聞見阿曼達身上瀰漫的誘惑香氣，好似那是我重重沉壓她身上的印記。

「肚子餓了嗎？」

我沒有回應。

「我有些餓了。」阿曼達從小冰箱拿出沙拉，淋上水果醋，擺放兩副餐盤。

我們面對面坐下，不發一語，默默吃著生菜沙拉，裡面有小紅蘿蔔、花椰菜、菠菜、玉米、小黃瓜和冷冷的雞肉，我總覺得加了醋醬的沙拉，充滿阿曼達陰道的經血味。

半夜，我心懷愧疚轉身離去，卻又感覺悄然進入某個記憶結界，靈魂某處，已經被遺留下來，彷彿封存於某一段亟欲抹滅、不堪重建的歷史之中。男性粗暴的殺戮歷史（Massacre History），始終留下女性大量的疼痛故事（Mass Ache Her Story），而在其中，靜靜隱藏遺憾（Sorry）。失去之物，都是交付給另一個世界的信物，當我們被幸運尋獲，必須下定決心，選擇留下一對眼睛，或者選擇留下被挖去眼睛的身體。

隔日夜晚，我再次被叫去水療部門櫃檯，那位喜歡吃巧克力的老先生正等待著我。我依循規定，再次自我介紹，確認房號，熟悉輪椅功能。轉進翼側廊道前，老先生搖著頭，表示我們走錯路了——我知道老先生要去哪裡。我推動老先生的輪椅穿過裝潢華麗的側廳，進入廊道，經過隔絕大雪的玻璃透窗、廳室、梁柱、聖誕樹、裝飾的波本桶雪莉桶與大大小小鏤刻花草木門，來到迴旋樓梯之前。我們身處下方，往上仰望，樓梯頂端是暫時無法理解的平行世界。

我們在樓梯一端，彷彿靜待時日焰火。

「嘿，鬼。」老先生發出聲音。

我不知道老先生是在叫我，還是指稱自己看見不可見之物。

「你相信嗎？」老先生接續說著。

這種斷句方式真是讓人困擾。

「我相信，只是現在的科學無法解釋。」我盡量使用簡單的英文單字，並且比手畫腳。

「這個給你。」老先生伸出手，將兩塊精緻包裝的薄荷巧克力放在我的掌心，「我老婆不喜歡我吃巧克力，說吃了會不舉，牙齒還會掉光光。」

我打開包裝，將兩塊巧克力分別放入我和老先生嘴中。

老先生露出開朗笑容，「你扶我，我想要走那個階梯。」

我有所遲疑。

「沒關係，這是祕密，我不會告訴別人。」老先生意有所指說著：「我們能走多遠就走多遠。」

我點頭，蹲下身。

老先生的左手搭在我的左肩，我的右手從後攬住老先生後背，我們在階梯前同時立起單薄身子。

「告訴你一件事情——」老先生故作神祕，「其實我已經死了很久。」

巧克力逐漸融化，一股草葉與熱帶可可的甜苦散布開來，我張開嘴巴，指著染綠染黑的牙齒，像鬼魂，像惡魔，像遠古茹毛飲血的山頂洞人，「這麼湊巧，其實我也死（Die / Dye）了很久。」

我們牽起久別亡魂，雙腳顫顫巍巍踏出第一步，踮起腳，在金蓮荷花豔夏盛開的巨大花瓣，跳起楓葉飄落的舞。

行過曼德拉之夜

十一月初，大雪。

風一陣比一陣強，叢密冷杉瀰漫茫茫霜霧，俱是清冷氣息。

銀白雪地混雜落葉、泥濘與碎石，行過的人們留下貓淺腳印，如輕易被抹去的青苔不留痕跡。房內的暖氣調至最大，依舊無法抵禦從窗縫滲進的肅肅寒氣。特意多買一條厚毯覆蓋，還是冷，氣溫低於零下三十度，即使室內二十四小時開著暖氣，也只能維持七、八度，為了省錢，執意不買棉被，直接從工作處拿十幾條毛巾和一件浴袍，睡前先披厚毯，再將毛巾零散覆身禦寒，然而夜裡，仍然時常冷醒。

晚班，經理歐琪聚集所有員工，提醒等會兒先取回乾淨毛巾，再去戶外泳池和湯池鏟雪撒鹽，緊接詢問，放置蒸氣室內的尤加利葉精油噴發器該如何使用？大家一時面面相覷，沉默無語。歐琪要諾立示範。諾立搖頭，說不知道，來這裡半年沒人教過他。歐琪將眼光轉向與諾立同時進入公司的我。鵠渡實在看不下去，主動示範，精油倒入容器至四分之三滿，再加水。歐琪面露微笑，滿意點頭，囑咐諾立好好記住流程，接續交代午後工作。我負責泳池區域，諾立負責水療區域，除了鏟雪，撿拾垃圾，還得特地刷洗盥洗室。總經理晨泳沐浴，發現兩根毛髮貼黏瓷磚牆壁，覺得骯汙，不符合五星級飯店所該提供的高品質服務。一夥人灰頭土臉開完會，推動置放毛巾的滾輪塑膠容器，走向各自工作場域。三點，得準時去地下隧道另側，視察運載乾淨毛巾的卡車是否準時到來。

推著裝滿髒毛巾的容器回到地下隧道，正巧遇見撒朗的哥哥戈爾瑪。

戈爾瑪正在安慰不斷抱怨的諾立。

「Big Brother，今天心情特別好喔，是不是中了樂透？」我習慣稱呼戈爾瑪為大哥。

「日子本來就應該過得開心，不是嗎？」戈爾瑪穿制服，坐在裝載新鮮紅蘋果的厚紙箱上，拍打大肚，雙手使勁搖晃鬆軟肚皮，轉頭安慰諾立：「別想這麼多了，你也知道歐琪上任不久，總是希望做到最好。」

我推著容器繼續往前。

假日非常繁忙，五點半才有時間抽空去員工餐廳休息，撒朗和戈爾瑪坐於左側角落，三塊直立大型木製隔板切割出隱密空間，水療服務生團隊休息時，通常都會聚集於此。撒朗和戈爾瑪剛吃完墨西哥捲，正準備好好品嘗香蕉、巧克力餅乾和藍莓優格。如同往常，戈爾瑪親切叫喚我的中文和英文名字。戈爾瑪是水質管理員，隸屬水療中心，管理部門內部各式設備，每日謹慎記錄水質狀態，檢驗pH質、水溫和氯含量；同時負責各種雜事，包含更換燈泡、維護硬體設備和協助鏟雪。基本上，水質管理員不參與每日例行開會，工作時間亦有差異，分早、晚兩班，清晨六點準時開工，深夜十一點結束。工作地點位於地下室，是個嘈雜、悶熱、空氣極度不流通的封閉環境，四處布滿大小粗細金屬管線與隨時可能侵害身體的化學物品。我們的工作區域不包含地下室，除非臨時要拿些備用品，或者拿鉗子、鐵夾、螺絲起子和伸縮梯等工具。

水療部門共有三位水質管理員，分別是保羅、戈爾瑪和紅髮崔西，之前都從事水療服務員，而且三位湊巧都得了肥胖症，是不折不扣的超級大胖子。我沒有看過亞洲人胖成這副模樣，簡直就像河馬界的世襲王儲。我真心覺得，他們實在是病了啊，為了健康，一定得好好減肥。

每次輪到保羅值班，我都會看見他穿著最大尺寸的白色襯衫制服，下半身寬鬆米黃長褲，由於肚子實在太大了，襯衫無法完整覆蓋，於是便有一團不斷晃動的白色脂肪肚腩垂落於外，皮膚有一層捲曲金毛。戈爾瑪和崔西的體型也非常巨大，不過至少衣服還遮得住肚子。每次三人行於地下隧道，都會大塞車，身子占滿狹仄空間，從對向迎面而來的員工都必須側身通行。贅肉隨著腳步上下左右不停顫動，沒走幾步就氣喘吁吁，止步休息。保羅和崔西五十多歲，獨居，前者離婚，後者未婚。一次上班，我竟然看見保羅腆著大肚，拿著超大包裝洋芋片進入廁所，實在搞不懂保羅為什麼要躲在廁所吃洋芋片。崔西很在意身材，也非常在意別人對她的觀感，每次都將襯衫謹慎下拉，以免衣料夾進層層摺疊的肚腩。水療服務員的時薪是加幣十四塊，水質管理員的起薪是十六塊。三位管理員工作數十年，時薪加給已經超過二十塊。

我好奇詢問：「非洲人都這麼大塊頭嗎？」

「我在家鄉可是奈米小尺寸。」戈爾瑪笑著拍打大肚，「墨西哥捲不錯吃，這些印度廚師總算進步了，不會整天想用辣椒辣死人。」

戈爾瑪和撒朗平常都用母語溝通，不過只要有外人在場，為了表達禮貌，戈爾瑪一定改用英文；撒朗沒有自信，覺得自己的英文不好，除非必要，不然是不會輕易開口的。戈爾瑪和撒朗嘰嘰喳喳用母語交談，滿臉喜悅，非常認真商量什麼。

我起身去倒了一杯熱巧克力牛奶，拿著圓盤夾了生菜沙拉，烤兩塊全麥土司。朋友十二月要來加拿大玩，我問班夫是否有乾淨的平價旅館。

「這陣子我也忙著打電話四處詢問。」撒朗一反常態，說起英文。

「如果真的想省錢，可以去住青年旅舍，加了稅，大約三十五加幣一個晚上，很便宜。」戈爾瑪說。

我詢問撒朗：「為什麼需要旅館的資訊？有朋友要來玩嗎？」

戈爾瑪插進話：「我和撒朗吵架了，下個月她就要一個人搬出去住。」

我有些驚訝，不過隨即識破這是戈爾瑪開的玩笑，「要不要考慮搬回宿舍，距離城堡飯店很近喔，走路五分鐘就到了。」

「宿舍太小了，住起來很不舒服，而且我不喜歡和別人共用廁所。」撒朗說。

「下個月——」戈爾瑪握緊拳頭，「如果一切順利，下個月，我的兩個弟弟和最小的妹妹就要搬來加拿大。」

「恭喜啊。」我發出驚呼。

「沒有抵達之前，隨時都可能發生變數，不能高興得太早。」戈爾瑪有所保留，「還是謹慎些好。」

「十幾年沒看到他們，當年我離開時，妹妹還在學習走路呢，現在都已經長大了，兩個弟弟也都快要滿二十歲，長得比我還高。」撒朗羞澀說著。

「到時候我們可以一起烤肉，只是這種下大雪的冬天——」戈爾瑪歪著頭想法子，「沒關係，吃餐廳也行，最重要的便是大家聚在一起。他們會先飛柏林，在機場等八個小時，再從柏林直飛溫哥華，再等三小時，接著飛到卡加利機場。這一趟長程飛行，我用想的就腿軟。下了飛機，我會先帶他們去我們在卡加利買的新房子，就在中央路南端。放好行李，我要帶他們去中國城吃新鮮海鮮，特別是吃蝦子和吃龍蝦。你不知道我第一次帶撒朗去餐廳時，她用筷子戳著蝦子，問我這種軟綿綿的噁心東西是什麼？你真應該看看撒朗那時候的表情，有趣極了。」

「我到現在還是不喜歡蝦子和龍蝦，很奇怪的味道，軟軟的，像毛毛蟲。」撒朗說。

「那裡沒有海鮮嗎？」我發現自己問了個蠢問題。

「衣索比亞不靠海，我們平常都是吃牛、雞和羊，不吃海鮮。」戈爾瑪說。

「我先回去，免得神經病歐琪臨時跑來抽查。」撒朗收起盤子離開。

戈爾瑪神采奕奕，非常開心，繼續說下禮拜要先替弟弟妹妹買防寒夾克，還要買鞋子、衣服和褲子，帶他們去理髮，選購智慧型手機，還要決定新的住處。

戈爾瑪非常開心，我真心為他和撒朗感到高興。

戈爾瑪是非洲黑人，木炭膚色，短髮，大耳垂，雙下巴，深色紫紅厚脣，白色襯衫包裹不斷晃動的大肚腩。個性爽朗，有時會因為十幾天連續值班有所埋怨，不過大多時候都眉開眼笑，是位非常值得信賴的夥伴。戈爾瑪說：「工作就是工作，哪有工作不辛苦的？買了那麼多張樂透也沒有中過。如果不是為了家庭，為了取得身分，為了一棟過得去的房子，誰不希望待在家鄉好好享受生活。」閒聊時，戈爾瑪最喜歡講故事，東拉西扯，談天說地，說在非洲時，吃的肉都是新鮮的，不冷凍，早上去市場買，中午晚上就煮掉，冰箱絕對不放過夜食物；不像在這裡，雞啊、羊啊、牛啊，全都是冷凍食品，營養價值都流失了。戈爾瑪拍打胸膛向我保證，說：「新鮮的食物帶有神性，牲畜的靈魂都在跟你說話，還會在肚子裡唱歌跳舞呢，有時候我甚至可以聽見食物在身體裡唱Fucking Rock n' Roll。」戈爾瑪手舞足蹈說了幾次親身宰羊經過，步驟包含燙熱水、剃毛、剖肚、取內臟、分肢等，過程鮮血淋漓，言談卻充滿狩獵般的刺激與興奮。戈爾瑪說：「這是我們的文化，是向野地對話的方式，完全沒有不必要的罪惡感。」戈爾瑪雙手握拳，朝我胸膛打去，說：「有機會一定要去非洲看看，可以住我家喔。這個世界非常大，比想像中還要大。」戈爾瑪表示，除了老父親之外，所有的家人都要搬來加拿大了。

鏟雪的時間通常是上午八點與下午五點，鏟完雪，還必須撒鹽防止厚雪結冰，預防客人腳滑跌倒。九月，大雪初下，一位銀髮婆婆從戶外泳池走進戶內泳池時不小心摔了一跤，後腦勺頭破血流，緊急送醫，還好最後只是輕傷。之後，經理便神經兮兮，不斷囑咐撒鹽。面向城堡飯店正門，泳池位於左側，水療中心位於右側，兩者間有道隔絕木門，出入都得輸入密碼。向後眺望，左側是Tunnel小山，右側是Rundle巍峨大山，兩山交界是長年水量不竭的弓河。初始，鏟雪令人興奮，只是當鏟雪成為例行工作，便只剩下痛苦。衣物遮蔽外的身體都遭受嚴寒，戴上毛帽依舊無法抵禦低溫，手腳失去知覺，每一口呼吸都不斷刺痛著呼吸道。冬日的空氣真是冷，冰凍了夏日喧囂，封鎖了秋日蕭索，只剩孤寂，雪花緩慢飄散於溫水游泳池、厚雪壓矮的樹枝與瑞雪霏霏的大地，不知不覺，憂鬱伸出雙手，緊緊擁抱著我。

我套毛帽，穿避寒大衣，戴手套，換上笨重鋼頭靴，持拿鏟子走出門外。

一道光。

腦袋剛閃過曼德拉身影，牠就出現了，如同預兆。

我喜歡和曼德拉說話，雖然只是自言自語。曼德拉是一隻健壯、輕靈且美麗的母鹿，右側頸子有一道非常明顯的淡褐斑紋，指寬，傷痕般。我頭一次聽到母鹿的名字，是從戈爾瑪口中說出的。曼德拉大都會出現於城堡飯店附近，以及往下延伸的弓河左岸，出入區域正好是戈爾瑪住處。秋冬，戈爾瑪會特地挖些青草餵食曼德拉。我曾經窮極無聊向曼德拉說著中文、台語、日文和英文，想著曼德拉究竟會對哪種語言有所反應。曼德拉一向怕生，即使我們已經見過五、六十次，依舊不肯放鬆警戒讓我靠近。這次，曼德拉不是單獨出現，同行公鹿似是夥伴。鹿隻與鹿隻間不遠不近，黑眼珠異常深邃，彎頸掘雪，悠哉悠哉啃苔食草，偶爾，前踏幾步，用鼻端掘出小小的雪洞。戈爾瑪和我停止鏟雪，若有所思看望，吐出的每口溫熱氣息都蓬蓬生煙。池內的孩子和大人驚喜尖叫，有位金髮男孩試圖接近，一步，再一步，伸出手，近乎觸碰粗糠鹿身。曼德拉往前走了幾步，抬起頭，望向調皮男孩，確認沒有任何危險後繼續掘穴食草。

「曼德拉真是漂亮。」戈爾瑪氣喘吁吁走到我的身邊。

「是啊，這還是頭一次看到曼德拉和另一隻鹿同時出現。」我放下雪鏟，脫下手套，抹去眼鏡水霧，雙手再次摩擦生熱。

「曼德拉還是幼鹿時，身體非常虛弱，不知道為何被母鹿拋棄了。我覺得曼德拉非常可憐，於是就開始餵牠，曼德拉認得我，卻始終和我保持距離。每次看見牠的雙眼，我都感到那雙美麗的眼珠子藏著一股無法言說的悲傷，好像有著什麼想要說出來的故事。」戈爾瑪伸出右手，向曼德拉打了招呼。

「為什麼要叫曼德拉?明明就是一隻母鹿。」

「命名本來就非常神祕。」戈爾瑪微笑著,「我就是喜歡叫牠曼德拉,你別愣在那裡,等會兒幫我把右邊的雪鏟一鏟,記得撒鹽,免得等會兒經理那位老女人又說些有的沒的,聽了就煩。待會兒一起去用晚餐吧,今晚我想吃義大利番茄雞肉麵。」

「今天輪到諾立先用晚餐,我要等到七點半。」

「外面太冷了,我先開溜,小心不要著涼。」戈爾瑪將雪鏟放入大門左側的儲藏櫃,走進室內。

冷風襲來,我靜靜站立雪地看望曼德拉。

曼德拉沒有看我,牠自在嚼草,銀色的荒野雪地成為遷徙之後的故鄉。

抬起頭,天色漸次幽暗,我得提起勁趕緊幹活。

由於水療部門體制較小,員工很少能夠休假,要和同事一同出遊或是去鎮上吃頓飯更是困難。戈爾瑪邀約吃飯,說要請我吃道地的衣索比亞餐,我爽快答應,說會帶些台式點心去,順道煮幾道陽春台菜。戈爾瑪和撒朗喜歡吃壽司,也喜歡吃中國菜。班夫鎮上的亞洲餐廳不多,除了一家特別昂貴的韓國料理之外,還有中式餐廳「銀龍」和泰式餐館「竹子庭園」。戈爾瑪說:「我每隔兩、三個禮拜就會去吃一次銀龍,最喜歡吃醉雞了。」我們始終沒有同天假期,邀約只得不斷延宕。十二月,戈爾瑪和撒朗同時請假了一個禮拜,如同計畫，順利將弟弟妹妹接來加拿大。戈爾瑪說，撒朗和弟弟妹妹住，他自己則和已經移民來加拿大的大姊住，兩處距離不遠，腳程約十分鐘。撒朗和戈爾瑪放假時，我獨自清潔環境，鏟雪，凝視近處遠方的綿延高山。人們沉睡於大雪，弓河結冰，高山曠野處處銀白霜雪，風一來，毛絨樹林窸窸窣窣低聲細語，搖晃自己的影子。

漫長冬眠。

大地是粗獷素描，是棉紙潑墨，是火柴燒燃的必要基底。

死去的人們回到心中，暫時離開的人們轉身行走而來，所憎恨，所衷愛，這些曾經如此深刻、激動如同傷口的情感，透過距離進而反芻，讓人思索，同時讓人寂寞。只是別擔心，我們還是安好的，即使暫時陷入沉默。我看著曼德拉，牠優雅行走雪地，抬起脖頸，噴吐氣息，偶爾望向待在熱水池中嬉戲的人們，彎頸掘雪，緩慢咀嚼青草。

聖誕節前一個禮拜，戈爾瑪查看班表，說：「難得同天放假，星期五晚上要不要來家裡聚聚？」我一口答應。姜和曼子剛好從卡加利回來，我託他們在華人超市大統華幫我買兩盒綠豆酥和一盒紅豆麻糬酥，準備帶去當伴手禮。戈爾瑪畫一張簡圖，將住處打上一顆星星。我在手機內存入戈爾瑪的電話號碼，屆時萬一迷路，至少還有辦法聯絡。假期過後，撒朗和戈爾瑪不時微笑哼歌，心情非常愉快，即使工作忙得一塌糊塗也毫無怨言。夜間十點，池畔準時關閉，前半個小時我們便開始提醒客人時間。

空檔間隙，我們待在飲料吧檯內天南地北閒聊。

戈爾瑪說起自己的故事。

「那時候衣索比亞發生動亂，所有成年與即將成年的男性都被抓去當兵，只是他們不會回來，永遠都不會回來，唯一的下場只有死亡。我的大哥入伍後沒幾個月就慘死，屍體還找不回來。我的父母決定變賣家產，向親朋好友借了錢，把我偷偷送出國。我輾轉搭車去到非洲北岸，接著搭船，抵達希臘。那時，我用的是留學生身分，不知道是從哪裡搞來的，總之是個假身分。我什麼都沒有，沒有錢，沒有食物，沒有人脈。下了船，我才真正理解從現在開始，必須要靠自己活下去。我沒有認識任何人，也沒有人懂得我說的語言，我不會英文，只會說幾個簡單的單字。得活下來，不得不活下來。」戈爾瑪的話中沒有悲情，沒有抗辯，彷彿是在敘述日常生活中的一件小事。「我四處流浪，找打工，學希臘話。我在街上睡了兩、三個禮拜，整天翻著垃圾桶找食物吃，身上臭得要死，不知道自己到底該去哪裡。幸運的是，我竟然遇見了同鄉人阿布魯，他是我在歐洲認識的第一位衣索比亞人。阿布魯非常好心，慷慨地收留了我，我睡在他、妻子與兩位小男孩租賃的房間，一個牆壁角落，披著薄被睡覺。我很高興，至少有地方可以遮風蔽雨，還能洗澡。阿布魯替我介紹許多同樣逃到希臘的衣索比亞同鄉。認識了人，順利找到一些臨時工，我殺過豬，送過餐點，採過水果，洗過碗，當過房務人員和皮革工廠工人，做過好多好多工作，由於語言不通，於是只能販賣勞力。存了一些錢，我決定搬出阿布魯的房間，不好一直打擾別人啊。我和兩個同樣來自非洲的難民租了一間小房，共同分攤房租。那時沒有正式身分，都做黑工，有時還會遇上惡劣的雇主，不僅壓低時薪，還時常領不到錢。唉，沒辦法，不可能去檢舉，我太害怕被抓，太害怕被遣送回衣索比亞，為了生活，受到壓榨也是正常的。」

我嘗試理解，卻很難真正體會窮途潦倒的日子。

「當時，我絕對不敢想像能夠來到加拿大，甚至拿到這裡的公民身分，不僅結了婚，還生了孩子，那時候我只是想著該如何過活。我的信念很簡單，掙一口飯吃，努力活下去。」戈爾瑪喘口氣，沉於回憶，「離開家鄉三年之後，我輾轉來到加拿大，工作幾年，先把大姊接來，再把撒朗接來。撒朗離開衣索比亞時，身形比竹竿還細，看起來就是嚴重營養不良；沒想到現在撒朗吃得太營養了，成了不斷膨脹的氣球。我下定決心，要把全家人都接過來，讓他們過上好日子。申請過程非常麻煩，需要很多文件，還要附上厚厚一疊財力證明，我、大姊和撒朗非常認真工作，覺得上帝一定會好好照顧我們，結果有一天，我們收到一封簡短郵件，說母親過世了。我們都慌了，都亂了，可是沒有辦法請假，父親也叫我們不要回去。還好，我和撒朗都挺了過來，我知道我不能倒下，因為在加拿大，我是家裡唯一的男人，絕對不能倒下，可是我的大姊卻罹患了憂鬱症，直到現在都還沒有好。七、八年前吧，我終於請了假，回到家鄉。我很驚訝，因為什麼都變了，戰亂不再如此頻繁，人們平靜生活，還出現很多做生意的中國人，彷彿只有我還活在恐懼之中。我買了很多很多禮物回家，弟弟妹妹縮在角落好奇打量著我，我向前擁抱已經老去的父親，帶著花，去母親的墳墓祭拜。我和弟弟妹妹相當生疏，他們想要親近我，卻非常害怕我。我走進曾經住過的房間，床、書櫃和舊椅子都還在，只是所有的東西都已經不再屬於我。我打開收音機，調了頻率，播放爵士樂。身體與思緒沉入音樂，仰起頭，閉起眼睛，頭顱輕鬆搖晃，挺出大肚，扭起屁股，跟著節奏拍手，指尖彈出噠噠噠聲響。弟弟妹妹看見我跳舞的模樣，都笑成一團，不再當我是個奇怪的外星人。」

我想起自己好久好久沒有隨著音樂起舞。

「神奇的是，那台老古董收音機還是台灣製的喔。」戈爾瑪從飲料吧檯的陰影走向室內游泳池畔，「在我們國家，許多電子產品都從台灣進口，當時，台灣製品非常熱門，大受歡迎，不僅便宜耐用，品質又有保證，是人人搶買的上等貨。沒想到上次回去，我發現所有東西都變成大陸製的，唉，現在即使在加拿大買東西，也是一堆大陸製品，品質實在沒有保證。」

夜間九點四十五分，我再次向客人提醒泳池即將關閉，開始收拾散落池邊的浮板和卡通漂浮玩具，戈爾瑪邁著沉重腳步走回地下室，我們都要忙著結束後的清潔工作。

戈爾瑪提醒，別忘了星期五晚上的聚會。

二〇一三年十二月五日，南非著名的反種族隔離革命家納爾遜．羅利拉拉．曼德拉（Nelson Rolihlahla Mandela）去世了，電視二十四小時不斷播放，各大報均以頭條新聞大幅報導。我可以深刻感受到鵠渡、哈麓故和戈爾瑪心中的不捨。哈麓故一邊摺疊毛巾，一邊戴著老花眼鏡翻閱報紙，哀嘆著，拿起報紙親吻曼德拉照片，說：「他是我永遠的情人，一輩子的英雄。」鵠渡搖頭嘆氣，咬著下唇說：「夜晚少了一顆明亮的星星。」戈爾瑪勉強打起精神，說：「我要將曼德拉的海報貼滿整片牆壁。」

曼德拉睜開灼灼雙眼，從布滿草叢與冰雪的斜坡輕巧鑽出，鹿蹄踩踏短而靈巧的步伐，繼續漫步戶外池畔，脖子上的傷痕成為一道異奇閃電。我相信曼德拉還活著，以不同的精神形式，活在這個無比殘酷的世界。

星期五下午，我和姜散步至市鎮。零下三十五度，乾冷，酷寒，穿上夾克與厚外套，還是無法抵抗低溫。靴子踩進鬆軟厚雪，推雪機來回運作清潔道路，吐出的氣息是一團隨即消逝的白霧，我們用體溫暖和自己。姜先去銀行辦事，之後我們走去西夫韋（Safeway）買零食，姜推薦純度百分之九十的巧克力，說無摻雜質的巧克力對身體很好，還熱心教我洋芋片包裝上的英文單字。我買了巧克力、草莓和薑汁汽水，提綠豆酥和紅豆麻糬酥。道別姜，獨自行走街道，傻愣愣看著黏貼布告欄上的演講、演奏會和各類活動海報，心中忽然有些失落。假日最是繁忙，得值班，大部分活動都無法參與，朋友笑說Working Holiday變成Working

All The Day。我感到一股沒來由的疲倦，索性躲入圖書館，將大包小包物品擺放沙發，進入廁所用溫水洗臉，終於回復了一些精神。

隨意挑書，坐在沙發閱讀，由於太過舒適而不自覺打起盹，夏蟬、流水、吹過山巒的涼風、一望無際的蔚藍大海、土地蒸融的熱氣、隨風搖曳的綠竹與死去許久的親人，醒來才知是夢。我摸索口袋內的簡圖，由於過度摺疊與磨擦，紙張從折線處裂開，線條也逐漸模糊。

五點，提著點心禮盒繼續行走雪地。

行過班夫公園博物館（Banff Park Museum），往瀑布花園（Cascade Gardens）前進，過橋，遇叉路右轉，續而前行。夕陽緩慢落下，如毀滅前的最後時光，我是文字所護衛的倖存者，謹謹慎慎摸索進入弓河左側流域。獨自行走，容易迷失於思辨，也容易困惑於茫然，尤其身處異地，呼吸緩緩化成冬日霜雪。遷徙是如此神祕之事，並非背離，亦非躲藏，一再前後探詢，不過是為揭露難以言說的深情。離去之後，如何再度溯源？如何避免自傷？如何在陰影之中持續去愛？想念親族、友朋與充滿傷害的來處，記憶中的夏日故鄉持續顯影於荒野大雪。

入夜，寂靜籠罩，寒風颳起一道一道旋繞冰雪，島嶼變得更好的同時，自己也將變得更好吧。

依照簡圖，判斷方向卻陷入困惑，試圖重新辨位，原地打轉幾圈依然迷路，索性打了通電話給戈爾瑪。無人接聽。我有些慌張，寒冬漫天大雪，無法久棲，如果真找不到就放棄吧，之後還是會有機會的。立於冬林，枝葉帶著未被參透的訊息瑟瑟發響，冰冷霜雪凝凍所有影子。野風從河面颳來，細雪從地面旋繞而起，滲入殘餘、銀灰、無法辨別來路去路的微光之中。忽然，我清楚聽見鹿蹄踩踏冰雪之聲，堅定、果敢且不容質疑。我的眼神穿越稀薄迷霧，穿越深褐枯葉，穿越破碎腳印，穿越影子，最後穿越自身，感覺曼德拉確切存在，牠佇立，望向我，帶來穀黃稻穗的樸素光束。

曼德拉踩踏冰雪，站立叢叢冷杉底下，身軀無比壯碩，我在矇朧暗黑中看見牠兩顆發亮眼珠，炯炯有神的目光從深墨輪廓隱然射出。曼德拉走向我，帶著清朗、堅定與不妥協的姿態，一步，又一步，直到離我半尺才悠然停下。我脫下手套，不知不覺伸出雙手，攤開掌心。曼德拉沒有逃開，抬起強韌脖頸，以野性與熱情照看我慣常孤寂的心。曼德拉聳動雙耳，噴吐鼻息，伸長頸子輕巧嗅聞，接著伸出舌頭舔拭我早已失溫的掌心，一股溫暖、潮濕、強悍的生命氣息剎那席捲了我。不知為何，我的眼眶驟然濕潤了起來。曼德拉抬起足脛，巨大身軀貼近我，以篤定步伐緩慢向前行走。我邁開沉重無比的腳步，跟隨曼德拉，前前後後，左左右右，幽暗中，雪中，冷絕的空氣中，我和曼德拉踩踏必然承接所有重量的土地，行過陰影，歷經一片一片讓冰凍封鎖的高聳闃黑樹林，接著，曼德拉瞬間縱身跳躍，再次蹬向遠處霜雪。我停止步伐，站立大雪覆蓋的斷木殘枝之中。曼德拉轉身，凝視我，有情又似無情緩慢離去。曼德拉的眼光充滿溫柔，乃至於我無法感受自己曾經如此落魄，那股撫慰久久不散，彷彿只因牠曾經熱切注視過我。

站立原地不得動彈，許久，才恍然從爵士樂中甦醒過來。

戈爾瑪打開房門，向外探看，似乎聽見遠方傳來什麼重要的訊息。

體內流淌一股蓄積的熱流，我手提點心，踩踏大雪，緩慢走向戈爾瑪租賃的房子。

屋內一定非常熱鬧，聚集撒朗、戈爾瑪、大姊和其弟弟妹妹。我想起戈爾瑪說的：「我的信念很簡單，掙一口飯吃，努力活下去。」走到門口，拍去飄落衣褲與靴子的殘雪。爵士樂優雅活躍，充滿火光熱情，我知道戈爾瑪一定正站立客廳中央，晃動大肚，忘情聆聽音樂，點頭，拍掌，扭起充滿動感的大屁股，像隻營養過剩的河馬慵懶卻又快活地洗著泥巴浴。

光從門縫洩出，我露出微笑，深吸口氣，伸出食指按下門鈴。

大門緩慢打開。

精靈

拱形隧道脫落白漆，露出古老紅磚表層的粉狀粗礪質地。

黃燈閃滅，發出一陣一陣響亮熾爆聲，霎時暗了，時間暫時失去準度，無止無盡歇止停留，世界不知年輕亦不知衰老，直到燈泡在某個瞬間再度灼亮，懸掛牆壁的百年老鐘才續而啟動。低頭行走地下隧道，踩踏黑影，時常感覺自己成為一位徘徊流連的鬼魅幽靈，困惑，鬱卒，迷失來去之路。

我閉起雙眼，心臟在胸腔猛力怦怦跳動，像是意圖證明什麼。

Weekday始終是Weak day。

莫妮卡說：「每天起床，我都會先深呼吸，接著睜開雙眼仔仔細細看著世界。」

「第一眼看到的一定是天花板。」我胡言亂語：「一直看著天花板，讓人感覺非常寂寞啊。」

莫妮卡認真回答：「一點都不寂寞，如果細心觀察，可以發現每一天的光線都不同喔。」

我告訴自己也要好好注視房間內的各種光線。

夏日的光線是乳白色的，明亮，活躍，充滿雀鳥歡鳴聲，蜜蜂探入夜夢蓓蕾，辛勤採蜜，舌尖帶有淡淡甜意；冬日的光線是淡灰色的，金屬鏽蝕，讓人有一種跋涉遷徙的恍惚感，空氣瀰漫濃濃苦澀。我在模糊與明確的不同感覺中生活，工作，沉入難以言說的憂悒。

「親愛的，我們每天都來說一則笑話好嗎？」我提議，「這樣子時間過得比較快，容易捱過漫長的工作。」

「例如我們為什麼會在這裡嗎？」莫妮卡嘟著嘴，扮鬼臉。

「這不是笑話，而是嚴肅的哲學問題。」我假裝認真。

「很多時候，笑話不見得讓人發笑。」莫妮卡說。

我放下手邊準備摺疊的浴袍，走到轉角冰箱拿牛奶喝，「『偷懶是為了走更長遠的路。』你有聽過這句名言嗎？」

「沒有，不過我也好想放假喔。」莫妮卡舒了一口氣。

諾立推動裝滿髒毛巾的滾輪置衣箱前來，「你們這些傢伙怎麼這麼悠閒，在討論什麼見不得人的事情？」

「我們在討論笑話，只是到了後來，發現笑話都讓人悲傷。」我無奈笑著。

諾立停下腳步，「笑話和髒話差不多啦。」

「我相信生活中存在很多精靈，分別掌控食物、音樂與語言，所以我們一定要謹慎使用字詞，所有的話語都充滿力量。」莫妮卡露出嚴謹表情，「話語是祝福，也是詛咒，絕對不要隨便罵髒話。」

「精靈的耳朵是不是都尖尖的？像是電影《魔戒》演的那樣。」我說。

戈爾瑪邁著沉重腳步搖搖擺擺走來，「怎麼圍成一圈聊天？不用工作？經理不在就只會偷懶？你們太混了。」

我們面面相覷，鐵青著臉。

戈爾瑪猛然大笑，「嚇唬你們的，看你們怕成這副模樣。如果經理不在，我可要去曬曬太陽，當一隻自由自在的流浪狗。」

「沒忘記吧！My Big Brother。」莫妮卡對戈爾瑪說。

「妳這可人兒，我怎麼可能忘記。我和阿茲海默症的距離，就像我和火星的距離那樣遙遠。」戈爾瑪用左手撫摸大肚，右手神神祕祕從紙袋拿出三根黃熟香蕉。

莫妮卡親暱環住戈爾瑪雙手，「我就知道戈爾瑪值得信賴。」

「我可是衣索比亞的神燈精靈。」

我傾身，輕輕拍打戈爾瑪大肚，雙手合十：「仁慈的神，能不能給我一張頭獎彩券？」

「沒問題，我親愛的子民，你的Low Salary（低薪），一定能夠買一張最便宜的 Lottery（彩券），赦免你多年的Misery（苦難）。」戈爾瑪開懷大笑。

隔日，莫妮卡帶來當日烘焙的杯子蛋糕。

我們一邊享用蛋糕，一邊品嘗苦澀咖啡。

「不好意思，這是我頭一次做香蕉蛋糕，有些失敗。」莫妮卡靦腆笑著，「沒有精準配方，只好全憑感覺囉，口感有些硬，糖也放得太少了。」

「這樣吃起來才健康，這裡的蛋糕都太甜了，嚇死人，Tim Hortons的甜甜圈根本就是糖做的，吃一口就會得脂肪肝。」鵲渡說。

我倚靠鐵桌，「做蛋糕會很麻煩嗎？我也想要試試。」

「你還是算了吧，嘴饞時，直接去Tim Hortons買比較快。」諾立說。

「閉嘴啦，乖乖吃你的蛋糕。」鵲渡說。

「一點都不麻煩，不過需要烤箱。」莫妮卡說。

「真糟糕，我什麼都沒有。」我無奈地攤開手。

「沒關係，下次我們一起來辦個蛋糕派對吧。」莫妮卡十分興奮，「可以做很多不同口味的蛋糕。」

「我第一個報名。」我舉起右手。

「我也要報名。」諾立舉起左手，「不過我要報名的是蛋糕鑑賞課程。」

鵲渡微笑搖頭，「你們真是一群只會吃吃喝喝的大渾蛋。」

「親手做食物給喜歡的人吃，是一件非常幸福的事情。」莫妮卡說。

「傑克這傢伙太幸運了。」諾立咬牙切齒，「如果我現在還單身，一定奮不顧身苦苦追求莫妮卡，可惜我已經有了老婆和兩個寶貝兒子，不過呢，我不介意多個祕密情人。如果還有機會，下半輩子——」

莫妮卡止住諾立話語，「下半輩子，我們還是好朋友。」

「威廉，看你的了。」諾立對我挑眉，「現在我只能跟這個要命的小惡魔當朋友。」

我苦笑。

「在捷克，每個週末我們都會出門野餐，一起去參與音樂演奏會、歌劇表演或詩歌朗讀，結束後便去公園散步。肚子餓了，就吃預備好的生菜沙拉、鮪魚三明治、巧克力蛋糕和水果。我們也時常會去外婆家度假，住上幾晚。我的外婆住在郊區，不遠處，有一條清澈小河，走在青草河畔十分愜意，微風靜靜吹來，流水淺淺漫去，我們緩慢移動身體，踩在泥巴、落葉和長滿青苔的石子路上，蝴蝶是長了翅膀的花瓣，調皮的松鼠在樹枝間快速跑動。」莫妮卡述說記憶，露出親切笑容。

莫妮卡是一位東歐美女。

標準瓜子臉，雙眼深邃，睫毛細長，鼻梁挺拔，嘴唇鮮紅如紅莓，膚色白皙，一頭及肩棕色長髮，笑起來時，兩側蘋果紅的臉龐更顯立體五官。城堡飯店內的工匠技師，喜歡繞至地下隧道，只為了和她說上一、兩句話；平日工作，也只有莫妮卡會拿到優渥小費，許多男性客人甚至主動留下聯絡方式。

「我去考汽車駕照時，監考員坐在副駕駛座，我非常緊張，路邊停車和曲線前進都失敗了，只好尷尬傻笑，想著下個禮拜還要安排時間重考。監考員寫著成績，抬頭看著我。我想，一定是當時的微笑非常打動人心，他跟我說，正式上路時一定要多多注意，千萬別恍神。」

「那傢伙根本就是色鬼。」諾立說。

「我的姊姊聽到我莫名其妙通過考試，竟然發起脾氣，說男人的眼珠子都應該要挖掉。」

「不是應該為妳感到高興嗎？」我說。

「才沒這回事，我姊姊她啊，非常嚴肅，平常不苟言笑，駕照考了五次才通過。」莫妮卡的笑容帶著淘氣、俏皮與純真，「微笑是非常美好的事情，整天苦著一張臉，讓人感覺整個世界都要毀滅了。」

「莫妮卡不當模特兒實在可惜。」鵠渡說。

「我長得很平凡，不算特別漂亮。我有好幾位高中同學都在英國、德國和法國當平面模特兒，拍過電影，還有一位大學同學是歌星呢，出了三張專輯，雖然現在還不太有名，不過之後一定會紅起來的。」莫妮卡睜著大而明亮的淺棕色眼珠，看著我們，「我覺得鵠渡、哈麓故和撒朗非常漂亮，有一股從內在散發出來的力量，那才是真正的美麗。不說這個了，你們下次想吃哪種水果蛋糕？我來試試。」

「香蕉蛋糕。」我說。

「藍莓蛋糕。」諾立說。

「我要甜甜苦苦的巧克力蛋糕。」撒朗說。

亮麗的外表帶著魔咒，裹上糖粉，容易招惹誤解、嫉妒與變質欣羨。

經理歐琪和同事艾蓮娜都不喜歡莫妮卡。

經理歐琪和莫妮卡有過許多爭執，包含無緣無故削減工時、連續工作的天數過長、消耗品沒有即時補齊、隱性的職業工傷等等。午後例行開會，莫妮卡積極提出許多想法，經理歐琪大多敷衍，不予重視，然而莫妮卡沒有絲毫退卻。

「為什麼要跟經理起衝突？」我問。

莫妮卡一臉狐疑，像是我問了一個奇怪的問題，「我只是爭取自己的權益。」

莫妮卡尚未任職之前，艾蓮娜始終認為自己是團隊內最漂亮的人。艾蓮娜是菲律賓人，個頭小，身材豐滿，留一頭烏黑長髮，喜歡笑，但是那種笑容帶著強烈目的性，具有說服意圖，讓人不太舒服。鵠渡曾經好言相勸，如果可能，離艾蓮娜遠一點，因為她是黑心腸壞女人，喜歡說閒話，隨意造謠中傷別人。艾蓮娜是經理歐琪的得力助手，私底下，卻說經理歐琪是位沒人要的更年期老女人，還在各部門說莫妮卡和哈麗故好吃懶做，不認真工作，整天都在偷懶。

我們小心謹慎，保持沉默，擔憂說出的話語，不知道會被揑造成什麼奇怪的模樣。

艾蓮娜繼續編織謊話保護自己。

我在網路搜尋香蕉蛋糕的製作方法。

香蕉一千克，低筋麵粉一千克，砂糖一千克，雞蛋五百克，黃油兩百克，牛奶三百克，泡打粉及小蘇打粉各十克，另外，可隨口味喜好添加核桃、杏仁片、葡萄乾和藍莓等。

隔了兩個禮拜，莫妮卡又帶來香蕉蛋糕。

「這次我加了蜂蜜，沒有很甜，只是蛋糕底部有些烤焦，如果不介意，大家一起來嘗嘗看吧。」莫妮卡說。

「烤焦了才有香氣。」我說。

「希望你們會喜歡，我怕烤出來的蛋糕沒有人吃。」莫妮卡說。

「怎麼會？我還想打包回家，妳沒看到我已經流口水了嗎？上次妳做的蛋糕很好吃呢。」鵠渡說。

秋短冬長，寒意迎面迫近，懸掛樹枝的紅葉紛紛飄落，有一股盛日將盡的淡淡蕭索。我回到室內，巡視工作環境，再度走入蜿蜒曲折的地下隧道。

員工餐廳內，莫妮卡正吃著生菜沙拉。

我拿著吐司和巧克力牛奶坐在莫妮卡身邊，「好累喔。」

莫妮卡看著我。

我嘆口氣，「好像有一股無法消除的疲倦。」

「你知道嗎，我總是告訴自己，不要好高騖遠，每天只要完成一件簡單的事情就好。今天，我的目標就是做蛋糕給大家吃。」莫妮卡拿著銀叉子叉起小紅蘿蔔，「要不要吃一口？很甜的。」

「原來今天是莫妮卡的蛋糕日。」我將吐司塗滿奶油，塞進嘴巴，「我決定今天是我的吐司日。」

「打算製作吐司嗎？」

「不是，打算吃七片吐司，接著從濃濃的死亡陰影中復活過來。」我的口氣非常堅定。

「吐司男是否需要協助？」莫妮卡陪我胡言亂語，「我可以幫你烤吐司。」

「我需要七種抹醬。」我起身走到供餐區搜尋，「這裡有草莓、藍莓、花生、柳橙、奶油和起司。」

「還少一種呢。」莫妮卡說。

我搔搔頭，決定以偉大的番茄醬作為第七種抹醬。

「我以為你在開玩笑。」

「我很認真哦。」我說。

我們一同盯著烤麵包機，等待著。

我將烤好的吐司整齊疊放圓盤，走回座位，拿起吐司塗上抹醬。

「嘿，帥氣的吐司男，說一則台灣的故事給我聽好嗎？」

「讓我想想。」我喝一口熱燙的美式咖啡，將花生醬抹上吐司，大口吃了起來，接著清清嗓音，說起故事。

莫妮卡睜亮好奇雙眼。

「在我的家鄉，每逢農曆七月，死者都會回到活人世界，探視親人、朋友以及還活著的愛人。我們會替死去的親族朋友準備豐盛餐點，怕他們肚子餓，還會燒一種通行地獄的紙鈔，讓他們可以在地獄裡花錢買東西，開開心心過生活。從小到大，大人們都要我們在這個月分乖一點，謹慎一點，千萬不要到處亂跑，因為大批鬼魂一口氣湧進活人世界。我們擔心會有惡鬼纏身，擔心生病，擔心調皮的鬼魂現身搞怪。傳說中，鬼魂會積極尋找替死鬼，爬山會失足，游泳會溺斃，吃飯會噎死，最好整天待在家裡什麼都不做。有一天，海面颳起大風，把海裡的魚全部捲上雲層，接著從天空掉下幾百、幾千隻魚。所有的人都在擔心，覺得這是惡兆，不敢碰觸這些被詛咒的魚，結果落在草叢、屋簷和道路的魚開始腐爛發臭，最後像膨脹的氣球爆炸開來。」

「後來呢？」莫妮卡好奇詢問。

「我把從天空掉下來的魚烤來吃了。」

莫妮卡看著我，那雙眼珠子似乎是在囑咐，你這傢伙給我正經點。

我昂起下巴，吞嚥口水：「後來，老天爺看不下去，又颳起一陣強風，把魚颳回大海去了。」

「真的嗎？」

「是不是真的不重要。」我說：「重要的是，島嶼重新乾淨了起來。」

「我知道，你說的是颱風。」莫妮卡得出結論，「颱風是上帝的禮物，旋轉的吻。」

「雪花也是禮物，讓大地睡得很沉很沉呢。」我賴皮地說：「我也要聽妳說故事。」

莫妮卡撥攏額前劉海，思索著，「我知道要跟你說什麼故事了。」

我在期盼中等待。

「是酒館不賣酒的故事。」莫妮卡瞇起雙眼，慧黠微笑。

「如果酒館不賣酒，那要賣什麼？」

「這件事情很荒謬，是偵探小說才會出現的情節喔。有一天，市區醫院突然一窩蜂湧進了病人，湊巧的是，他們都剛剛從同一個聚會中離開。經過急救，病人仍舊回天乏術，一口氣死了十幾個人，有人猜是謀殺，有人猜是詛咒，驗屍報告出爐之後，才知道這些罹難者都喝到了假酒。整個捷克人心惶惶，互相猜疑，好像身邊臨時冒出很多炸彈客。其實，只要不喝酒，就能避免傷害，然而人類是奇怪的生物，潛伏危險一而再、再而三激發某種詭異樂趣，讓人更加無法控制喝酒的欲望，覺得喝酒比玩高空彈跳還要刺激。後來，當然發生了更多意外。假酒是從波蘭傳來的，捷克人一邊開懷暢飲，一邊咒罵那群該下地獄的『死波蘭豬』。由於捷克政府無法訂立妥善的因應措施，為了避免民眾陷入危險，只好頒布烈酒禁令。只要酒精濃度超過百分之二十，就不能合法販售。酒館不賣酒，捷克人心癢難耐，我的小舅舅在市區開了一間酒館，結果——」

經理歐琪走進員工餐廳。

「見鬼了。」我低下頭，狼吞虎嚥吃下吐司，急忙將抹醬收進口袋，「被經理盯上就麻煩大了。」

「走吧。」莫妮卡匆忙起身。

我們加快腳步通過地下隧道。

我和莫妮卡將乾淨的毛巾、浴袍和手巾齊整放入滾輪置衣箱，推至電梯，各自下樓，走進廊道前往泳池，補齊欄架毛巾，戴上手套，撿拾散落垃圾，推動滾輪置衣箱往回，再次巧遇。我們一手壓住堆積如山搖搖欲墜的骯髒毛巾，一手操控容器方向，眼神交流瞬間，電梯內爆出一陣默契笑聲。

「實在有夠蠢。」我說。

「比我們說的故事還要荒謬。」莫妮卡說：「這甚至不是一個完整的故事。」

「嘿，下次聚會我們一起來做蛋糕好嗎？」我說。

「當然沒問題，我想在藍莓磅蛋糕內加入蘭姆酒，聽說吃起來會有濃濃的酒香喔。」

「說不定吃蛋糕還會酒醉呢。」我說。

電梯門打開，兩人走了出去。

聖誕節前一日，我們一同請假。

醒來時，我感到些許冷意，看向窗外，大雪紛飛白茫茫一片。

我恍惚爬起，抖擻身子，來到員工餐廳吃早餐，回到房間，翻閱幾本旅遊雜誌，看了一部探討存在、愛與失去的機器人科幻電影，穿套防寒衣物出門。步行至市鎮圖書館，翻些書，再至西夫韋超商購買物品。街道積滿厚雪，腳印深淺，紀念品店擺滿各種慶祝節日的彩帶、布條與五顏六色的圖騰壁飾，各國遊客紛紛戴上織有紅色楓葉造型的棉帽，吐出團團熱氣。我持拿購物籃，挑選熟而不爛的香蕉、低筋麵粉、全脂牛奶、砂糖和可可粉等。

傑克和莫妮卡從我身後冒出。

「買了什麼東西？」莫妮卡傾身向前，好奇探看，「裡面有我的禮物嗎？」

「有大家的禮物。」

莫妮卡嘟起嘴唇。

「今天放假？」我問傑克。

「偷溜出來的，等一下把你們載回去之後還要去工地，唉，沒想到聖誕節前一天還要加班，他媽的。」

「我不能同意你更多。（I can't agree with you more.）」我跟著傑克咒罵一聲，「他媽的。」

「你們為什麼一見面就罵髒話，太野蠻了。」莫妮卡說。

「我是無辜的。」我嘆口氣。

「沒辦法，做粗工的壓力很大，每天都得照三餐問候對方母親，才能好好紓壓。」傑克面露無奈。

「我們需要雞蛋、蜂蜜和濃度高一點點的文明。」莫妮卡說。

「所謂文明，都是從暴力、汙穢與殘忍之中誕生出來的喔。」我故意鬼扯：「就像營養的雞蛋，都是從母雞的肛門努力鑽出來的。」

「我愛死這個譬喻了。」傑克說。

「發酵和烘焙也是一樣，麵包鬆鬆軟軟，好吃得不得了，都是因為酵母菌辛勤工作，可是這些任勞任怨的酵母菌最後都被高溫烤死了。好吃的麵包，就像一點都不長遠的人類文明，其實是酵母菌的亂葬崗。」我說。

我們在商品欄架間晃繞，改買楓糖，額外添購藍莓、全脂牛奶和無糖優格。

傑克開著工程車載我們回YWCA Banff Hotel，趕去上班。

我和莫妮卡將兩袋食材提到二樓。

「抱歉，房間有些亂，想說休假再好好整理，只是放了假，卻整天慵慵懶懶躺在床上，就算窗外掉下一顆大隕石，我還是不想動。」莫妮卡打開電腦，播放音樂，「威廉你看，這棵耶誕樹不是塑膠製的喔。」

「傑克砍的？」我愣頭愣腦詢問。

「從工地帶回來的。」莫妮卡噗哧一笑，「這裡可是國家公園，不能亂砍樹，會被抓的，而且在森林中遇見黑熊就危險了。」

聖誕樹上裝飾彩襪、燈泡、薑糖、餅乾、紅蘋果和新鮮柳橙。

我們提拿食材下樓。

「我的老天爺，外頭實在有夠冷。」鵠渡和她的兒子布萊恩提來兩袋食物，「裡面有暖氣舒服多了。」

布萊恩擦拭模糊眼鏡，「媽咪，我想喝可樂，我們等一下可以先吃披薩嗎？」

「肚子好餓啊。」戈爾瑪提一袋食物推開門，「久等了，各位想念我的觀眾們，今晚我帶來一隻特大號烤雞，你們知道這隻烤雞有多大嗎？嘿嘿，這隻烤雞可是烤雞界中的阿諾·

史瓦辛格，全身上下都是肌肉。」

我們進入旅館大門右側的公共休閒空間，內有一張矮長桌、兩張破舊深灰沙發和三張生鏽金屬椅，角落矗立米色立燈。莫妮卡擺設刀叉餐盤，從櫥櫃拿出餅乾，打開冰箱，再拿出兩大盤料理好的歐式生菜沙拉。戈爾瑪清理桌面，擺放烤雞、雪碧和可樂。鵠渡拿出兩大盒綜合水果拼盤和三盒熱騰騰披薩。哈麓故也出現了，帶來親自烹煮的牛肉料理。中田秀樹遲了半小時，帶來三大盒日式壽司。我們圍繞桌面，坐在沙發，拿起刀叉吃食。我和中田秀樹聊起日本藝妓，談到《海賊王》如何受到黑澤明電影《七武士》影響。莫妮卡、布萊恩和鵠渡討論到底要做幾個香蕉蛋糕。哈麓故對戈爾瑪談起歐洲各國對待難民的種種政策。戈爾瑪套上透明塑膠手套，持刀，一塊一塊卸下雞肉，自個兒拿了油滋滋的雞屁股吃。布萊恩吃了生菜沙拉、夏威夷披薩和義式海陸披薩，啃雞翅，喝飲料，興致盎然拿著低筋麵粉袋子仔細研究，噗——麵粉飛揚覆上臉頰。

布萊恩伸出舌頭舔舐，「苦苦的，不好吃。」

「等一下要來做蛋糕了。」鵠渡用衛生紙擦拭布萊恩臉龐。

食材都已經準備妥當。

「做蛋糕需要新鮮的原料、愉快的心情，以及神祕的烘焙溫度，就像一場暗戀喔。」莫妮卡說。

我剝開四根香蕉外皮，果肉放進塑膠袋，用擀麵棍將香蕉壓成泥。

鵠渡將奶油隔水加熱至金黃液態。

莫妮卡將低筋麵粉倒入鐵製容器，打入三顆常溫雞蛋，傾入乳霜狀態的奶油，添加香蕉泥，左手懷抱圓形鐵鍋，右手持拿鐵筷輕快攪拌。

「我也要玩。」布萊恩迎前抱住鐵鍋。

莫妮卡依照麵糊的濕度、稠度和色澤，分別加入佐料，傾倒牛奶，增添楓糖，撒下核果與葡萄乾。

「需要用手揉捏嗎？」中田秀樹問。

「應該不用。」我思考著，「做中式饅頭才需要。」

布萊恩蹬上沙發，一屁股坐下，盤腿支撐鐵鍋，雙手握住鐵筷用力攪拌。

「記得是順時針喔，麵糊裡住著精靈，如果搞錯方向，精靈會非常困惑，還會生氣。」莫妮卡說。

「精靈生氣會發生什麼事？會不會把我們都吃掉？」布萊恩問。

「吃掉也不錯，這樣子我們就變成精靈的一部分了。」我說。

哈麓故插進話：「精靈如果不高興，蛋糕就不會膨脹，還會從麵糊內跑出來，變成大蚊子，趁我們睡覺時偷偷吸血。」

「不，在加拿大會變成大黑熊。」戈爾瑪高舉雙手，十指彎勾，刻意嚇唬人。

布萊恩不知話語真假，糊塗了，皺起雙眉看向鵠渡。

鵠渡把鐵鍋放置長桌，坐在沙發抱起布萊恩，再次捧起鐵鍋，握住布萊恩雙手一起攪拌。

莫妮卡蹲身，在麵糊內加入一匙小蘇打粉和無鋁泡打粉，「我真的相信裡面有可愛的精靈喔，大大的眼睛，尖尖的耳朵，肥肥的下巴和圓圓的肚子。皮膚可能是黑色，也可能是綠色、黃色、白色、橘色、銀色和粉紅色，每位精靈都會說數百種即將消失的語言。高興時，會扭起屁股跳舞；不高興時，會從胸腔中拿出心臟，洗一洗，仔仔細細擦拭，曝曬太陽，當心臟重新放回身體，就會自然而然高興起來了。」

布萊恩低著頭，一邊攪拌，一邊專注凝視隨時可能冒出精靈眼睛的麵糊。

戈爾瑪拿起披薩，「等一下烤出來的香蕉蛋糕，一定藏著全世界最大的鑽石。」

「這樣子不小心咬到，牙齒會很痛呢。」我說。

中田秀樹吃一口壽司，拿著蔬菜牛肉捲走至窗邊，「外頭又開始下雪了。」

我、莫妮卡和哈麓故不知不覺同時看向窗外。

黑暗在闃靜之中，闃靜在時間之中，時間在遼闊大地緩慢流動，月亮與星子發出微弱光芒，流星焚燒出一條簡潔光束，大雪厚毯覆蓋街道、林木以及魔法夜空。

哈麗故嘆了一口氣，「每次往窗外看去，都以為自己看見故鄉的沙漠。」

戈爾瑪走至牆邊，嘎吱一聲推開窗，冷空氣剎那團團洩入。

「神經病，外面很冷，趕快關上窗戶。」哈麗故抱怨，「等一下會感冒。」

戈爾瑪一臉調皮，「想要吹吹風囉。」

「別理他，他這個傢伙腦袋從來沒有正常過。」鵠渡說。

「實在太冷了，冷到什麼事情都不想做，只想睡覺。」中田秀樹說。

哈麗故回到沙發，「今晚輪到誰值班？」

「諾立和戈登囉。」我說。

戈爾瑪開懷大笑，發出咯咯聲響，「希望他們不要和艾蓮娜吵架。」

「尤哈尼斯和馬爾份要過來嗎？」哈麗故問。

莫妮卡轉過身，「尤哈尼斯最近忙著跟洛伊絲約會，馬爾份說他有事，沒辦法來。」

戈爾瑪驚呼一聲，拍打額頭，「你說的是房務部門的洛伊絲嗎？我的老天爺，這年頭什麼事情都會發生。」

莫妮卡從布萊恩和鵠渡手中接過鐵鍋，伸出食指感覺麵糊的乾濕、彈性與柔軟，拿出長方形鐵製容器，倒入麵糊直至一半高度，止住，添加壓碎的消化餅塊，撒上可可粉，再次倒入麵糊，最後用湯匙撫平蛋糕體表面。莫妮卡預熱烤箱，上層攝氏一百五十度，下層攝氏一百八十度。

大夥兒圍攏，看著莫妮卡打開烤箱蓋，放進盛有麵糊的金屬製烘焙模組。

布萊恩擠至最前方，「蛋糕會膨脹起來嗎？」

鵠渡輕拍布萊恩肩膀，「當然會，精靈正在麵糊內努力工作。」

「我有看到喔。」戈爾瑪睜大雙眼。

「我也有看到，好大好亮的眼睛。」莫妮卡說。

布萊恩在烤箱前探頭探腦，滿心疑惑，「不公平，為什麼只有我看不到？」

「再等等吧。」鵠渡說。

戈爾瑪和哈麓故重新坐回沙發。

「大家想要喝些紅酒嗎？」莫妮卡說。

我和中田秀樹陪莫妮卡走去房間，拿出筆電和小喇叭。

我突如其來想起莫妮卡尚未說完的故事，「對了，妳舅舅開的那間小酒館，後來還有營業嗎？」

「原來你還記得這則故事。」莫妮卡有些驚訝，「後來，捷克禁止賣酒，只是很多酒館不守法，不賣瓶裝酒，而賣自釀調酒。我的舅舅怕生意受到影響，決定轉型，販賣各種特製氣泡果汁，當然，如果有人受不了酒神的魔鬼誘惑，也會在氣泡果汁中加入一些迷人的萊姆酒和威士忌。」

「禁止人民喝酒，就像禁止人民不准做愛，沒有人受得了啊。」我說。

「政策實在荒唐，最後連警察也棄械投降，即使醉了，大家還是滿臉通紅說著：『這世界上，沒有人比我更清醒，再給我來一杯特製新鮮番茄汁。』」

不賣酒的酒館，不勞動的勞動者，我們都需要奇妙的謊言、迷人的草葉和營養的花蜜言語來撫慰自己。

我們決定放些音樂來聽。

莫妮卡放的音樂是舒伯特的《小夜曲》。戈爾瑪覺得太嚴肅，在YouTube搜尋貓王的〈牢房裡的搖滾〉（Jailhouse Rock），歌曲自然流瀉：「the warden threw a party in the county jail / the prison band was there and they began to wail...」戈爾瑪微彎背脊，隨著輕快節奏搖晃身體。鵠渡露出一臉無法忍受的模樣，嘲笑戈爾瑪實在落伍，跟不上時代，切斷音樂，播放貝蒂·米勒的流行情歌〈玫瑰〉（The Rose）。戈爾瑪和哈麓故要我和中田秀樹一同加入分享。中田秀樹放了《龍貓》、《神隱少女》和《螢火蟲之墓》的動畫歌曲。輪到我了，仍然不知要播放什麼才好，要選擇鄧麗君的〈小城故事〉、羅大佑的〈鹿港小鎮〉，還是張雨生的〈沒有菸抽的日子〉呢？

遲疑時，烤箱前驟然響起一聲雀躍尖叫。

「我看到了。」布萊恩說：「精靈是琥珀色的（Amber Color）。」

大家興沖沖不約而同圍攏上去，前後左右，相互挨擠。

我們彎腰蹲身，彷彿以餘燼火光（Ember Color）共同取暖，抵禦大雪，睜開新生的眼珠子注視一日所愛——香蕉蛋糕逐漸在高溫中膨脹了起來。

血色極光

漫漫冬雪在荒野之中擦亮了黑暗。

枯萎枝葉凍於冰霜，鬆軟與堅硬的秋冬大雪覆蓋大地，雲杉、雪松與高山冷杉相互遮掩，麋鹿隱現輕巧踩踏，無聲無息揚起濃淡雪塵，尾隨旋風纏繞空中，飄浮，靜悄悄落下，蕭瑟止息了一陣子，隨後，落磯山脈迂迴響起若遠似近陣陣野性狼嚎——白與黑的世界，顏色沉於百年冬眠。

夜班結束已是深夜，戴起毛帽，穿起厚重外套，疲倦走出城堡飯店，跨過馬路來到員工收發信件室，打開郵箱。朋友寄來明信片，一張加拿大東部繁華都市夜景，高低建築發出亮灼燈火，我在簡短的字詞問候之中，察覺時光之謎，彼此因為選擇不同路徑，進而目睹相異甚遠的花園、蜂蝶與火焰。孤獨讓人清明。走出建物，步上斜坡，細雪迴旋飄落，不驚動任何意欲藏隱的生物，我們在莫名時刻始終習慣傾向無語。我伸出手掌，接住細雪柔軟搓揉，用體溫融化冰冷，想以凍傷的知覺深刻體驗一切。

吉姆離去之後，我們每週都得上六天班。

城堡飯店有固定的招聘程序，透過網路申請，先行通過志向測驗，發送履歷，爾後，人力資源部門統籌資料，轉交聘用部門。部門經理再從中挑選員工進行面試，過程大約需要一個月至兩個月。共有三位城堡飯店員工向我詢問職缺，一位是碗盤洗滌部門的里奧，其他兩位是房務部門的夥伴，三人都曾經來過水療中心幫忙。可惜的是，三人都落選了。經理歐琪選了另一個人，是今年剛拿到加拿大公民身分的馬爾份（Malvin），他之前在房務部門服務了三年。

鵠渡和哈麓故說，這一點都不公平，經理歐琪只喜歡菲律賓人。服務團隊中，菲裔原本只有兩位，現在又多了一位。我們不喜歡菲裔員工湊成小團體，只用塔加洛語（Tagalog）交談，一點都不尊重其他人，向經理反映了好幾次，不過狀況並沒有改善。

諾立最喜歡向艾蓮娜抱怨：「我的老天爺，這真是一個充滿歧視的工作環境。」鵠渡伸出雙掌，疊放嘴巴當作烏鴉嘴喙，十指快速上下拍動，「整天聽他們吱吱喳喳，真是煩死人了。」

馬爾份預計十一月初開始上班。

我們大大鬆了一口氣，排班終於可以恢復正常。

接近年底，我特意安排五天年假，打算什麼事情都不做，只想悠閒散步、吃飯、游泳、讀書和看電影。返回工作崗位，身體依然深感倦怠，甚至打算提前辭職。或許往北，去白馬鎮目睹極光；或許往南，去墨西哥感受熱帶驕陽；或許搭乘加拿大東西向長途火車，橫越蓊鬱大陸。需要遠走，旅行，重新將自我丟入全然陌生的環境，歷經震悚緊張，並在越界之後遍體鱗傷返回來處。頭一次看見馬爾份，便能感覺其豐沛活力，他有一股剛剛進入新環境的熱情、謹慎與積極。

馬爾份三十六歲，約一百七十公分，平頭，有些雄性禿，身材矮胖，有著小圓肚，一張中國人的五官輪廓，說他的祖先從大陸移民至菲律賓。

「恭喜發財。」他笑著，「我還知道另一句中文，新年快樂。」

馬爾份有一雙水汪汪黑眼珠，很愛笑，笑的時候，左右臉頰會掛著兩顆核果般小小笑窩。

我的英文發音不標準，每次喊Malvin，都容易叫成Muffin（瑪芬蛋糕）。馬爾份也調皮，替大家都取了綽號，撒朗是黑咖啡，莫妮卡是奶精，我是巧克力餅乾。

「為什麼我是巧克力餅乾？」

「沒有什麼特別原因，純粹因為我喜歡巧克力餅乾啊。」馬爾份露出搗蛋似的表情，「還是你要叫椰子餅乾？杏仁餅乾也行喔。」

「可是當餅乾很辛苦，會被一口一口吃掉。」我的話語有著返老還童的弱智現象。

馬爾份的聲音相當中性，帶著柔情，音調不高不低，始終面帶微笑，讓人非常想要好好捉弄他，看他生氣、沮喪或是難過模樣。奇怪的是，我感覺得出來，馬爾份並非是一位樂觀開朗的人，只是假裝如此，透過和善面目取得他人信賴。每次看到馬爾份的笑容，我都覺得有些悲傷，甚至想跟他說，你這渾蛋，算了吧，不用那麼積極討好每個人。然而，我沒有開口，因為相處時間還不夠長，而我並非真的理解他。

帶領馬爾份清潔盥洗室時，我故意用水和清潔劑噴他。

馬爾份用孩童般的聲音尖叫：「你瘋了。」

我沒有瘋，只是沮喪，因為這並非是我想要的生活。

我應該對這一切生氣，不，應該對自己生氣。

我將髒汙的玻璃杯推送至清洗室時，遇見里奧，「二月初，我就要離開了，到時候再申請一次吧。」

里奧笑了笑，感謝我的好意，「不了，之後我打算先去歐洲玩半年，接著就要回到澳洲騎袋鼠去了，總不能一直逃避人生。」

城堡飯店員工始終來來去去。

我跟馬爾份聊起菲律賓生活，說我在奎松市（Quezon City）的華僑學校擔任老師，教授中文，假日時便和朋友前往巴拉望、宿霧和長灘島旅遊。「菲律賓人真是幸運，有好吃的芒果和香蕉，還有好多未開發的原始島嶼。」

「我也想要當個觀光客到處走走，只是我在那裡出生長大，那裡是我的故鄉。」馬爾份眼神黯淡下來，皺著眉，「我時常覺得，一個人的出生背景，往往決定了所有事情。」

我覺得自己說錯了話。

馬爾份察覺氣氛有些嚴肅，擠出僵硬笑容，主動攬住我的肩膀引開話題：「當然，我們很難決定要愛上誰，這樣子說起來，愛情可能是在這個世界上，最自由的一件事情。」

下班後，莫妮卡和撒朗先行離去，我等著馬爾份，準備一同搭電梯到一樓，通過門房人員專用的側門走至馬路，再回到員工宿舍。往常，我都會先去員工餐廳喝杯巧克力牛奶，吃烤土司，看看新聞消磨十幾分鐘。自從馬爾份上班之後，他總是禮貌性等待著我，陪我走回宿舍，我怕婉拒，會傷害彼此初萌的友誼。馬爾份時常邀請我參加菲籍員工所舉辦的烤肉、派對和各種大小聚會，只是下了班，實在累，只想好好休息。我穿上大衣，發現衣架下方掉落一只錢包，彎身撿起，查閱失主證件。錢包左右交疊，打開，左側有一張合照，照片上，馬爾份親密擁抱一位稚氣男孩。

馬爾份將裝滿骯髒浴袍的大型塑膠容器推至卡車運載處，一臉疲倦走了回來，穿上大衣，勉強擠出笑容，「走吧，終於搞定了。」

我們一同離開。

「似乎有人掉了東西。」電梯內，我捉弄馬爾份，「非常重要的東西。」

馬爾份下意識摸了摸外套口袋，驚慌了起來。

我高舉錢包，刻意在馬爾份面前招搖晃動，躲避他急忙伸來的手，「裡面有不少錢喔。」

「不要鬧了，還給我。」馬爾份用嬌嗔語氣打鬧，「你再這樣子，我要生氣了喔。」

「怎麼證明這是你的？」電梯門打開，我們倆吵吵鬧鬧走了出去。

「裡面有我的證件。」馬爾份十分心急，雙手不停搓揉。

「我看看，這個人確實長得有點像馬爾份，黃皮膚，黑頭髮，還有些禿頭，不過這位可愛的男孩是誰？」我陸續抽出證件查看照片，「你不告訴我，我就不還給你喔。」

馬爾份苦笑著，額頭滲出豆大汗水。

「不鬧你了。」我將錢包往上一丟，準確落在馬爾份手中。

我們走出收發室來到斜坡。

馬爾份整張臉沉入黑影，努力想要吐露什麼，囁囁嚅嚅十分痛苦擠出一句話——他是我的愛人。

我滿臉疑惑看著馬爾份，不確定他到底說了什麼。

我們互道晚安。

一日午後，我們站在鐵桌前整理毛巾、浴巾和浴袍。

「最近實在有太多人想要移民加拿大，現在政策緊縮，條件變得非常嚴格，政府把一些管理階層的廚師、文職人員和機械維修人員都剔除了申請資格。」我將浴袍一件件堆疊桌面，「中國人把溫哥華和多倫多的地皮炒起來之後，現在開始要炒卡加利地皮，老天爺，為什麼我偏偏不是有錢人？人生為何比檸檬還要酸澀。」

「我不知道自己是否想要待在加拿大，雖然這裡的薪水比捷克高。」莫妮卡摺疊毛巾，「傑克想要繼續待在加拿大，我們可能會去卡加利，那裡的起薪高，裝潢工的時薪接近三十加幣，如果傑克決定留下來，那麼我就可以申請同居身分再待一年，我們正在慎重考慮。」

「留下來吧。」馬爾份將毛巾齊整放入滾輪置衣箱，「我一直覺得能夠來到加拿大，非常幸運。我們到世界各地工作，中東、日本、韓國、大陸、美國和澳洲，每年，我們都匯回大筆外匯。大家都很羨慕我在加拿大，因為這裡的工作簽證很難申請，手續非常麻煩。如果要成為加拿大飯店的房務人員，首先要提供相關工作證明，繳納七萬披索，支付另一筆保證金，再參與兩個月專業訓練。最後，人力資源部門主管進行最後面試。能夠來到這裡，真的很不容易，所以千萬不要放過任何一個留下來的機會。」

「可以報名學校課程，暫時用學生簽證留下來——」我說。

莫尼卡臨時別過頭，喉頭發出清嗓聲提醒著什麼。

我們不再出聲，加快速度整理毛巾。

「工作時間盡量不要交談。」經理歐琪站在我的背後，「客人還在外面等著呢。」

我真討厭當一位稱職的啞巴。

十二月初，城堡飯店決定提前舉辦年度派對，由於臨近佳節，人力嚴重不足，員工只能在聖誕與新年中擇一休假。鵠渡和哈麓故建議，絕對不能錯過聖誕舞會，這是城堡飯店一年一度最為盛大的活動，參與者必須盛裝出席，男性西裝禮服，女性套裝長裙，現場不僅有豐盛餐飲、精緻甜點、免費調酒，還有令人引頸翹望的抽獎活動，最大獎將可免費入住總統套房三天兩夜。我在行李箱與衣櫃中翻箱倒櫃，只找出發皺的白底細紋襯衫，和一條被姜形容成水電工穿的廉價黑長褲。朋友們實在看不下去，調侃我的穿著會大大拉低舞會水平，紛紛借我衣物，柏登借我白襯衫，姜借我領帶夾和高級西裝褲，傑夫借我黑西裝外套，馬爾份借我皮鞋。

我親自跑了一趟馬爾份宿舍。

「小心點，這傢伙絕對不安好心，如果有什麼不對勁，一定要馬上開溜，不然褲子不知不覺就會被扒下喔。」姜再三警告：「我跟你說過了，馬爾份喜歡你，而且想要吃掉你，上次我去你們那邊送餐，看見他望著你的眼神，我就知道他這隻發春的種豬戀愛了，你難道沒有發現他的費洛蒙從眼睛、鼻孔、嘴巴和耳朵裡流出來了嗎？」

「不要說得那麼難聽嘛。」我不太在意姜的勸告，「馬爾份不會強迫我，他不是這種人。」

「你太單純，這樣子容易吃虧。」

「台灣人有一句話，吃虧就是占便宜。」

「我看你踩到大便，還會以為撿到黃金。」姜意味深長說著：「沒關係，反正到時候你就會學到教訓。」

我去了馬爾份的宿舍，輕敲房門。

馬爾份打開門，身穿短衣短褲，套一件廚裙。

鍋爐咕嚕咕嚕炊煮熱水。

我怯生生走了進去。

馬爾份招呼我坐，要我別拘束，筆電播放菲律賓特色情歌，我不想在馬爾份的房間待太久，維持適度距離，以免造成不必要的誤會與肢體接觸。

我十分拘謹坐在客廳沙發。

「餓了嗎？」馬爾份露出招牌笑臉。

我搖頭，「剛才在員工餐廳吃過了。」

「下次煮蝦子和大蒜飯給你吃，我真的好懷念菲律賓的鐵板炒豬肉（Sisig）喔，而且一定要擠上好幾顆金桔檸檬。你會懷念台灣的食物嗎？」

「當然，我好想念豬腳飯喔。」

馬爾份從冰箱拿出桂冠湯圓，再拿出冷凍的炸香蕉，這兩樣食物都是從卡加利的中國城和菲律賓商店買來的。我有些驚訝，馬爾份竟然記得我喜歡吃菲式炸香蕉。馬爾份將湯圓放進滾水，趁著空檔，拿出兩條領帶，一條深藍，一條赭紅，都是橫斜線條。我戴上領帶，替換著，在鏡前注視邋遢的自己。馬爾份打開另一爐火，置鍋，切放大塊奶油煎煮香蕉，濃郁果香隨著熱氣漸漸瀰漫房間。我起了好奇心，四處探看。馬爾份煎煮六條炸香蕉，切成塊狀，脫去廚裙，將裝著炸香蕉的白色瓷盤和盛滿花生湯圓的鐵鍋拿到客廳桌上，備妥碗筷。

「多吃一點，千萬別客氣。」馬爾份坐在低矮方桌對面，滿心期待，等著我的反應。

我吃了三塊炸香蕉，喝了甜湯，不過只吃了一顆花生湯圓。

「不喜歡湯圓嗎？」馬爾份看著我，有些氣餒，「這是我之前認識的台灣男孩告訴我的，他說台灣人都喜歡在冬天吃熱熱的湯圓，是不是我煮的方式錯了？」

「湯圓很好吃，只是我無法吃太多糯米製的食物，身體會不舒服。」

「抱歉，我不該強迫你的。」馬爾份垂著頭，眼神中的期待光芒已然消退，「我喜歡吃湯圓，所以覺得你應該也會喜歡——真的不好意思，我總是一廂情願。」

我再次添了一碗湯圓甜湯，「味道很好喔，是很道地的台灣味。」

「你喜歡哪一條領帶？」馬爾份靠向我，拿起兩條領帶，「我覺得紅色的比較好看，藍色的看起來有些老氣。」

「我也喜歡紅色的。」

「這兩條領帶都是客人送我的喔。那時候，有一位老太太來住城堡飯店，慶祝八十歲生日，結果不小心弄丟婚戒，到處都找不到，後來我在送洗的床套上發現了。老太太說，這是她死去的丈夫留給她的禮物，一定要找回來。老太太握住我的雙手，非常激動，一直向我道謝。退房時，老太太特地買了兩條領帶送我。」馬爾份面露欣喜，「我非常感謝老太太，因為我不想隨便花錢，在這裡賺的每一筆錢，我都要匯回菲律賓。」

「家裡的花費那麼高啊？身邊多多少少應該要留一些錢。」

馬爾份啜飲甜湯，面目悲傷了起來，「沒有辦法，我的父母正在鄉下蓋房子，他們需要錢。房子是蓋給我未來娶老婆用的，但是我這輩子一定用不到。」

「讓父母住也很好。」我說。

「我不想回菲律賓，我想去加拿大北部，那裡房務人員的工作時薪高達四十加幣，連續工作二十天，休息十天。我也有考慮去煉油廠工作，雖然危險，不過可以賺很多錢。」馬爾份轉移話題，「還要吃炸香蕉嗎？熱熱的比較好吃喔。」

「吃太多了。」我拍打肚子，「你看，肚子都變成足球。」

馬爾份說了一些家鄉的事情，說祖先從中國遷至菲律賓，家族算是有錢人，後來父親因為經商失敗欠下鉅款，家道中落，現在哥哥在當建築工人，錢賺得不多，還有四個孩子要養，負擔很大。哥哥之前在南韓工作，不小心從二樓摔了下來，腿斷了，現在只好待在國內。」

馬爾份嘆了口氣，「我想念我的家人，想念我的愛人。」

我扯開話題，聊起電影。

馬爾份起身，到櫃子中拿出鞋盒，打開蓋子，內有一雙發亮漆黑皮鞋。「我剛剛刷過，也替你換了新的鞋墊。」馬爾份走到我面前，右膝跪地，取出皮鞋，伸手碰觸我的左腳踝。

我警覺縮身。馬爾份沒有放手，也沒有加強力道，只是溫柔握住我的腳踝。「希望尺寸不要差太多。」馬爾份用另一隻手捧住我的腳底，包攏我的腳趾，往他的方向略微移動，將我的腳放進皮鞋之中。馬爾份伸出食指，插入我的腳後跟與皮鞋之間的空隙。「穿了襪子剛剛好。」馬爾份沿著我的足脛有意無意往上觸碰。

我有些不舒服，身子側移，主動穿起右腳皮鞋。

「你的腳趾頭真是可愛。」馬爾份克制內心的興奮。

我脫下鞋，將皮鞋放回鞋盒，坐到另一側，保持距離，不讓馬爾份再次觸碰我的身體。

我將借來的物品放進塑膠袋。

「要不要留下來吃晚餐？還是一起去鎮上的餐廳吃飯？我請你。」馬爾份詢問。

我有些遲疑。

「以前，我們都是整個家族一起用餐，來到這裡之後，我就變成一個人了。如果你可以陪陪我的話，我會很高興的。」

「不好意思，我想去游泳。」我隨意搪塞理由。

「我也想學。」馬爾份仰起頭顱看著我，「我去買泳褲，你可以教我游泳嗎？」

「我要收學費喔。」我刻意笑鬧。

「好喔，但是不能太貴，不然我就得賣身了。」馬爾份說。

走回宿舍，雙腳有些發麻，心臟加速跳動，全身皮膚好似被徹底扒了一層。

我遇到姜，約略描述過程。

「真是糟糕，我好像無法拒絕他的請求，我覺得馬爾份有些可憐。」我說。

「你這愚蠢的傢伙，這種自以為是的善良，只會讓情況變得更加糟糕，不僅傷害別人，最後還會傷害自己。」姜繼續咒罵：「你必須知道，同情有時是玫瑰，有時卻是代價昂貴的垃圾。」

「放心，我會好好保護自己。」

「看著吧，我等著你被雞姦，別說我不夠義氣，到時我再陪你去看醫生，開一份脫肛驗傷證明向馬爾份勒索，趁機撈一筆錢。」

「你不要詛咒我。」

舞會結束，我刷洗皮鞋，清潔領帶，將借來的物件放入提袋，上班時交還馬爾份。馬爾份邀我去餐廳吃晚餐，我再次婉拒。我有意保持距離，不隨意開玩笑，避免肢體不必要的接觸。下班，打了卡，我和莫妮卡一同離開，不再等待馬爾份。每次，馬爾份都會望來受傷、寂寞、尋求慰藉的眼神，然而我狠下了心，轉過頭不予理會。馬爾份明顯感覺我刻意的疏離，有所理解，不再有意無意靠攏而來，只是我依然可以感到一雙憂傷的眼光不時注視著我。

年底，柏登和諾立輪流放起年假，經理歐琪趕緊從房務部門調派人力。愛迪同樣來自菲律賓，短髮，黑膚，大個子，全身都是肌肉，抹著鮮豔口紅，有一雙巨大深邃的芭比娃娃眼睛，長長的圓弧黑色睫毛如同鳳蝶歙張華翼，身上散發一股妖豔香水，融合檀香、麝香、玫瑰、茉莉、廣藿香以及濃濃體味。每次休息，愛迪便從褲袋拿出摺疊圓鏡，梳理髮型，觀察眼角是否多出一條細紋，研究哪種側臉角度最上相。

愛迪是個不折不扣的活寶。

我們一起在泳池外的草皮撿拾垃圾，排列鐵椅，愛迪一雙眼睛始終難以安分，直直盯視泳池內外的男性胴體，說他全身發熱，靈魂從厚厚的包皮內冒了出來，簡直快瘋了。回到地下隧道，他開始如數家珍跟大夥兒分享，說金髮男子全身毛茸茸，肚子還有要人命的六塊肌，泳褲將下體包得像是直冒熱煙的紐約大熱狗，讓人真想咬上一口。說棕髮男子不斷誘惑他，身上塗的可不是精油，而是精液，泳帽根本是大型螺旋保險套。說黑人老爹垂著大奶子大肚子，笑吟吟看著他，還不時伸出舌頭，說那黑棒子根本就是加勒比海百分百粗黑可可棒。說年輕小夥子絕對天天去健身房，上面大肌肌，下面大雞雞，果真讓他唧唧復唧唧，木蘭當噴汁，那身軀線條只要望一眼，就能享受無與倫比的性高潮。

我們笑得一塌糊塗，說愛迪應該去主持性愛直播節目，當Youtuber，絕對大受歡迎。

馬爾份感嘆了起來，「我真羨慕愛迪。」

「為什麼？」

「因為他非常開放啊，自由自在，想做什麼就做什麼，他愛過很多人，黃種人、黑人和白人都愛過，我想愛迪這淫娃，只要有人身上長著一根粗肥肉棒，他都愛。」馬爾份的表情充滿童稚般的微笑與憂傷，「我太懦弱了，應該好好向他學習。」

跨年夜，照例工作至十一點，我和朋友約好下班後至橋上觀看煙火。

我和馬爾份很久沒有一起在地下隧道走動。

我們閒聊，討論應該要站在哪個位置，才能一覽無遺欣賞跨年煙火。

馬爾份保持微笑，整個人卻籠罩於一股深沉寂寞。

道別前，馬爾份突如其來緊緊抓住我的手，「再陪我說說話好嗎？」

我面有難色。

「求求你，只要陪我一下子就好。」馬爾份哀求，「我真的需要找個人說說話。」

兩旁的行道樹繫滿霓虹燈泡，莓紅、橘橙、金黃、杉綠、海藍在黑暗之中靜靜爆裂，火花閃逝，積雪凍結成冰，雪花從夜空深處緩慢迴旋飄降，包裹大衣的人們一批一批朝向市鎮走去，留下淺淺足印。我們坐在城堡飯店側門前的長形木椅，蜷縮身子，許久未曾發聲，呼吸蓬蓬勃勃吐出熱氣，盤旋，最後消散空中。馬爾份靠向我，我靠向木椅握把，馬爾份尋求依靠般再次靠向我。

「對不起。」馬爾份用低沉的聲音說。

我看著眼眶泛紅的馬爾份，心中實在不捨。

「我很噁心，而且很壞。」馬爾份聲音乾癟，握緊發顫拳頭。

我不知道馬爾份想要說些什麼。

「我真的無法克制。」馬爾份哭了，「我恨死自己了。」

「不要這樣子。」我打破沉默，安慰著，「你是一位善良的人。」

「可以抱抱我嗎？」馬爾份的雙眼凝滿淚水。

我略略遲疑。

「只要一個擁抱就好，我不貪心，不會渴求其他什麼。」

我內心猶豫，左右拉鋸，最後張開雙手，將馬爾份抱入懷中，拍了拍他的背脊，「好了，等會兒就是新年，過去發生的事情都要忘得一乾二淨，新年要有新希望喔。」

馬爾份的雙手緊緊環住我的身體，臉頰貼附我的胸膛，像是準備偷走我的呼吸。

我的身體逐漸僵硬了起來。

馬爾份閉起眼睛，抬起頭，從我的胸膛往上探詢。

我警覺往後。

蓄意的凍傷，瞬間的灼燒——馬爾份冷不防伸長脖頸，主動親吻我的右側臉頰。

我起身，下意識推開馬爾份。

「我真的無法控制自己，請原諒我。」馬爾份羞愧低頭，戰慄搖晃身子，全身抖動如一隻腹肚中槍的麋鹿，「他只有十二歲，就是你在照片中看到的他——我的愛人。我愛他，真的很愛他，我一次一次把我的身體放進他的身體，他也一次一次把他的身體放進我的身體。我每次都能感覺他就住在我的體內，我那麼興奮，同時那麼痛苦、壓抑和絕望。我知道這很邪惡，可是沒有辦法，我無法不愛他，愛著還是孩子的他。我在等他，等他成年，我就要把他接過來，我希望我們可以在加拿大合法結婚，辦一場盛大婚宴。」

我無法思考，腦袋陷入一片空白。

「你能繼續跟我當朋友嗎？」馬爾份張著一雙怯懦雙眼，望向我。

我必須唾棄他，詛咒他，鄙視他，然而我只是為他感到難過。

如果這可稱為愛情，那麼我有什麼資格去論斷。

不，這不是愛情。

「時間到了。」我臨時迸出這句話，「我和朋友約好要去看煙火。」

「是啊，時間到了。」馬爾份重複我的話語，「我們都應該受到審判。」

我匆匆忙忙告別馬爾份。

隔日，我們行禮如儀保持適當距離，互道新年快樂，維持同事間的基本互動。

我無法將這一切遮掩下來。

「How are you doing my friend?（My Friend前加逗號，句意是『我的朋友，你好嗎？』，My Friend前不加逗號，句意可理解為『你是如何搞我的朋友？』）」姜淘氣地說：「There is no comma.（句子不加逗號。）」

我發愣一會兒，才意會到姜的調皮，這傢伙根本不是在問候我。

我告訴了姜，彷彿必須透過一次一次描述，才能真正理解事情的發生經過。

「Oh my god，真是嚇死我的精子寶寶。唉，雖然任何人都沒有權力去論斷別人的愛情，不過我覺得那種行為，更接近戀童症，是一種心理疾病。」姜分析。

「或許，他愛的是年幼的自己，未社會化、未受傷害、未被決定命運的自己。」我說。

「可能他的童年，遭受無法痊癒的創傷。」姜想要替馬爾份的行為找出緣由，「嘿，反正你快要離開了，當個好人，姑且滿足一下他的欲望吧，屁股洗乾淨一點，順便噴些寶格麗狐臭香水，還要記得用蠟燭、奶油和皮鞭。」

「他媽的。」我白了姜一眼，這傢伙值得信賴，不過非常毒舌。

「這一切都是你自找的。」姜下了結語，「你要狠一點，不管是對自己還是對別人，這樣子才會是真正的溫柔。」

馬爾份是如此真誠，卻又脆弱，無法壓抑內心不斷湧現的衝動，索求愛，索求性，索求失去的自己。無意間，我發現自己竟然成為男孩的替身，我的存在誘惑著馬爾份，勾引他內心深處的童貞，激發他久久隱藏體內的瘋狂欲望，彷彿任何拒絕，都會在他的心中留下新的傷痕。

我害怕面對失控的這一切。

我不愛他，但是我愚蠢的善意愛著他。

離職前，我忙著收拾行李，購買紀念品，準備離別禮物。

馬爾份傳了許多封簡訊，希望下班後能夠碰個面，我覺得我必須以朋友的身分跟他說些話，不過，到底要說些什麼？關於愛情，我們永遠都是不及格的學習者，像是次次屢濕不爽、注定挫敗的磨難。我替諾立、馬爾份和柏登買了襯衫，替撒朗、鵠渡和莫妮卡買了巧克力，替自己買了一本班夫國家公園風景明信片合輯。

我親自遞送禮物。

十一點，馬爾份剛下班，我們一同走進員工宿舍。

馬爾份開燈，泡熱茶，從冰箱拿出烤雞和大蒜飯，將食物放進微波爐，「今天上班前，我特地去市集買來的喔。」

午夜，窗外大雪，樹枝尾隨冷風搖晃叢叢暗影，我感到冷意、睏倦以及徬徨，一種難以抗拒的憂傷籠罩身子──真的要離開了啊。馬爾份在我的面前脫下制服衣褲，穿上便衣，端著熱燙的烤雞和大蒜飯來到桌邊，坐在我的身旁，接著拿出筆電播放情歌。馬爾份吃了大蒜飯和半隻烤雞，我只吃了雞翅，感到有些反胃。我們閒聊，說對未來的打算，說熱帶與副熱帶島嶼的炎夏氣候，說尚未攀登的高原峽谷，然而，語言漸次乏味，因為我們都避免談論內心真正的恐懼。我起身，準備離去。馬爾份拉著我，要我坐下，他從衣櫃拿出紙袋，內有一件Roots藍棉上衣，還有一只小裝飾品，塑膠方形，內盛水，兩個米粒大小的卡通人偶乘著船。

「一個是我，一個是你喔。」馬爾份露出笑容，「你回到台灣之後，還會記得我嗎？」

我苦笑，「必須回去了，明天早上還得辦理離職手續。」

馬爾份不讓我走，「留在這裡睡一晚好嗎？不用擔心，我已經替你準備好棉被了。」

我和馬爾份拉拉扯扯，最後索性坐回沙發。

馬爾份突然有些神情緊張，雙手發抖，顫巍巍倒了一杯熱茶給我，「趁熱喝，喝了會比較有精神喔。」

我抿了幾口茶，搓揉冰冷雙手。

馬爾份心懷祕密，用又壓抑又期待的迷茫眼神看著我。

喝了熱茶，完全無法提振精神，相反地，我只感覺更加疲倦，身子鬆軟癱倒，已經半夜一點半了。

馬爾份起身收拾碗盤。

我靠臥沙發，不知不覺沉入深眠，睡夢中，恍恍惚惚聽見水柱沖洗碗盤的聲音，聽見夜歸員工在門廊走動的聲音，聽見細雪飄落樹枝的聲音，聽見巨大駝鹿迂迴行過雪堆的聲音，聽見溺斃者垂死掙扎的聲音，靛青淡綠的湖泊凝凍表層，土狼齜牙咧嘴，大地在寂靜之中發出詭異閃電，射出霹靂，滿山滿谷浸染血色極光。馬爾份無聲無息關上大燈，坐在沙發，靠向我，極度緩慢靠向我，直到他輕柔的呼吸噴吐於我的臉頰，他的身子不知不覺緊密貼黏我的手臂、大腿與胸膛。

我抵抗般清醒過來，無法起身，全身酥軟如被竊走力氣。

「我好累。」微光中，我不忍注視馬爾份哀傷的臉龐，「我必須離開。」

「拜託，留下來，求求你留下來陪我，如果你真的想走，隨時都可以走，我不會攔住你的。」馬爾份近乎乞求。

我抬起鬆軟雙手，努力推搡馬爾份，卻感覺自己完全使不上力，像是剛剛跋涉過廣袤森林之後的無力感，半睡半醒，眼皮不受控制開開闔闔——我從來沒有這種全然虛軟的感覺。身體中的熱茶正積極運作某種類似安眠藥的藥效。

馬爾份靠臥我的胸膛，貪婪嗅聞我的身體，用他的手指攤開我的手掌，有意無意觸碰。

「走開，我不喜歡這樣。」

「很抱歉，但是我真的克制不住自己。」馬爾份苦苦哀求的語氣帶著難掩的興奮。

他將他的手貼附我的掌心。

長夜漫漫，意識浮沉睡睡醒醒，我始終無法起身走回宿舍。

馬爾份呼喚我的名字，輕柔嚙咬我的手臂，「你真好，沒有推開我，也沒有狠狠給我一拳。」

我在表層結凍的湖泊之內鬆軟漂浮。

再次醒來，赫然發現馬爾份的左手搓揉我的乳頭，右手褪下我的褲襠，嘴巴正舔吮包覆我的下體。

我從未有過此種被夥戲後的沮喪、羞愧與茫然，下體溫熱，濕潤潮紅，我必須割去包皮以此自殘。不，我想割去的是對惡之起源的同情，那使人軟弱，亦因軟弱而使人堅毅——驚惶，震愕，擊潰精神，於是得慰藉轉化尋求自保。我使盡全力，推開馬爾份，慌慌張張拉上褲子，嘗試起身，但是我卻無法妥善控制身體。我舉出右手，狠狠嚙咬手腕，齒痕滲出鮮血，一股深入脊髓的疼痛讓人警醒，我終於立起身子。

「你為什麼要這樣做？」

馬爾份一臉慘白，觸電般全身顫抖，眼睛瞬間湧出大量淚水，口齒不清癱跪在地。

我感覺自己非常殘忍。

「我不要求你愛我，也不要求你諒解我，不過，留在這裡好嗎？我也討厭自己這副模樣，只是不要放我一個人在這裡好不好。求求你，你要我做什麼我都願意。」馬爾份的眼淚不斷滑落臉龐。

我帶著難以遏制的怒氣瞪視馬爾份。

馬爾份鬆垮身子，兩手撐立膝蓋前方，接著紅睜雙眼緩慢抬頭，看著我，望著我，渴求著我。他跪爬至我的面前，抱住我的大腿，緊緊擰捏我的褲子，緊接起身，雙手用力攏住我的身子，伸出舌頭，瘋狂舔舐我的脖子、耳朵與臉頰，留下黏稠口水。

我再度驚慌，推開馬爾份，向後退了一步。

馬爾份跌落地面，低頭啜泣，如同被嚴厲指責的孩子。

我難過，氣憤，痛苦，卻又憐憫。

「我知道我很醜，很髒，很可恥，但是你知道我有多麼想要殺死自己嗎？沒錯，我雞姦了他，我一次又一次狠狠肏了他，但是我真的很愛他。」馬爾份脫去上衣，露出肚腩，拉住我的手，要我觸碰他在左腹下方浮腫凹陷的諸條傷痕。

我懷著鄙視與惻隱的複雜情緒，用力甩開馬爾份的手。

「我從來就不敢讓別人看見這些刀疤。」馬爾份手腳癱軟，耗盡氣力，好似是釋放壓抑後的虛脫，「你摸，你摸摸看。」

我不自覺再次後退一步，嘗試鎮定情緒，徐緩呼吸，卻不知到底該何去何從。

馬爾份向前緊緊抱住我的大腿，「求求你，留下來陪我，你要我做什麼都可以。」

我仍然無法擺脫馬爾份的糾纏。

馬爾份先是打自己巴掌，接著抓住我的手腕，朝著他的臉頰打了兩個清脆響亮的巴掌。

「你可以打我，罵我，踩我，幹我，羞辱我，朝我吐口水，把我當一隻母狗，只要你留下來陪我就好。求求你，我從來沒有這樣子求過一個人，我從來沒有這麼下賤過，就當可憐可憐我好嗎——」

我極端不忍，卻對一切感到徹底無能為力，傾身向前，低下頭，一手抓住馬爾份的脖子，一手抓住他的頭髮，我感覺他跳動的血管正在我的手上頑強抵抗。我的手勒緊了，想要一口氣捏碎他的喉結，擰出他的血，讓他好好享受無與倫比的劇烈苦痛，我感覺自己是興奮的，罪惡的，憤怒的。馬爾份在痛苦中睜大雙眼，先是露出決絕、仇恨、不甘心的表情，透過那種侵略性的注視一口一口啃食我，接著，絕望之中，他漸次顯露卑微的癡傻笑容，彷彿長久以來他就是在等待我的處決。

請殺了我——他猥瑣的面容如此說著，說得如此頑強。

不，我不會輕易原宥，他必須活著。

我緩慢低下身子，湊上頭顱，無可抗拒般輕輕親吻馬爾份的額頭，而後鬆開手，轉過身，帶著無法排遣的憤怒、恐懼與無助離去。

我要寬恕他，讓他如被割下的闌尾發臭腐爛。

馬爾份在我的身後陷入癲狂，痛苦哭泣，好似我親手取走他愛人的乳頭、陰莖與心臟。

我在發抖。

走進黑暗，腳步搖搖晃晃，從古老的深層詛咒中逐漸甦醒過來。

冬日，落磯山脈沉沉埋於大雪，一道一道冷風掠過山巔溝壑，從幽暗處吹拂而來，將大片白雲杉林吹成灰色、黑色、白色，橫斑林鴞在巢穴中冰冷睡夢，枯枝落葉薄透成羽毛，斂住自己，有著什麼團團簇簇鋪蓋雪地，也有著什麼正準備堅決離去。暗影斑駁林木，朦朧光霧層層擴散，大雪終究靜默覆蓋了一切，掩埋凍僵山鴞，掩埋稚嫩葉苗，掩埋黑熊肥厚皮毛，潔淨於不潔淨之中，於是悲傷，痛苦，愛。

然而，我必須認清，暴力的渴求行徑都來自長期匱乏，或是壓抑，藉由不經意流露的衝動，釋放無法自制的情感。我恍惚得知，霏霏大雪之諭示，在其呵護人類的惡與神聖，善與汙穢，使其一體，包容，卻又時刻消融——美麗（Beautiful）的人類（Human），美麗（Beauty）、愚蠢（Fool）如我，始終被指認為侵入者的游牧胡人（Hu man）啊，大地終將分解、吸納、涵養我們四散拗折的血肉骨骸。深夜步行，悚然次次振聾發聵，使我滿心慚愧，喚醒清醒，撫平仇恨與寬恕的相混情感，深呼吸，喘口氣，抽出不斷刺痛腦海的炊毛。

天空盛開大片罌粟，黑暗塌陷，錦簇的血色極光深深淺淺籠罩大地，我感到左腹浮現隱忍許久的刀割疼痛，一條條新舊傷痕，成為一條條犁開冰雪的惡夜歧路。我向前走，開始移動，透過艱難的目睹戮力辨別難以理解的一切，為身懷罪惡的他者祈禱，一如為身懷罪惡的自我祈禱。

藍莓夜的告白

初秋雪日，一片銀白覆蓋了分岔枝椏與針狀葉子，我在薄暮中獨自行走，清冷，蕭索，一條路漫漫長長積滿深淺大雪，底層已結成冰。慶祝萬聖節的活動當日，還是得工作，不過，鬼點子特別多的諾立提議，上班前先聚在城堡飯店地下室員工自助餐廳，大夥兒一起開心吃喝，當作慶祝。莫妮卡和撒朗齊聲贊同。往常，下午都是由資歷較淺的員工值班，從兩點十五分至夜間十點四十五分，中間有半小時休息時間，每日工作八小時。早班兩人，晚班四人。我、諾立、莫妮卡和撒朗通常擔任晚班。萬聖節前兩個禮拜，城堡飯店進行大規模布置，郵寄多封電子郵件至員工專屬信箱，內容大多關於節慶活動，例如鬼屋人員招募、南瓜雕刻比賽以及鬼魅派對相關細則。

早班的哈麓故很早就跟我約好修理電腦的時間，還要我教她游泳，醫生說，游泳是最好的全身運動，不僅能夠幫助腿部復健，還能夠鍛鍊心肺功能。

哈麓故來自厄利垂亞（State of Eritrea），在班夫費爾蒙特溫泉飯店工作了十九年，是非常資深的員工，當初，先行擔任房務人員，轉洗碗工，再調至水療部門。哈麓故不願跟我們透露年紀，只說她五十歲以上、六十歲以下。諾立喜歡講閒話，說滿臉皺紋的哈麓故看起來不僅五十，應該超過六十歲。諾立之所以嘲諷，是因為哈麓故的膝蓋不好，無法推送放置毛巾的大型容器，於是這工作便自然而然落到我和他身上。諾立說：「天殺的，這非常不公平，她這老姑婆領的錢比我們還多。」哈麓故和鵲渡是多年好友，哈麓故單身，鵲渡已經是兩位孩子的母親。鵲渡來自索馬利亞，由於早年曾經在厄利垂亞工作，所以會說哈麓故家鄉的語言。工作閒暇，鵲渡會跟哈麓故談孩子、工作、疾病與生活等，叨念家庭重擔，兩人以近乎神祕的語言溝通。厄利垂亞的語言聽起來相當雀躍，聲音與聲音之間隱約產生強烈共鳴，有種跳動飛旋的暢快感。我聆聽，嘗試理解，卻無法從陌生的語音中讀取準確訊息。有時，鵲渡會將談論的內容翻譯成英文，讓我了解；不過大多時候，兩人習慣保持神祕。鵲渡見我傾耳聆聽，總是大笑，說她們絕對不是在說韓國經理的壞話。兩人有時也會露出憂鬱表情，那時，我便知道她們正在談論各自的困境、家庭與國家。

在水療部門工作雖然辛苦，不過大抵而言，工作內容還算簡單，準備茶水餅乾、清潔環境、摺疊踏墊、捆綁浴袍和收拾髒毛巾等。鵲渡全身上下充滿活力，笑聲不斷，像隻喜鵲，肢體語言非常豐富，每次調至早班和鵲渡一起工作，我都能感覺她身上散發出來的快樂，那是內在蘊含的坦然與自信。單身的哈麓故則有些嚴謹，或者該說，時常透露一股不得已的虛無感。我沒有問過哈麓故是否想要一個家庭，不管使用哪種委婉的問法都顯得粗魯，實在找不出適當的詢問方式，畢竟雙方都不是成長於英語環境，只能使用較為基本、直接、不加修飾的句子。

萬聖節前一日，我剛好放假，起了大早，拿著黑色粉筆在粗黃的再生紙上畫了一幅素描。左下角，一位獨自行走冷冽針葉林中的人，軀幹皺癟，踩踏瑟瑟發響的枯萎落葉，足跡彎曲，綿長，大雪溢滿感知時空，我將畫紙上大部分的空間留給空白，將空白留給記憶，將記憶留給當下。我拿起黑筆，在畫紙右上角工整嚴謹寫下幾行台灣詩人的詩句。我將畫放進相框，再仔細放進紙袋，這份薄禮將送給從東京來的中田秀樹。中田秀樹和我一樣，持打工度假護照來加拿大闖蕩。早晨七點，天色陰暗如困鯨腹，我和中田秀樹縮在建物內等待灰狗巴士長途客運。中田秀樹離開班夫後，會先去卡加利待幾日，接著飛去美東紐約、華盛頓諸城，再飛墨西哥，最後回到日本，恢復學籍，領取延宕一年的大學畢業證書。中田秀樹小我近十歲，年輕，卻極有耐心。每週，我們有兩次基本日文會話，我教中田秀樹中文與台語，他教我日文。我們從最基本的會話與髒話學起。早安，午安，晚安。中田秀樹最熟練的句子是：「我肚子餓，要吃小籠包。」中田秀樹誇讚我很有畫畫天分，辨認畫作中幾個共通漢字，不過實在理不出頭緒，客客氣氣詢問我詩句意義。我耍賴，沒有翻譯。中田秀樹會從畫與留下的空白之中領取質樸祝福。

我們禮貌擁抱，這輩子可能也就這個擁抱。

前一日，我特地帶中田秀樹去水療中心使用蒸氣室、按摩浴缸和殺菌室等硬體設施，一方面介紹我的工作環境，一方面也當作餞別薄禮。我們換上浴袍，東聊西扯。中田秀樹說這次回去，剛好能銜接大四畢業時的工作應徵潮，日本百大企業同時招聘正式職員，錯過了，很難再有機會。我十分好奇，問起日本特有的酒店文化。中田秀樹靦腆笑著，說他沒有花錢買過小姐出場，說他不喜歡用金錢來衡量性與欲望。我們想了好久，好不容易才正確拼湊出「Prostitute」這個英文單字，試圖區分妓女和脫衣舞孃的不同。中田秀樹說他進入社會後，難免也要跟公司的前輩一起去酒店喝酒，買小姐陪坐，說這是日本的文化。我們用不流利的英文交談，問答之間的意義歧異跳動，很多時候，我都懷疑我們是否在說同一件事。

「這沒辦法，要合群。」中田秀樹說。

「是啊，表面上，人是有選擇的，卻又是注定失去選擇。」我說。

中田秀樹開著玩笑，說我去日本時，他一定會帶我去買笑容甜美的女孩子。我笑說，那我可以不要出錢嗎？當然，他也一同笑著。中田秀樹提起幾位已經離去的日本女孩，我依稀記得她們的臉孔、善意與笑容裡的拘謹。一位女孩叫愛奈，來到班夫不到一個月就離開了，她說她只喜歡大城市，不喜歡小鎮。中田秀樹說愛奈和一位從波蘭來的門房男子上床了很多次，而且都在客人的昂貴轎車上。愛奈喜歡門房男子，即使知道彼此不可能發展穩定關係也毫不在乎；還說，波蘭男子特別喜歡咬愛奈的奶頭，為了刺激，他們做愛不戴套，男子直到射精前最後一刻才抽出下體。我們泡在熱水池中，我一邊笑著，一邊想著自己說閒話時特別不在乎道德禮節。中田秀樹還提起許多之前在城堡飯店工作的日本女孩，說她們在員工餐廳用餐時，都會有很多男性員工主動搭訕，邀約一夜情，裡頭不乏我認識的員工。我們笑著，說不論好壞，性欲絕對是世界上最強大的生命驅動力，足以撼動人類文明。飄雪了，大地迷茫一片，我和中田秀樹洗了澡，穿上衣服，坐在休息室透過落地窗望向黯黑天空，茶水溫熱，我們繼續聊天，隔著一層厚質玻璃看向未來似的遠方。所謂未來，大抵就是找個安身立命的位置吧。身子剛剛涮浸熱水，酥軟著，我的心中無緣無故浮現一句話——私密其實是最不私密的想像。中田秀樹說，許多話，都是要離別時才說得出口，好像只有那時，因為瘋癲，於是顯得真誠。

茶漸漸冷了。

十點，莫妮卡和撒朗依約來到員工餐廳。莫妮卡和撒朗下午還要上班，我們只能利用上午參與鬼魅派對。諾立是召集人，卻不見人影。前晚，我託諾立去鎮上的「一元」特價專賣店幫我買黑披風。莫妮卡替大夥兒買來尚未上色的白面具。撒朗準備了畫筆和水彩顏料。我、撒朗、莫妮卡和諾立分別想打扮成吸血鬼、電鋸殺人魔、蛇髮女妖美杜莎和狼人。我實在缺乏想像力，認知的吸血鬼都是從新聞、小說與電影得來的粗淺印象，索性上網，尋找吸血鬼電影的劇照當作仿效對象。臉色蒼白，獸齒利牙，嘴角浮現微血管破裂般的細密血絲，黑披風，再打上紅領帶。優雅，孤傲，不近人事，濃厚的貴族男爵氣息。我說，其實不需要準備面具，只要齜牙咧嘴便能吸血。莫妮卡在面具上濃妝豔抹，笑著說，我曬了太多陽光，不夠白，過於亞洲風。撒朗在面具上畫了許多條縫合肉線，不過還是不滿意，用手機搜尋電鋸殺人魔照片，呢喃著，不知要以恐怖還是以卡通化來呈現殘酷面容。莫妮卡說，等會兒得編辮子，還問我們，蛇髮女妖有什麼特色？眼見不能為憑，況且根本沒有親眼見過，我們只能讓文化的氛圍逐漸滲透，揣測既定形象，一步一步建構輪廓，構圖，上色，風乾。我們的妝扮終究失敗，四不像，只是這並不攪亂參與派對的好心情。諾立姍姍來遲，手頭大包小包，裡頭有合資購買的爆米花、薑汁汽水和外黑內紅的魔性披風。只要換上白襯衫，黑西裝褲，我便能輕易蛻變成吸血鬼。諾立直接買了狼人面具，下巴牽引出一條控制線，底端是一只簡易方型遙控器，壓下按鈕便能發出陣陣狼嚎。當地販賣的產品，終究比較符合我們對在地文化的想像，然而我們刻意揶揄諾立，說他懶惰，一點創意都沒有。

山脈層層疊疊高低隆起，大雪傾覆，我們在白晝出發獵食，尋找溫暖血肉。

我多麼想親吻溫熱的脖頸。

會議中心分兩區，左側規畫成鬼屋，右側連起八張方桌，鋪紅巾，上頭置放奶油餅乾、可樂和巧克力杯子蛋糕。

鬼屋布置得相當精緻，隔起十幾層大型木板與深黑布幔，四處吊掛不時抖動嚇人的骷髏頭與人骨支架。南瓜雕刻飾品如同頭顱散置各處，高處有刀斧自動落下，緊接緩慢抬起。諾立領前，撒朗和莫妮卡尾隨，我殿後。鬼屋即使漆黑，仍然遮不住白晝強光，晃動的人骨裝飾和閃爍鬼燈沒有嚇到任何人，倒是諾立不時停住腳步，轉過身，以狼人之姿作勢撲來，嚇得撒朗和莫妮卡不斷尖叫。我們走出鬼屋，一路聽著音響中傳來的陣陣鬼吼恫嚇。我們都感到無趣，索性吃起免費贈送的糖果和巧克力。右側，幾位扮成《蝙蝠俠》中的小丑和《魔鬼剋星》中的白色鬼魂，都是從非洲和南美洲來的房務員。我們待在派對拍照，吃洋芋片、炸洋蔥圈和蛋糕。鬼屋中，除了工作人員和零星鬼怪之外，沒有出現什麼盛裝打扮者。下午兩點，我們打算離開，碰巧遇到另一群鬼怪，有喪屍、人魔、雪怪、女巫、吸血鬼和鬼娃恰奇等，是一群帶著調皮孩子一同前來參與派對的菲律賓人。菲人離鄉，經由四至五年房務員工作取得永居身分，定居加拿大，生下孩子，或將原居菲國的孩子接來新的國家。他鄉是我鄉。鬼屋內的參與者都來自世界各地的移工與遷徙者，慶祝不屬於自己國家的文化節慶。鬼氣重了，也熱鬧了，拿下面具，血色眼珠子無不青光閃閃。鬼怪到底是什麼模樣？難道必須跟電影《十三號星期五》中的面具殺人魔傑森一樣？諾立、莫妮卡和撒朗先行離開。諾立笑著說，要不要去真正的鬼屋？我知道諾立指的是工作地點。莫妮卡俏皮吐舌，要我煮一鍋南瓜濃湯。撒朗說，早知道就不要來了。我不知道撒朗的意思，可能她也和我感受到相同的空虛，甚至，感受到若有似無的孤寂。我在鬼魅派對多待了一會兒。日光傾斜，鬼屋設置的音響調大尖叫音量。會議室內的鬼怪隨著恫嚇音樂搭起彼此肩膀，扭腰擺臀，搖搖晃晃，像一列出軌失事的火車，穿行，推擠，解散，再默契搭上彼此身體。我感到分外疲倦，離開會議廳，戴著面具，披著披風，腳步沉沉走回宿舍。途中，我看見哈麓故從城堡飯店側門走了出來。換班了。我繼續踩踏碎石厚雪，穿過道路，委靡身子前行。另一群鬼怪毫無預警從宿舍中冒出，操著本地英文口音，朝向班夫市鎮走去，是啊，在地人都會特地休假參與朋友家中舉辦的狂歡派對，不會待在飯店與宿舍。我們始終不是在地人。

四點半，約好要幫哈麓故修理電腦。由於疲倦，我待在寢室內睡著了，好不容易放了一天假，是應該好好休息。醒來，已錯過邀約時間。我趕緊穿戴手套毛帽、揹著背包出門。哈麓故原本約好在Cascade宿舍下見面，但是已不見蹤影。員工宿舍的名稱都由鄰近山脈命名，我居於Tunnel，是一座如牛背彎駝的山。哈麓故居住於Bougeau，是另一座神祕的山。山與山，樹林瀰漫一股淒迷雪霧，一條條細長水流潛伏而過，我從中穿行髣髴四處尋覓。來到，聽到，停下腳步，透過窗戶看見卸下制服、一身輕便衣褲的哈麓故。屋內共四人，三女一男。一對老夫妻，一位年紀約莫五十歲的婦人以及哈麓故，都是從厄利垂亞來的移民。我敲窗戶。哈麓故興奮大喊我的名字，指向另一頭，告訴我前門位置。我尷尬走入房間，因為遲到而感到歉意。

哈麓故戴金色穗珠項鍊，綁紅頭巾，穿著帶有非洲傳統風味的鮮豔花色上衣，黑褲繡滿白銀碎鑽。哈麓故最喜歡紅色，因為亮麗、喜悅而且充滿朝氣。哈麓故說她在雪中等不到我，索性放棄了。我感到抱歉，拘謹脫下大衣，有些坐立不安。哈麓故要我坐在電視機旁的電腦椅上，急忙塞來一盤豐盛食物，怕我餓，一層英杰拉（Injera）灰大餅，上頭擺著由番茄、菠菜、青椒和小黃瓜做成的清爽生菜沙拉，佐以香辣馬鈴薯滷牛肉。我好奇地看著盤子上的食物。哈麓故看出我的疑惑，說英杰拉餅是他們國家最普遍食用的糧食作物，就像亞洲人喜歡吃的米飯。哈麓故說這餅皮可是她親手擀的，原料是一種稱為苔麩（Teff）的植物。苔麩磨粉，加水，放在蘆葦編織的圓扁容器等待發酵，食用時再拿來蒸，或者放入平底鍋輕煎，相當方便食用。英杰拉餅偏酸，濕潤，布滿氣孔，如切成細片的鹹蛋糕，是我從來都沒有食用過的餅皮，吃起來有些不習慣。哈麓故強調這種大餅相當健康。享用時不用刀叉筷子，徒手拿起餅皮包裹肉醬與沙拉。我一口一口仔細咀嚼，害怕做出任何不禮貌的行為。前些日子，哈麓故的膝蓋剛動過手術，開了刀，行動起來有些不便，起身或坐下必得撐扶櫃子或拐杖。哈麓故要我別客氣，說準備了很多食物，一定要吃得飽飽的。一旁的人也要我千萬別客氣，盡量享用，說讓客人吃飽喝足是他們重要的文化。屋子裡的其他人我都見過，一對老夫妻同樣在員工餐廳工作，男的叫約翰，女的叫貝茲。另一位婦人是碗盤洗滌員工，我從對話中得知她叫席拉。

我用我的語言思考，他們用他們的語言交談，我們的距離是一座山與另一座山，聳立、交會與碰撞。

席拉起身烹煮咖啡。

房間內都是老員工，之前我還跟約翰因為碗盤而有過小小爭執。

老邁約翰腆大肚，打飽嗝，起身抓起一把無糖、炒熟、無任何添加物的苔麩放到我的手心，說這是他們特有的點心。約翰怕我聽不懂，還特地示範抓了一撮苔麩放進嘴巴大口咀嚼。

電視正播放CNN新聞，貝茲指著螢幕上的人，說這是他們的總理。接著，約翰、貝茲和席拉便流利地說著他們的語言。過了一會兒，貝茲有些不好意思地說，真抱歉，還是用母語交談比較自在。我笑著，說沒關係。哈麓故在我餐盤的餅皮上多加兩大匙滷牛肉，要我吃，一定要吃飽。席拉用瓷白小盤盛裝繪有非洲部落圖騰的小杯子，端來熱咖啡。我連忙說謝謝。我吃大餅，喝濃咖啡，一邊聆聽異國語言，一邊注視房內裝飾。燈光黯黃，沙發椅上墊有紅、黃、橘、白、綠紋編織的厚質坐墊。一盆半枯萎的花。許多我不了解的樂器懸掛牆壁。牆角掛一幅舊照，是年輕的哈麓故穿著五顏六色的傳統部落服飾，非常漂亮。我仍然感到有些格格不入，想要修好電腦提早離開，但是巡視房間，只有發現主機，沒有螢幕，電腦和電視的螢幕相連著。

新聞的跑馬燈不斷重複播放，我在報導中理解房間內的人們在騷動、討論與嘆息什麼——那是一則船難消息。

約翰怕我無聊，用英文問我：「台灣什麼東西有名？」

貝茲輕拍約翰大腿，「你這笨蛋，華碩電腦啊。我最近想要買新電腦，特別注意到華碩這個品牌，不會特別貴，性能也不錯，聽說台灣的智慧型手機也很出名，是叫HTC吧。」

我點頭，想著該如何回應，或許就從天花亂墜的命名闡述開始。

HTC其實是Help Taiwan Civilization（救救台灣文明）、Hang The Colonialist（絞死殖民主義者）、Hold The Cock（抓住屌）、Hate The Chinese（仇恨華人）、How To Cum（如何高潮）、Habitually Take Cocaine（習慣性服用古柯鹼）等等縮寫。

哈麗故指著我：「等會兒要幫忙修理電腦，台灣人個個都是工程師，很熟電子產品，非常厲害。」

席拉說她之前有位中國室友，特別喜歡吃米飯，問我：「台灣人也愛吃米飯吧。」

我捨棄HTC，正式介紹台灣，說我們是一個海島，不大，人口約兩千三百萬，有高山，有平原，有海洋，從一八九五到一九四五年，日本殖民台灣長達約五十一年。不過，說到一半就啞住了，因為我赫然發現自己對台灣的歷史與文化如此陌生，不知該如何介紹，我對我所成長的來處原來有著莫大距離。

哈麗故說：「我也不知道該如何介紹自己的國家，不過，台灣一定是一塊好土地，神所眷戀的土地。」

我說我們有各式各樣的神，還有許多不同宗教信仰，有佛教徒，有道教徒，有傳統民間信仰，同時也有中國傳承過來的儒家文化。雖然盡量選擇簡單字彙，依然存在翻譯上的障礙，房間中的人們對於這些特殊字彙，並沒有任何可供想像的基石，我感到有些氣餒。

席拉提醒，咖啡快冷了。

約翰和貝茲說我是他們遇見的第一位台灣人，所以，我的模樣就是台灣的模樣。

真糟糕，我該去微整形的——腦袋瞬間閃過這個愚蠢念頭。

我不好意思承認自己對非洲國家不甚了解，雖然時而在電視上得知戰爭消息，不過不敢篤定那就是某個國家的現況。太遙遠了，以至於根本不願去理解與想像，對於陌生事物，原來我無知得如此跋扈。我說，我原本對厄利垂亞不了解，但是哈麓故讓我認識了這個國家，現在，我跟來自更多國家的人民處在同一個屋簷底下。

約翰說：「世界真大。」

世界真大，人真渺小，我們像是說著沒有意義的口號與格言。

約翰和貝茲離開了，席拉又遞來一杯道地非洲咖啡，接著也離開了。

哈麓故問我是否還要些大餅。

我搖頭。

哈麓故切了一盤蘋果和柳橙放在電腦螢幕旁。

我打開電腦，切換螢幕，幫哈麓故刪除不必要的暫存檔，移除不知何時安裝的惡意程式。一一檢視，詢問，最後讓電腦執行磁碟重組。接著，我幫哈麓故申請臉書和電子郵件。哈麓故的英文名字已經有人註冊，轉而登錄她姊姊的名字，只是沒幾分鐘便後悔了。哈麓故說：「我不想使用別人的名字。」隔了幾秒，哈麗故喃喃自語，嘆口氣，說用姊姊的名字也好，當作紀念。我沒有多問。我將帳號與密碼抄錄於另一張紙條，要哈麗故收好。哈麗故仔細摺疊紙條，塞進錢包。我隨意問起那則船難。

哈麗故緊咬下唇，低下頭，瞬間陷入沉默。

「請原諒我，如果我說了什麼不該說的話。」

哈麗故搖著頭。

我嘗試轉移焦點，不讓場面繼續尷尬。

「我的姪子可能正在那艘難民船上，我不確定，但是我知道這幾天他正要搭船去歐洲。」哈麗故皺著眉，眼珠子黯淡無光，「我匯了錢給他，然而現在，我不知道要怎麼聯絡他。我只能等，我希望他不要搭上那艘偷渡的難民船，即使他真的搭上了難民船，我也希望他能夠生還。一切都還是未知數。」

這是我從未關心的議題，一度，我以為這些事件與自身無所關連。

「船是從利比亞出發的，在義大利外海蘭佩杜薩島附近翻覆，可能是載了太多難民，船太沉了，也可能因為引擎過熱而起火，許多難民紛紛跳入海中。新聞說，已經有兩、三百人淹死了。沒有人救他們，因為沒有人知道他們的處境。其實，我很懷疑，就算知道他們所遭遇的苦難，真的會有人伸出援手嗎？我不知道，真的不知道該如何是好。只能等待，只能祈禱，我想我的姪子會試著打通電話或發封郵件，如果上帝願意眷顧他的話。不，上帝願意眷顧所有的人，即使是死者。」

我打開網頁，點入Google地圖，想要了解事件發生的地點。

哈麓故靠向我，雙眉緊絞，嘆息著，以極度艱澀的手勢指出如世界邊境的厄利垂亞。

「你知道嗎？要逃離我們的國家，必須先從厄利垂亞的邊境偷渡到蘇丹，再從蘇丹橫跨撒哈拉沙漠至利比亞，每個人頭的偷渡費要兩千五百至三千美元。接著，再從利比亞搭乘輪船橫跨大海抵達希臘，進入歐洲，船運的搭乘費用大約是一千六百美元。」

我在腦海中將美元轉換成熟悉的台幣。

「然而，費用不僅如此。在沙漠，是的，在撒哈拉沙漠，持槍的領隊與護衛隊還會取走我們的水、食物和錢，威脅我們聯絡在歐洲與美洲的親人，再匯兩到三千塊美元至指定戶頭。當然，並不是所有的難民都有待在國外的親屬，都有能力支付這筆龐大的勒索費，於是那些持槍者，那些狗娘養的可恨持槍者，便用酷刑凌虐我們，他們輪姦所有女性。有些持槍者還喜歡性虐待，不僅割下男子陰莖，還用槍管捅進女子下體。一些不服從的女性被輪姦後，持槍者還會用槍口抵住她們的陰道，往子宮內開槍。」哈麓故的身體與聲音都在顫抖，無助般握住我的手，指著沙漠，「就是在這個地方。」

我碰觸螢幕顯示的沙漠位置，不自覺感到喉嚨乾渴，雖然想要說些什麼表達同情與遺憾，卻一句話都說不出來。

這超出我的理解，遠遠超出我所能涵養的容忍與寬恕。

「如果沒有錢，他們就把我們殺掉。」哈麓故放開我的手，從上往下朝著自己的乳房與肚腹輕輕劃開，「剖開身體，變賣器官。」

哈麓故的臉極其扭曲，後退一步像是沉入回憶。

我趕緊關閉地圖，手中依舊殘留哈麓故掌心的冷汗。

許久，哈麓故才清醒過來，恍惚說著：「抱歉，我再幫你泡杯熱咖啡。」

「我才需要說抱歉，真的。」我顫抖，斷斷續續說著話，「生在台灣，或許幸運，卻像是注定被遺棄。我們停止戰爭很多年了，我們曾經強大，外銷許多塑膠和電子產品，不過現在，我們在痛苦中沒落，我們也必須要往外，像逃亡者，像流離者。我們很困惑，不知道該如何定義自己。為了生活，我們必須前往別的國家，近一點的前往日本、新加坡、大陸、越南和印尼，遠一點的，便是以打工度假方式前往澳洲、紐西蘭和加拿大等地，我們勤快，我們願意幹活，我們承擔一切，只是我們發現高等教育並不代表能夠擁有比較好的生活。有些人笑我們是台勞，然而為了生活，抵抗崩毀，我並不覺得這樣有錯，或者可恥，只是感到無奈。許多人來到國外就不回去了，因為即使當清潔人員、底層勞工甚至是性工作服務者，都覺得生活存在許多可能。我們在這裡工作，努力生活，同時，享有異地賦予移工者的權利，加班時有加班費，休假日擁有自己的時間。台灣是我們的土地，可是我們不再輕易信任土地上任何民選政權。島上的掌權者不再捍衛自由民主，不再注重人權，而是用各種口號與意識形態欺騙我們，我們生氣，我們憤怒，我們失望，因為發聲而受傷。我有很多朋友都離開了台灣，選擇假結婚，選擇跳機。可是那裡是我的土地，我來自的地方，如果可以，我想回去，走進人群之中——」

哈麓故一臉寬容，向有些激動的我靠了過來，「你知道嗎，當時的我，只是一位小女孩，我的姊姊帶著我逃離家鄉、國家與非洲；那時，我的父親和我的兩個弟弟因為動亂死去，我的母親為了籌錢，賣掉牲畜和家當，也把自己賣成奴隸。我記得母親緊緊抓住我的手，說：『離開這裡，永遠不要回來。』我一個人來到加拿大，每次下起大雪，我就想起大片大片的沙漠，好寂寞，好絕望。我的姊姊在沙漠中沉睡，像一株仙人掌睡在荒漠，睡在蟒蛇之中。那時候，我的姊姊狠狠將我推開，要我逃。我的姊姊說：『離開這裡，這裡有吸血和吃心臟的怪物，永遠不要回來。』這些鬼魅不僅僅會在夜晚出現，還會在光天化日之下行動，當然，他們長得跟我們一模一樣，不會奇裝異服。後來，我躲藏在歐洲各個國家，我和我的姊姊一樣，睡在蟒蛇般的男人之中，我告訴自己，永遠都不要回去。只是現在，我很後悔，當時我應該有辦法搖醒沉睡的姊姊，或者拿起刀子——」

「我真的很抱歉。」我感到某種羞愧，「相較起來，我確實幸運多了。」

哈麓故抬起頭，寬容笑了，「一個人要如何設身處地，想著另一個人的處境呢？這很難，我也做不到。於是，我不斷告訴自己，說服自己，不要沉溺自己的悲劇，苦難不是用來比較，我們始終擁有改變的能力。你知道嗎？逃亡是最後的決定，即使絕望，還是必須懷抱希望。後來，我才知道，耶穌橫跨紅海並不是事實，只是故事，而這故事有著暖和的溫度。選擇逃走的人們，無不背負教堂的基石，都可能是別人的光，因為他們經歷了漫長黑暗。這是代價，所以我告訴自己，不管如何，人還是擁有選擇。」

我們沉默了，因為一時過度吐露而深感尷尬。

哈麓故似乎想要透過往昔歷經的苦難，告訴我什麼，然而，平常對這類過度積極的言論感到反感的我，似乎無意間軟化下來。

「能教我游泳嗎？」哈麓故問我，「醫生說最適合我的運動是游泳，可以幫助膝蓋復健，讓大腿肌肉強壯起來。」

我點頭。

水療中心同時也管轄城堡飯店內的游泳池。

我們遇見諾立、莫妮卡和撒朗。

諾立垂頭喪氣回到工作場域，向撒朗和我抱怨，說今天開會時經理歐琪發下一疊列表，以後每日的清潔工作都要逐樣抽檢。諾立說，如果有更好的職位，他絕對馬上跳槽。撒朗工作多年，年假累積到十八天，她說同一種工作做滿兩、三年，最好轉調其他部門，不然太苦悶了。莫妮卡和我有著相同困惑，苦惱是否繼續留在加拿大。諾立、莫妮卡和撒朗苦著臉，推動堆滿毛巾的滾輪置衣箱巡視工作環境，我換上泳褲，做著熱身，等待哈麓故。

哈麓故非常靦腆，用兩條大毛巾嚴整覆蓋身體，羞羞怯怯走向我。

哈麓故要我不要取笑她，說她已經老了，身材不好。

我要哈麓故將毛巾放在躺椅，先做些暖身操，免得受傷。哈麓故十分羞赧，仍然用大毛巾遮遮掩掩，下水前，趁著沒人注意才快速拿下。水中，我們都是裸裎的。我拿了兩個漂浮板，示範該如何借助漂浮板的浮力支撐身體，踢踹雙腳往前滑動。哈麓故的雙手貼於漂浮板，嘗試踢水前行，然而哈麓故怕水，沒踢幾下便立起身，說怕嗆到。我再示範一次，提醒不要怕水，如果不小心嗆到也不需要驚慌，就當作喝水。哈麓故的臀部飽滿如駝峰，下半身相當豐腴，由於長時間缺乏運動，脂肪結塊腫脹。我嘗試拉著漂浮板，導引哈麓故前移，順著水流移動。我要哈麓故再試著放鬆，讓身體自然漂浮。哈麓故實在太緊張了，抱著漂浮板不肯放，好像一放手就會溺死。我問哈麓故，是否可以觸碰她的身體導引姿勢。哈麓故瞬間刷紅著臉，遲疑一會兒，最終答應了。我將漂浮板往前拉，潛進水中。我看見哈麓故因為年歲與傷害而遺留身體的諸多痕跡。我的右手輕輕扶起哈麓故的腰，接觸瞬間，心中產生細微震盪。一股漂浮的力量。往前。我將雙手貼在哈麓故的膝蓋和大小腿，導引踢水，使雙腿上下擺盪。往前，再往前。我的手和哈麓故的身體在水中碰觸，激起水花，旋起亮麗渦紋。我糢糢糊糊感覺到哈麓故皮膚底下曾經遭受過的種種美麗與殘暴，近乎屈辱，卻在我的眼前釋放一股嘩嘩嘩的強勁水流。哈麓故逐漸熟稔姿勢，嘗試放開漂浮板。我保持兩尺距離看顧。哈麓故閉起眼睛朝我游來，面露痛苦，卻又倔強抬頭換氣。哈麓故的指尖與手掌觸碰到我，卻不知立即停下，依舊踢水前行。我想我可以用身體承接哈麓故迎來的盲目撞擊，不過，心中深感恐懼。我急忙潛水下探，閃過身，拍擊哈麓故的肩膀善意提醒。哈麓故慌張起身，頭髮披散臉頰。我感到十分抱歉，因為我知道哈麓故在水中哭了，而哈麓故撥開頭髮，對著我親切笑了。她成功踢水前行，囁嚅說著：「能游到岸上的，絕對能做到。」

我們再次練習，從岸至水，從水至岸，突破遙遠邊界。

上岸，哈麓故再次用大毛巾包裹下半身，不過比之前自在，只用一條毛巾遮蓋身體。

離開泳池，沐浴完畢，重新穿上厚重保暖衣物。我們收斂面容，站在城堡飯店的側門前，哈麓故突然從左側口袋掏出一張二十元加幣，說是修理電腦的費用。我連忙拒絕，說自己才要付晚餐費呢。我微笑，一股衝動讓我忍不住上前擁抱了哈麓故。哈麓故有些驚訝，身體僵硬，最後張開雙手，包容我稚幼舉動。我們的頭顱枕在對方肩膀，非常舒服，內心彷彿都在顫抖。我們渴望親吻，但是我們並沒有親吻彼此溫熱的脖頸，回到適切距離，不再交換呼吸。

哈麓故笑了，「每當我望向窗外，我都會想起死去的家人、不知去向的母親以及睡在沙漠中的姊姊，他們都是巨大的仙人掌。**雪地和沙漠一樣，好寂寞，好絕望，可是我必須相信裡面有著生機。**」

我不知所以地感嘆，「沙漠的仙人掌就像雪地中的冷杉。」

哈麓故努力壓抑什麼，望來迷茫的渴望眼神，「天氣冷，要不要再去宿舍吃些水果，我早上剛剛買了新鮮的藍莓，很甜很甜喔。」我還沒回話，哈麓故忽然不好意思了起來，低下頭，別開雙眼，充滿唐突與羞赧尷尬微笑。「房間亂，還是算了，明天還要上班呢。」哈麓故陷入某種隱晦沮喪，向我道聲晚安，祝福我有一個愉快的夜晚。

我想說些什麼，隱含抱歉、挽留與愛惜的字句，卻始終沒有再次開口，我畏懼著愛。

影子承接沉甸甸的雪。

從城堡飯店的側門走回員工宿舍，金屬質地般的雪與呼吸細膩融和，腳步踟躕，不時聽見錯落的尖叫與歡愉聲，會議中心門口的大樹布置水晶碎鑽般的燈光，鬼魅睜開雙眼。異鄉人在黑暗中盲目追逐，滿地的爆米花化為被敲落的牙齒。外頭冷，真冷，大地再次吸納大雪，溢出蕭瑟，我在背包中翻找外衣，卻只找出吸血鬼黑披風。面具糊了，五官攪和成團，我的眼睛、鼻子、嘴巴和耳朵冷得發燙，脖子和頭顱輕微斷裂。空氣冷峭，我清醒著，卻無法妥善控制意識，一古腦墜入人與人之間歧異翻譯的困境，我告訴自己，披上吧。

何其漫長的一條路，大雪有了鏽蝕之色，我必須下定決心，走進人群，寫下困惑，記錄正在發生的歷史。我踩著雪，雪下是冰，再多些人繼續踩踏，冰層也就融化成水。我想起身邊各個族裔朋友，想起熱帶與副熱帶，以及想起晨早寫給中田秀樹的折摘詩句，大雪掩埋字句，只能恍惚記起幾個滾燙靈魂的字詞，我所喜愛與寬恕於我，彷彿時時斲傷，刻刻修復。一世不過一日，苦痛在親愛間剔透成慰藉，詩文中有火、霜雪、時序、大路、高山與后土，也必定包含植蔬、掘井、家庭、支持、公平、欲望、痛苦、正義、摯愛、罪惡與神，這些字詞、情感與投射的精神，恆常護衛不同族裔的未來。

我沒有走向員工宿舍，而是轉過身，朝向黝黝暗處移動，從最黑暗的地方往外望去，世界便顯得明亮。晨光如此遙遠，早已離去，慶祝一日將盡般帶著所有的豐盈與殘缺離去，近乎毀滅，卻又眷戀。我在足跡之外的空白處思索，時而低頭，時而頓足，魂魄徘徊佇立，守候著，像在回望中度過回望，在死亡中度過必然的死亡，不論歌誦，不論悔恨，不論早已面目模糊——我必得行走。

In the end

「Hey dude，要不要抽根菸？」

初次和森說話，是在城堡飯店右側後方的隱密側門，員工時常偷空聚集在那裡抽菸，聊天，排遣時間。偶爾，森會出現在員工餐廳，戴頂白圓帽，穿著沾滿奶黃、榴紅、莓紫汙漬的白衣黑褲硬質制服，腳蹬一雙圓頭防滑廚師鞋，喝杯美式咖啡提神。椅子尚未坐熱，咖啡未罄，森便將餅乾塞回褲袋，腳步匆促返回中央廚房。

幾次休假，正好在宿舍廊道遇見，索性偕同去西夫韋超商添購生活物品。

森是香港人，三十出頭，卻已滿頭白髮，看上去足足比實際年紀多上數十歲。黃皮膚，國字方形臉，眉型尖聳，腮幫子鬍碴始終像是撒滿黑芝麻，小耳朵緊貼頭顱，個子不高不矮，身材壯碩，手臂因為工作關係而爆出青筋。九七，香港回歸，當時森年紀還小，懵懵懂懂跟隨憂心忡忡的父母移民加拿大，定居溫哥華北岸。

森會說流利的中文、英文、廣東話和一些基礎台語，不過平常不多話，個性內向，十分謹慎，雙眼隱藏慧黠，具有都市人特有的精明。森說，從小怕生，不知要和別人聊些什麼，也不太懂得掌控說話氣氛，乾脆閉嘴，反正尷尬久了也就不再尷尬。森看起來非常嚴肅，一股憂鬱揮之不去，習慣低頭蹙眉，沉思什麼，時間在他的身上總是緩慢，湖水表層逐漸凝凍的那種緩慢。

我們默契走至樹蔭底下，森在下風處抽菸，我在上風處休息，兩人從不積極炒熱氣氛，離開時，舉起手向對方打聲招呼，就算有了交代。森不曾口出惡言，不會隨意發表意見，尤其當話題關於各種人事的評價、批判與論斷。

「你這傢伙真是悶葫蘆。」我說：「總有一天會悶壞的。」

森露出拘謹笑容，「不好意思，如果沉默造成你的困擾。」

「有時純粹想要聽聽你的想法。」

「我討厭說話，我知道這樣子對社交不好，不過不知道要如何改變，也不太確定是否喜歡改變。」森嘆口氣。

「做自己就好，你說太多話，我聽了還會覺得煩。」我半認真說著。

森點頭。

我們深吸口氣，凝視遠方靜止的連綿山脈。

森輕輕哼歌，是一首節奏強烈、語速略快的歌。

一時之間，恍神了起來，我一直以為森喜歡的歌偏於抒情，例如藍調，或是古典，然而從森身體之中湧出的歌，竟然擁有某種生猛野性。音調略低，結繭沙啞，充滿不安躁動，如同石子互擊的陣陣響脆。曲調熟悉，只是腦海一時無法浮現歌曲名稱。我喜歡森的聲音，也覺得自己會喜歡這個戒慎恐懼的古怪傢伙，我們之間有著適當距離，不遠不近，能夠感覺對方善意的那種妥善距離。

森的眼神隱現落寞，透過抽離般的冰冷調性，安安全全注視自己，審視這個世界。

「為什麼你唱歌的聲音那麼低沉？」

「我也希望自己的聲音聽起來高昂一些。」森低下頭，「真是抱歉，如果我唱歌的聲音造成你的困擾。」

我皺起眉頭，「這位雞巴王，是你雞巴毛的道歉一次一次雞巴了我。」

「我還是閉嘴好了。」森搖頭嘆氣。

森的衣著風格相當樸實，顯得單調，一頂竹編漁夫帽，灰棉上衣，深藍直筒牛仔褲，一雙磨損褪色的黑白愛迪達運動鞋，同一套衣物可以重複穿上一整年的苦行寒傖。森不在意衣著，卻十分注重禮節，每次見面，都用紙袋裝滿各式薑餅、奶油餅、巧克力餅、杏仁餅和蔓越莓燕麥餅，準備同朋友分享。森先致歉，說餅乾碎了，不好看，雖然是用剩餘的材料做的，不過還是一樣好吃。

我們都要森不要張口閉口就道歉。

「不好意思，我會努力改進。」森說。

有時，我實在受不了，森會在說任何話、做任何事情之前，都先低頭致歉，彷彿存在本身就是嚴重錯誤——唉，為了道歉而活著的愚蠢傢伙。

我聽姜說森偷偷交了女友。我們實在好奇，不知道森這種羞澀畏縮個性，到底如何和女友相處。姜說，他在卡加利市區的百貨公司遇見森，那時森正在挑選麋鹿玩偶，以及大型玩偶裝，想要送給女友當生日禮物。我傳送簡訊，說森真是他媽的王八蛋，生孩子沒屁眼，不夠義氣，交了女友都不跟大家說。森沒有回覆，我也沒有注意到森不知不覺消失了好幾個禮拜，後來森回傳訊息，表達歉意，主動邀約吃飯。

森坐在餐廳角落，看見我時立即起身，遞來裝著奶油餅乾禮盒的紙袋子，「多買了，我一個人吃不完。」

「你這人渣跑去哪裡鬼混？」我右手握拳捶打森的肩膀，「還以為你失蹤了。」

我們坐下點餐。

森收斂面容，想著該如何回話，「我請了長假。」

「去哪裡玩了？一定跑去搭訕馬子。」

森摘下帽子，露出三分頭。

「這髮型真帥，乾淨俐落，像是阿兵哥。」

「原本想去看極光，後來臨時取消了。」森的眼神黯淡下來，「有時候想要踏出去一步，都覺得好難。」

「不會一直待在宿舍吧？」

餐點來了。

「我也時常會這樣，很想出門，又覺得疲倦，最後待在家裡什麼事情都沒做。後來去了哪裡？」

「皇家泰勒恐龍博物館（Royal Tyrrell Museum）。」森在泰式雞肉炒麵上捏擠檸檬，「我去看了恐龍。」

「那地方我也想去，之前看雜誌介紹過，博物館外面有惡地峽谷，館內還有很多遠古化石。我不是什麼恐龍迷，不過走在長毛象、爬蟲類和恐龍化石之中，應該是個非常特別的經驗。」

森放下被擰壓的檸檬，用餐巾紙擦拭雙手，注視著我。

我以為自己無意間說錯了話，正想學著森的習慣鄭重道歉。

「走在化石之中，讓人挺難過的。」森一臉憂傷，「某個世界就這樣無緣無故消失了。」

我看著森認真的表情，想著該如何胡亂回應才好。

森低下頭，如同做錯事的孩子，「我似乎搞壞了氣氛。」

我故意扯開話題，「我以為你和女友跑去參加郵輪性愛派對。」

「我沒有女友。」森用堅定的語氣說。

我們沉默一段時間，各自享用餐點。

「對了，Sam這個英文名字怎麼來的？」我開啟新的話題。
「跟我的姓氏有關。」
「你不是姓林嗎？」我在泰式雞肉炒麵擠上檸檬汁，添加碎花生，用筷子均勻攪拌。
「你不覺得林這個字有些寂寞？」森抬起頭，「我喜歡森這個字，三個木聚在一起，像個家庭，溫暖多了。」
「這樣子比較起來，木這個字更寂寞吧。」
「木這個字很獨立，感覺自己就可以活得很好。」
「可是兩個木站在一起，會成為夫妻樹啊。」我調侃。
「兩個木站在一起，才會讓人擔憂，因為不知道什麼時候對方就會消失。」
「三個木會比較好嗎？筆畫很多，簽名時很麻煩的。」
森搔著額頭，「寂寞是寂寞，不過至少是三根木頭的寂寞。」
「真是奇怪的理由。」我皺著眉，搖搖頭，「有人說過你是很奇怪的人嗎？」
森有些尷尬，「因為從來沒有什麼朋友，所以就連被說奇怪的機會也沒有，我不討厭這種奇怪，當然也說不上喜歡。」
「我想我大概知道那種感覺。」
「什麼感覺？」森有些疑惑。

「在化石之中行走的感覺啊。」我望向森，「好像可以撫摸時間的形狀。」

「你覺得那是什麼形狀？」森十分好奇。

我歪著頭，抓搔下巴，思考了一會兒，「可能跟死亡的形狀有點像。」

森挺起脊梁，極其慎重看著我，像是準備討論嚴肅的人生哲學，「嘿，你知道『聯合公園』嗎？」

「廢話，我又不是石器時代的猿人，我很喜歡主唱嘶吼的聲音，歌曲有很強的節奏性，充滿暴力，彷彿裡頭藏著怪物。」

「我也很喜歡查斯特（Chester Bennington），每次聽他唱歌，都讓我感到平靜。」森說。

「那種平靜，就像行走在恐龍化石之間的感覺。」我說。

森抬起頭，久久望向遠方，靈魂暫時離開身子。

我沒有打擾森，繼續低頭吃麵。

「真是抱歉。」森跋涉而回，面有愧色。

「神經病，沒有什麼好道歉的。」我握住冰涼的玻璃杯，咕嚕咕嚕喝著水，「我不喜歡一直說話，安安靜靜比較舒服。」

我們對彼此不必要的歉意都感到有些難為情。

一日，我獨自走向高爾夫球場，在弓河右岸的叢密冷杉林木散步，遠遠的，看到有個熟悉身影坐在樹下，那是森。森的面容與平常不同，更加嚴肅，顯露歷經日夜鏖戰之後的倦容。我逕自來到他的身旁，喊聲兄弟，親切攬住他的肩膀。森沒有露出吃驚表情，眼神落寞，繼續沉溺難以言喻的抑鬱之中。我沒有刻意耍寶，靜靜等著森開口，同時並不期待森真的開口，我有種感覺，彷彿知道森所說的話語將會重重打擊著我。

我感到危險。

「你有沒有殺過人？」森脫口而出。

我的頭皮發麻，身體顫抖了起來，懷疑自己到底聽到了什麼。

「Dude，我想我嚇到你了。」森用低啞的聲音說。

「你是認真的嗎？」

森點頭。

我嘆了一口氣，「沒有，不過我不能保證未來的我，會做出什麼事情。」

「很多時候，我覺得自己似乎殺了人，於是才會被遣送出境來到這裡，像是懲罰。不過，殺死一個人到底是怎樣的感覺？不是拿著刀，捅進別人腦袋那麼戲劇化，我覺得殺死一個人，比較像是在某個人心中，無緣無故長出另一個人。」一層陰翳遮蔽森的雙眼，「抱歉，現在的我，很想殺人，能不能暫時讓我一個人就好。」

我看著森，沒有回話，愣愣起身。

森勉強露出極其不自然的微笑。

「我走了。」我站立原地一會兒，接著慢慢退去。

「謝謝，你幫了我很大的忙。」

森的話語牽動著我，使我戰慄，驚惶，解體，那刻意被壓抑、被文明規範、被溫情主義控制的我，始終不敢真正凝視渴求死亡的強烈欲望。我能夠欺瞞別人，卻無法真正欺瞞自己，是的，我也有想要殺人的衝動，摧毀一切，只是我不敢承認。從另一方面而言，或許我早已間接殺死許多人，將他們分屍，烹飪進食，逐漸消化。死亡於我，始終存有一股異奇吸引，就像墓碑上的草苔迷戀水氣，蚊子迷戀鮮血，父母迷戀新生的嬰孩。

我想殺死自己。

我轉過身，壓抑想哭的衝動。

能不能暫時讓我一個人就好——

我們照常忙碌工作，見到面閒聊幾句，偶爾約出來吃飯。

森思考時，兩顆眼珠子會骨碌骨碌轉動，他老早就對許多事物懷有獨特看法，然而每當開口，卻往往剎那止住，有所顧忌，寧願別人覺得他是一位被割去聲帶的啞巴。有時，我會故意說些激烈、胡謅、亂七八糟的話語，例如，真他媽的，每天幹得半死不活陽痿脫肛，薪水仍然遠遠低於貧窮線，乾脆辭職好了。例如，你們西式糕餅師傅的薪水真高，不用像我們忙成一頭被榨乾的母牛，沒奶可擠還會被送進屠宰場。例如，下次我們一起來裸體罷工，爭取員工福利。例如，我們來舉辦一場吸食古柯鹼比賽如何。例如，走，我們一起去嫖妓，還是你比較想要被嫖？

「我親愛的兄弟，抽根菸冷靜冷靜。」森會看著我，透過平靜語氣一一安撫，彷彿知道我正在搞什麼鬼。

後來，日子無端掀起波瀾。

聖誕節前一個月半，西式糕餅部門接獲指示，除了每日既定工作之外，還要製作以班夫費爾蒙特城堡飯店為雛形的大型薑餅屋，高兩尺，長四尺，深褐主體，用楓糖漿、肉桂粉、肉豆蔻、彩珠球和彩繪蛋白糖霜細心裝飾，是不折不扣的大工程，得耗費許多心力。西式糕餅部門預計在節慶前兩個禮拜，將薑餅城堡正式擺設大廳，提供客人拍照留念。三位年輕西點師傅共同參與，分別是森、安東尼和克勞蒂亞。那陣子，森承受極大壓力，匆匆忙忙吃完餐點，喝杯熱咖啡，繼續趕工，幾乎沒有什麼時間休息。然而，計畫始終趕不上變化，薑餅城堡在聖誕節前三天才勉強竣工。

我們輾轉得知，原來森情緒失控，將近乎完成的薑餅城堡徹徹底底砸了個稀巴爛。

西式糕餅部門有數十位員工，森和克勞蒂亞三月就職，安東尼則是五月新進員工。安東尼二十出頭，法國人，巴黎藍帶廚藝學校畢業，個頭超過一百八十公分，個性高傲，有些目中無人，憑仗文憑，批評加拿大的糕餅製作技術過於落後，仍然處於中古世紀。安東尼時常遲到早退，喜好抱怨，要求森幫他打卡。森和克勞蒂亞輪流帶著安東尼熟悉工作，安東尼會在克勞蒂亞面前數落森，嫌棄森，說森製作糕餅的流程不符合國際標準，技術差，動作比蝸牛還慢。這一切，森都隱忍下來。後來，當安東尼得知西點師傅的薪資差異後，便愈加放肆，口無遮攔，工作馬馬虎虎，烤出來的蛋糕經常不符標準，不是過於焦黃，就是蛋白沒有完成打發，導致糕體塌陷。

安東尼說：「沒什麼好稀罕，我不缺這份乞丐工作。」

森努力加班，趕工製作薑餅城堡，然而即使日日工作超過十二個小時，進度依舊慢了。

一日夜晚，森吩咐安東尼幫忙製作蛋白霜，雞蛋、糖粉、檸檬汁和蛋白霜粉等材料都已備好，只須分次加入，讓攪拌器運轉即可。

安東尼打著呵欠，穿起大衣，假裝沒有聽見。

克勞蒂亞嘆口氣，低聲咕噥：「算了，別指望了，反正他只是個Annoying Orange Baby（發布於Youtube的系列惡搞短片，中文翻譯為《柳丁擱來亂》）。」

森再次叫喚。

安東尼拿一個紙袋，裝了幾塊杏仁燕麥餅當零食。

森提高音量：「你到底有沒有聽見？」

安東尼停下腳步，看著森，用左右食指，分別按住兩側眼角往外扯動，使眼眉細長如瞇眼，吐出舌頭，搖搖頭，隨即轉身離去。

森的胸膛劇烈起伏，發出沉重呼吸聲，內心突然爆裂，一股憤怒從頭頂傳至腳底，雙手不知不覺抓起剛剛發酵的麵團，發了狠，往薑餅城堡用力砸去。

克勞蒂亞驚呆了。

森繼續拿起擀麵棍、鐵盤、勺子、湯匙與手動攪拌機瘋狂猛砸。

中央廚房的西點師傅、西餐師傅與餐飲服務生聽見聲音，以為發生意外，不約而同聚攏觀望。

克勞蒂亞急忙向前阻止。

森雙腳癱軟，在壞毀的薑餅城堡中爬行，將碎裂的餅乾、糖果和巧克力一口一口塞進嘴巴，眼眶湧出汩汩眼淚，滑過臉頰，最後與嘴唇的染色巧克力相混。

西點老師傅驅散人群，彎身撿拾器材，「別看了，愣在那裡做什麼，快來收拾。」

老師傅和克勞蒂亞左手持拿黑色大型塑膠袋，右手撿拾破碎的薑餅城堡。

「回去休息吧。」老師傅拿起白色餐巾擦拭森的臉頰。

「對不起。」森兩眼無神，臉色蒼白。

「我老早就看這薑餅城堡不順眼，每年搞東搞西一堆鬼主意，都快被煩死了。明天交給我報告，再做一個就好，沒什麼大不了。」老師傅說。

「我會辭職。」森低聲囁嚅，顫抖起身，知道自己犯了大錯。

「肏你媽，明明是酒醉的客人胡搞瞎搞，關你屁事，給我滾回去，洗個熱水澡好好休息。」老師傅的語氣不容質疑，「明天早上準時上班，聽到沒？我們要做新的、更好的、更大的薑餅城堡，你這渾蛋給我打起精神。人力不夠的話，我會叫路易斯湖城堡飯店那群沒事幹、整天只會看Pornhub的傢伙過來幫忙。克勞蒂亞，你先陪森回去，這裡交給我。」

「真的很對不起。」森失魂落魄說著。

「婆婆媽媽煩不煩，快滾。」老師傅揮揮手，要兩人離去，「媽的，耳朵塞滿耳屎沒聽見啊，真是大少爺，要我踹你才肯走嗎？」

隔日，人力資源部門介入調查。

森留下來繼續工作，安東尼轉調西餐部門，沒有人被記過，也沒有人被開除，這件事情被壓了下來。

週日傍晚，森傳來簡訊，相約酒吧聊天。

工作結束之後，森臨時打來電話，說已經買了好幾打啤酒，改約宿舍。

我們同住單人宿舍，我住三樓，森住四樓，平常各過各的，不會無緣無故打擾對方。宿舍的格局雷同，四張榻榻米大小，地面鋪設厚質地毯，房內有木椅、方桌、衣櫃和靠窗單人床，與隔壁房間共用盥洗室。森的房間非常乾淨，棉被齊整摺疊，桌上擺放幾本烹飪書籍和旅遊雜誌。我們坐在方桌兩側，一口一口啜飲啤酒，三言兩語說著工作的苦悶，說著人與人相處的難處，說著香港九七之後的劇烈變化，說著西藏達賴喇嘛逃至印度達蘭薩拉的流亡政府。我不擅飲酒，喝了幾口啤酒，整張臉瞬間泛紅。我們再度沉默，而在相互信賴的無聲之中，隱然羼雜騷動，堅硬的內殼沿著一條一條紋路漸次破裂。

森起身，再度遞給我一罐啤酒，用圓盤裝了馬芬蛋糕。

「特別的口味喔。」森收斂表情，「我親自烘焙的，嘗嘗看。」

我拿起蛋糕仔細嗅聞，除了一股香醇奶油之外，還有淡淡的楓糖與藥草味。

森看出我的疑慮，「很早之前買的，沒抽完，索性做成蛋糕。」

「原來你有在抽——」我放下蛋糕。

森的腦海正在搜尋合適字詞，「我知道這不合法，只是很多時候，我沒有辦法克制自己。」

「我沒有責怪你的意思。」

「唉，又搞砸了。」森低下頭，肩膀坍陷，伸手想要收回裝滿蛋糕的圓盤。

「我以為像你這麼謹慎的人，不會碰草（Weed）——讓我試試看吧。」我咬了蛋糕，搭配啤酒，「在台灣和大陸，大麻還是毒品。」

森拿起另一塊巧克力馬芬蛋糕，細細品嘗，像是牛犢低頭嚼食沾滿露水的青草。

我再度咬了一口蛋糕，奶油和藥草的味道均勻調和。

我們太習慣安靜，以至於喉嚨發出自己都不自覺的聲音時，恍然間受到驚嚇，那並非是草葉藥效，而是類似受創者的相互理解。

「我從國中就開始抽大麻。」森以怯懦的眼神看向我，似乎害怕我會隨時轉身離去，「一位香港朋友帶大麻菸來家裡慶生，我試抽幾口，覺得挺舒服的，並不討厭。讀高中大學，我抽得最凶，那時候，我真的好恨好恨這個世界，是那種想要藉由毀滅，狠狠唾棄世界的那種恨。」

我平靜看望桌燈後方的森。

「我不知道為什麼要跟你說這些。」森一口氣吃下半個蛋糕，吸吮手指，「我從來沒有跟人說過，應該說，我沒有勇氣開口。來到這裡，很多人都會問我，你覺得自己是中國人嗎？說真的，實在有夠煩，這真是愚蠢無比的問題。我是中國人或我不是中國人到底有什麼他媽的重要？我就不能純粹當個人嗎？現在，我已經不去想這種事情。我還記得，高中有一天放學回家，當我走在路上，整個人忽然無緣無故恐慌了起來，我發現自己沒有地方可以回去，無法回到香港，也無法在新的土地扎根。國籍什麼的沒有太大意義，應該說，國籍對我而言，像是某種塑膠製的米飯，可能成為我的一部分，也可能成為隔天的排泄，不管怎樣，兩種都讓我生病。我學著不去在意，只有這樣，才能說服自己繼續活下去。」

我想要說些什麼，關於自己的疼痛、反抗與精神近乎被剝奪的過往。

「那是剛剛進入大學的事情，我知道很多新生都被惡整，不過為了保住顏面，我們都忍了下來，只當那是一場遊戲。」森狼吞虎嚥吃下另一塊蛋糕，透過進食，填補內心的飢餓，「半夜，我躺在學校宿舍的單人床上，睡睡醒醒，聽見一群人由遠而近吵吵鬧鬧跑來，打開房門，接著我忽然發現自己全身都被壓住，動彈不得。他們用毛巾裹住我的嘴巴和眼睛，不讓我發出聲音，用粗麻繩緊緊捆綁我的手腳，把我扛到宿舍頂樓。可能有六、七個人，他們褪去我全身衣褲，嘲笑我，說亞洲人的屌實在小，連路邊野狗都比不過。他們剃光我的頭髮，扒開我的雙腿，用打火機燒光我的陰毛，用紅色簽字筆在我的身上寫著：『死猴子，滾回你的赤色動物園。』」

我看著情緒激動的森，身體不由自主顫動了起來，「我很抱歉。」

「我一直被綁在宿舍頂樓，直到隔天早上，才有人發現了我。」森以冷漠雙眼望向我，「我以為我會生氣，但是沒有，我知道那只是一場無理取鬧的迎新活動，反正我也習慣了，必須假裝沒有這回事。隔沒幾天，我在學校共享的網路資源看到短片，臉被遮住了，不過還是一眼就認出自己。我看見戴著死侍、小丑、蜘蛛人、V怪客面具的人脫去我的衣服，搧我巴掌，嘲笑我的身體，玩弄我的乳頭。我否認，抵抗，詆毀一切，然而沒有用，全校學生都知道那位可憐兮兮的傢伙就是我，他們用好奇卻又同情的眼神看著我。我戰戰慄慄擠出微笑，說：『脔你媽的，那不是我，我的屌大多了，比發春的馬屌還粗呢。不信的話，我脫褲子給你看。』我陸續在網路上看到好幾則短片，遭殃的都是亞裔學生。後來，我決定休學一年，復學後讀了兩個月，再度放棄。」

我想要給森一個友善的擁抱，輕拍他的肩膀，卻又擔心自己過於魯莽。

「我喜歡大麻，以前我還吸過安非他命，不過安太貴了，副作用也大，沒辦法長期使用。」森喝了啤酒，臉頰、脖頸和身軀逐步泛紅，「我也不想深陷其中，只是太絕望了，像是自己想不起來曾經在香港生活過的那種絕望。真是非常奇怪，明明是快樂的日子，卻什麼都不剩。或許，是我刻意遺忘，抹上厚厚石膏封存記憶；當我想要找回過往，卻發現石膏太過堅硬，打不破了。香港有句話，叫『行得快，好世界』，我沒想到原來離開之後，想再回去，就難了。」

我開始有些頭暈，眼神迷離，肩膀自然下垂，森的話語若遠似近。

「我太自私了，一口氣把以前的事情統統說了出來，沒有考慮到你的感受，一定給你造成很大的壓力吧。」

「你願意對我說這些，我很高興，這需要很大的信任，只是我不知道要說些什麼才好，說實在的，放縱有時是不得不的紓壓。」在森的身上，我著實看見殘缺、扭曲、逐漸被掏空的自己，「很多時候，我也會無緣無故覺得絕望，想要殺死別人，更想要殺死自己。後來，我覺得疼痛是好的，讓我有活著的感覺，就像嘴巴啃著碎玻璃，用刀子削去皮膚，一次一次掀開指甲，可是總不能這樣一直痛下去啊。我害怕總有那麼一天，失去控制，真的動了手。我不知道該怎麼做才好——」

「我了解。」森露出難得、熟悉、親切的微笑。

我嘗試安撫紊亂的情緒。

森起身，身子搖搖晃晃走至檯桌，打開電腦播放音樂。

想起來了，這是我極為熟悉的音樂，演唱者高亢嘶吼處於崩潰邊緣，聲音帶有受創者的煎熬，盈溢難以痊癒的苦痛。充滿力量，彰顯殘暴，透過身體無法克制的震顫予以自縊、贖罪與滌洗——這是我極其喜愛的樂團「聯合公園」。森的眼神充滿迷幻似的憂傷，勾動我，如一面鏡子，讓我看見那以為沉默、容忍、忽視就能解決一切的自己。我因為音樂而動情，心有所感，腦海聽見遠處蕩蕩悠悠傳來溫柔聲音：「別放棄，不被愛的人，依舊值得被愛。」

我們專心聆聽歌曲〈In the end〉，在極力嘶吼之中緩慢放鬆下來。

森張開嘴巴，哼唱小調。

我跟著輕聲哼唱。

我們沉浸音樂，讓某種奇異力量四處迴旋。

「你知道查斯特發生的事情嗎？」

我搖頭，「我喜歡聽歌，但是沒有長期追蹤歌手動態。」

「查斯特是亞利桑那州鳳凰城人，他小的時候，父母就離婚了，所以成長階段時常獨處。」森拿起另一塊蛋糕緩慢咀嚼，「他的父親是位警探，因為工作忙碌，沒有時間陪他。他在很小很小的時候，就遭到一位大哥哥性侵，而且性侵時間長達七年，我不知道他是怎麼活過來的，如果是我，早就拿刀捅人。」

我凝視森那張平靜卻充滿憂鬱的面容。

「當時，他沒有告訴任何人。」

我低頭思索，感到奇怪，為何生命始終讓我們不堪，如同沾染罪惡不可饒恕，只能沉默，然而選擇沉默，卻會造成更進一步的傷害。

「說出實話，需要很大的勇氣，我們總是覺得會失去一切。」我說。

「查斯特害怕別人認為他是同性戀，所以一直隱藏這件事情。同性戀沒有什麼大不了，只是整個社會，都讓人覺得這是一種天生的犯罪。相較起來，否決他人的意識情感，才是真正的犯罪。那種否定，比殺戮還要恐怖。」森的眼神有些張狂，潛藏難以控制的怒意。

真正的犯罪——我在心中複誦這幾個字。

「我可以理解查斯特的感受。」森深嘆口氣，「大多數的人類都是愚蠢、可悲、令人厭惡的畜牲，我也是，只有經歷同等或更大的傷痛，才能長出罌粟籽大小的同理心。」

「喝吧。」我無頭無腦說著。

「寬容自己，不代表要原諒對方。當查斯特鼓起勇氣，主動揭發，才知道當初性侵他的人，也是遭受性侵的受害者。查斯特撤銷了告訴，只是那些傷害從來就沒有消失，潛伏暗處，隨時都可能張牙舞爪跑出來，一次又一次粉碎你。」

查斯特持續嘶吼，我們是永遠無法學會寬宥的亡魂。

「我一直活在記憶之中，也只能活在記憶，不斷目睹被摧毀的當下——我殺死了自己。」森的笑容有著被詛咒的感覺，「有些人選擇隱藏，讓時間沖淡一切，不過我沒有辦法，我很努力，真的非常努力，仍然失敗了。或許，是因為恨。我不恨傷害我的人，不恨愚蠢的國族主義，我只恨我，恨我來的地方，恨我被生了下來，被犧牲，被玩弄，因為離去而遭受譴責。我是個蠢蛋，因為我當不了聰明的人，我從來也就不想當聰明的人。」

「嘿，兄弟。」我的聲音長繭沙啞，「離去不是罪，我們都是流亡者，來自非常遙遠的地方。」

神以文字驅逐我們，我們以文字還原自己。

森睜著一雙疲憊雙眼，看著我，彷彿歷經無比漫長的探索。

「我相信每一位流亡者，都有各自的宗族、圖騰與信仰，就像森林擁有各自的岩石、河流與生物。」藥效發作，我不知不覺放慢語速，甚至無法掌控腦袋，說出濫情話語。

森發出戲謔般的無奈笑聲，不知是蔑視或釋懷，起身，走至衣櫃，從層層疊疊衣褲底端拿出什麼，「一起來試試看吧。」

兩套毛絨絨玩偶裝。

「我去百貨公司購買時，正好遇見同事，不知道要如何解釋，只好說是買給女友的生日禮物。」森有些苦惱，「真是抱歉，我說了謊。」

「是我們喜歡胡思亂想，無聊的生活總是需要棒棒糖般的八卦。不過，為什麼要買玩偶裝呢？」

「因為可以當熊。」森的語氣有些興奮。

「熊？」

「你知道Forebear這個英文單字嗎？如果拆開這個字，Fore是在什麼之前，Be是存在狀態，後綴Ar代表人，這個字的意思是『祖先』。只是我喜歡將這個字拆成Fore與Bear，也就是古老的熊。」

「我一直將Forebear想成Four Beer（四罐啤酒）。」

「當一隻自由自在的熊，是一件幸福的事情。」森將玩偶裝放在桌面，「有黑熊和棕熊，選一個吧。」

「我原本以為你會拿出皮鞭、蠟燭與自慰棒。」

我選擇了黑熊裝。

我們圍繞桌燈，如圍繞劈啪作響的柴火。

窗外深沉雪霧，高山冷杉幽暗隱身，森說：「你有沒有那種感覺，好像隨時都能愛上身邊的陌生人，也好像隨時都能轉身離開，彼此互不虧欠，卻也什麼都虧欠了。」

我點頭，大口大口咬著蛋糕，不自覺囁嚅：「好寂寞啊。」

墨色濃淡漆染，火光靜靜燒燃大片盛開的牡丹雪。

大地從萬物身上汲取熱量，而我們需要皮毛護衛，爐火飄浮，鋪設地毯的地板鬱積一層一層落葉，大麻草葉在體內伸出鮮綠嫩芽，深淺踩踏都是熊印。睜開雙眼，雪杉瘋狂拔升，閉起雙眼，毬果沉穩墜落。身子兀自摸索，在冰冷雪地翻滾了好幾圈，寒風颼颼颳響針狀冷杉，飄動如篩，細細密密搖晃枝椏逐漸增厚的霜雪，收取遺散色澤。經歷漫長的嚴實壓抑，才能褪去不必要的修飾，枯枝亦是內斂，攏入嶙峋樹幹，讓冷冽成為寧靜卻又殘酷的生養，養瘦的身，養肥的心。

毛茸夜色，在漫無邊際的移動之中籠罩自身，我們只是巨大黑熊身上一根細脆毛髮，以其針狀，刺痛自己，同時刺痛棲居大地。小寫的我（i），首身分離；大寫的我（I），無依無靠。我趴伏地面，匍匐前行，不時輾壓毬果發出喀噠喀噠清脆響聲。月光蒼白灑落，湖泊凍結，林木沉睡於不知盡頭的冬眠，夜色寬容釋放所有線條、形狀與顏色，我告訴自己，哭吧，盡情哭吧，甚至願意為哭泣而有所犧牲。掌心磨蹭雪地，我再度緩慢爬行，憂傷，沮喪，晃晃悠悠惶惶來來回回，游移於自我命名。獨居樹洞，沉默一如往昔，流出的血沾染月光，我不斷反芻體內溢出的悲傷。

凝滯的血一點都不髒。

樹葉颯颯作響，另一隻熊的低吼傳來，那聲音聽起來非常令人不捨，如同遭受難以排解的痛苦。我尾隨聲音，攀附枯枝落葉奮力爬行，足蹬危石，穿過橫阻雪徑細密刺繡的筆直雪松。心中沉鬱發疼，靜靜敞開隱瞞許久的傷口——多麼恨，又多麼眷戀，身子燒成殘骸，還是得想辦法繼續活著。森，如此憂傷，以華美之姿斷損手足，成林，成木，成獨自撐持的蓬勃遮蔭。文明在鬆軟黑壤腐成養分，蚯蚓軟土，菌種繁茂，抬頭如初次冒芽，一雙野性的黑熊雙眼望向廣袤天空。森林是墨綠心臟，一條一條動脈通往前方，我們以複數姿態完成自己，林中之王，亦是遭受獵人擊發子彈的臨終之亡。

雪盡之日，鮮血一一指路，那些未曾抵達，都有了被抵達的巢穴，逐漸消融「抵達」這個易被誤解為浪漫的苦難字詞。

I tried so hard and got so far
But in the end it doesn't even matter
I had to fall to lose it all
But in the end it doesn't even matter

黑暗中，火光輕柔搖晃，悲傷又神祕，兩隻笨熊不約而同抽起菸。

「Hey dude，咱們一起屌（Diu）你老母死仆街——」

「問題ない（沒問題），My Dear 阿彌陀佛之謎片豬哥（Amigo），Let's褪褲膦，畫虎膦，屌屌（Diudiu）這個夭壽的法慶（Fucking）せかい（Sekai世界）。看我們擼奶裸漢（如來羅漢）天降奇屌，神鬼騎吭，予伊爽甲水蛙扛轎大腹肚。」

INK PUBLISHING
文學叢書 604

藍莓夜的告白

作　　者　連明偉
總 編 輯　初安民
責任編輯　林家鵬
美術編輯　林麗華
校　　對　連明偉　吳美滿　林家鵬

發 行 人　張書銘
出　　版　INK 印刻文學生活雜誌出版股份有限公司
新北市中和區建一路 249 號 8 樓
電話：02-22281626
傳真：02-22281598
e-mail：ink.book@msa.hinet.net
網　　址　舒讀網 http：//www.sudu.cc

法律顧問　巨鼎博達法律事務所
施竣中律師
總 代 理　成陽出版股份有限公司
電話：03-3589000（代表號）
傳真：03-3556521
郵政劃撥　19785090　印刻文學生活雜誌出版股份有限公司
印　　刷　海王印刷事業股份有限公司

港澳總經銷　泛華發行代理有限公司
地　　址　香港新界將軍澳工業邨駿昌街 7 號 2 樓
電　　話　(852) 2798 2220
傳　　真　(852) 3181 3973
網　　址　www.gccd.com.hk

出版日期　2019 年 9 月　初版
ISBN　978-986-387-307-5

定　價　330 元

本書榮獲 文化部 MINISTRY OF CULTURE 贊助創作

國家圖書館出版品預行編目資料

藍莓夜的告白／連明偉 著；
--初版, --新北市中和區：INK印刻文學，
2019. 9　面；14.8 × 21公分.（文學叢書；604）
ISBN 978-986-387-307-5（平裝）
863.57　108011925